खून का बदला

जेम्स हेडली चेईज

डायमंड बुक्स
www.diamondbook.in

प्रकाशक : डायमंड पॉकेट बुक्स (प्रा.) लि.
X-30, ओखला इंडस्ट्रियल एरिया, फेज-II
नई दिल्ली-110020
फोन : 011-40712200
ई-मेल : sales@dpb.in
वेबसाइट : www.diamondbook.in
संस्करण : 2019

KHOON KA BADLA
By : James Hadley Chase

खून का बदला

(1)

उन्होंने मुझे पैराडाइज पाम की सुन्दरता के बारे में बताया था, पर जब मैंने इसे देखा तो बहुत आश्चर्य हुआ। यह स्थान इतना सुन्दर था कि इसे देखा तो बहुत आश्चर्य हुआ। यह स्थान इतना सुन्दर था कि इसे देखने के लिए मैंने अपनी गाड़ी रोक दी। देखा तो रहने की इच्छा हो आई।

यह स्थान एक अर्ध गोलाकार समुद्री खाड़ी के किनारे स्थित था। दूर तक फैला हुआ सुनहरे रेत का समुद्र और खजूर के पेड़ों की हरियाली इसे और भी खूबसूरत बना रही थी। लाल छत और सफेद दीवारों वाले मकान काफी पास-पास बने हुए थे। शहर के गलियारों में फूलों की कतारें थीं, हर तरह के फूल, पेड़ों से भरी हुई गलियां एक रंग-बिरंगे स्वप्न लोक-सी लग रही थीं। फूलों पर देखते रहने के बाद मैंने महिलाओं की तरफ नजर दौड़ाई। कुछ महिलाएं कारों में घूम रही थीं, कुछ सड़क के किनारे-किनारे चल रही थीं, कुछ साइकिल चला रही थीं। एक अर्लकेरल -शो जैसा माहौल बना हुआ था।

मैं यहां छुट्टियों में आया था। चार महीने न्यूयार्क में जुआ खेलना एक कठिन काम था और जब मैंने कठिनाई से बीस ग्रांड एकत्रित कर लिए तब छुट्टियों पर आने की सोची। जुआ खेलते हुए मैंने पन्द्रह ग्रांड जुटा लिए काफी थकने के बावजूद मैं पैसा इकट्ठा करता रहा। इस काम में बिना दुश्मन बनाए पैसा नहीं मिलता। मेरे काफी दुश्मन बन गए थे। इतने कि उनको कोई मौका न देने के लिए मैं अपनी कार को शस्त्रों से भरी रखता और सोते समय भी अखबार के कागजों को बिस्तर के आस-पास बिछाता, जिससे कोई भी बिना आवाज किए मुझ तक न पहुंच सके। मैं नहाते समय भी एक

पिस्तौल रखता। मुझे अपने काम में पैसा और प्रतिष्ठा दोनों प्राप्त हुए। मैं सबसे जल्दी गन फायर करने वाले के रूप में प्रतिष्ठित हो चुका था। मैंने इसके लिए दिन में दो घंटे प्रैक्टिस की थी, यह किसी को नहीं बताया। मैंने कई व्यक्तियों को अपनी गोली का शिकार बनाया पर वह कत्ल नहीं होता था। पुलिस वालों ने भी उसे कभी कत्ल नहीं समझा। क्योंकि जब भी मैंने ऐसा किया, इस निश्चय के बाद कि सामने वाला मुझे मारना चाहता है, मेरे पास, हमेशा इसके सबूत भी रहे। होता यह था कि दूसरा व्यक्ति पिस्तौल के घोड़े पर उंगली जमा भी नहीं पाता था कि मैं उतने समय में पिस्तौल निकालकर फायर भी कर देता था। मुझे पुलिस कभी पकड़ भी नहीं पाई।

मैंने काफी पैसा इकट्ठा किया, एक गाड़ी खरीदी और पैराडाइज पाम में छुट्टियां बिताने के लिए आ गया।

जब मैं महिलाओं की तरफ देख रहा था, एक ट्रैफिक पुलिसमैन मेरे पास आया; उसने मुझे सलाम किया और कहा–"सर, आप यहां गाड़ी नहीं खड़ी कर सकते।"

एक सिपाही मुझे कह रहा था, "आश्चर्य"।

"मैं अभी-अभी आया हूं।" मैंने कहा- "महिलाओं को देखते-देखते ही मैं ठिठक गया, सचमुच काफी सुन्दर महिलाएं हैं।"

"साहब, मैं भी पहली बार ठिठक गया था। आप भी पकड़े गए न।"

"सचमुच ऐसा ही होता है, उन लड़कियों को देखो, मुझे ऐसा अनुभव होता है कि मैं उन्हें भीतर तक देख सकता हूं। वैसे यह मेरी आदत है।"

"आप उन्हें बीच पर देखें।" सिपाही ने शरारत से कहा–"वहां वे पेड़ की तरह निश्चल लगती हैं।"

"मैं ऐसी ही स्त्रियों को पसन्द करता हूं।"

"मैं भी!" सिपाही ने कहा, "लेकिन वे बड़ी सख्त भी है।"

"अच्छा! तो वे आसानी से नहीं फंसती?" फिर मैंने बात खत्म करने के मूड में उससे पाम बीच होटल का रास्ता पूछा।

उसने कहा–"होटल अच्छा है।" और मुझे रास्ता बता दिया।

मैं दो-तीन मिनट में होटल पहुंच गया और मुझे इतना स्वागत मिला कि उससे 'रॉकफेलर' भी सन्तुष्ट हो सकता था। कुछ, होटल के छोकरे मेरे सामान की तरफ झपटे, एक आदमी मेरी गाड़ी को गैरेज में ले गया। दो खूबसूरत नीले, सुनहरे वस्त्र पहने गुड़ियों जैसी अप्सराओं ने मुझे सीढ़ियों

पर भी चढ़ा दिया होता यदि मैंने उन्हें रोक न दिया होता, या उनमें ज्यादा शक्ति होती। स्वागत अधिकारी ने स्वागत करने में कोई कसर नहीं छोड़ी।

"आपको यहां पाकर प्रसन्नता हुई, मिस्टर कायन।" यह कहते हुए उसने पैन और रजिस्टर मेरी तरफ बढ़ा दिया–"आपके कमरे तैयार हैं, यदि कोई कमी हो तो कृपया मुझे बता दें।"

मैं इस तरह के गर्मजोशी के व्यवहार का आदी तो नहीं था, फिर भी मुझे अच्छा लगा। मैंने उनको अपनी इच्छा भी व्यक्त कर दी कि मेरे ठहरने के स्थान के चारों तरफ अच्छे दृश्यों का होना जरूरी है। यह इच्छानुसार ठीक था, साथ में एक प्राइवेट बाल्कनी थी। एक बैठने का कमरा, एक सोने का कमरा थी। इनकी सजावट एक कुशल कारीगर के द्वारा की गई थी।

मैं बाल्कनी में खड़ा हो गया। वहां से मैं होटल के और कई कमरों को भी देख सकता था। सामने पहला कमरा एक बाइसकोप की तरह लग रहा था, ऐसे बाइसकोप न्यूयार्क की छोटी गलियों में देखे जा सकते हैं, पर यह उनसे ज्यादा अच्छा था। उस कमरे में एक नग्न लड़की मुगदर से व्यायाम कर रही थी, जब उसने मुझे देखा तो वह ओझल हो गई, पर उसकी हंसी में अच्छा-खासा निमंत्रण था। मुझे अभी तीन मिनट भी नहीं हुए थे कि टेलीफोन की घंटी बजी, मैंने गलत नम्बर सोचकर चोंगा उठा लिया–पर उस तरफ से आवाज आई–"मिस्टर कायन, पैराडायज पाम में आपका स्वागत है, मैं स्प्रेट्जा बोल रहा हूं। मैं यहां के कैसीनो क्लब का संचालक हूं, आशा है, आप वहां जरूर आयेंगे। मैंने आपके विषय में काफी सुन रखा है।"

मैं यह सुनकर खुश हुआ और कहा–"अच्छा, मैं वहां जरूर आऊंगा। मैं छुट्टी पर हूं, पर मैं जुआ जरूर खेलता हूं।"

"क्या आप आज रात आएंगे?"

"जरूर, मैं जरूर आऊंगा।"

"आप यहां आकर डॉन स्प्रेट्जा पूछ लें, मैं आपके लिए सब प्रबन्ध करा दूंगा। आपके साथ कोई लड़की है?"

"अभी नहीं। पर कुछ समय में ही इधर-उधर घूमती हुई मिल जाएंगी।"

"पर वे सारी ही आप पर कृपालु नहीं होंगी मिस्टर कायन।" उसने हंसते हुए कहा– "मैं आपके लिए एक लड़की का प्रबन्ध कर दूंगा। जो सब कुछ जानती है। हम चाहते हैं कि आप जब तक हमारे साथ रहें, प्रसन्न रहें। आपको किसी प्रकार की निराशा नहीं होगी।"

यह सुनकर मैंने फोन बन्द कर दिया, लेकिन दस मिनट के बाद ही फिर घंटी बजी। उधर एक भारी-सी आवाज थी। उसने अपना नाम एड किलयानो बताया, मैं इस नाम के किसी व्यक्ति को नहीं जानता था, फिर भी मैंने प्रसन्नता व्यक्त की।

मिस्टर किलयानो ने मेरे आने पर खुशी जाहिर की और कहा कि "हम आपके प्रवास को अधिक-से-अधिक मनोरंजक बनाने के लिए सब कुछ कर सकते हैं। आप यहां आ गए हैं, यह बहुत ही अच्छा है। आपको होटल से ही मेरे मिलने की जगह की जानकारी हो जाएगी।" यह कहकर उसने फोन बन्द कर दिया।

मैंने होटल के ही एक आदमी को बुलाकर पूछा कि यह किलयानो कौन है? उसने मुझे बताया कि यह यहां के नगर प्रशासक हैं। लेकिन उसके बताने का ढंग कुछ ऐसा था कि- "श्रीमान, किलयानो कोई महत्वपूर्ण व्यक्ति हैं।"

उसे धन्यवाद देता हुआ मैं अपनी बाल्कनी में आ गया। मेरे सामने डूबता हुआ सूरज, हिलोरें भरता समुद्र और खूबसूरत शहर था। इन सबके बीच मुझे लगने लगा था कि कहीं कुछ गड़बड़ है।

❖❖❖

समुद्र के किनारे-किनारे मैं अपनी गाड़ी में सैर करता हुआ आगे बढ़ा, यह एक हसीन-रात थी, आकाश साफ था और तारे हीरों की तरह जगमगा रहे थे।

अब मैं कैसीनो के सामने था। इसकी भव्य इमारत संगमरमर की बनी हुई थी जिसमें लगे कांच और रोशनी की चमक इसकी खूबसूरती में चार-चांद लगा रहे थे। जैसे ही मैंने कैसीनो में गाड़ी पार्क करनी चाही, गेटकीपर जो एक नीग्रो था, मेरे स्वागत के लिए आगे बढ़ा। दूसरा नीग्रो मेरी गाड़ी पार्क करने के लिए आ गया। मैं घूमता हुआ और कैनापी से होता हुआ होटल के मुख्य दरवाजे तक पहुंच गया।

प्रवेश द्वार से भीतर घुसते ही मैंने अपने को एक गैलरी में पाया जिसके दोनों तरफ भोजन कक्ष के दरवाजों पर नम्बर लगे हुए थे। गैलरी के दूसरी तरफ मेहराबदार शक्ल में एक फोन बूथ बना था जहां एक खूबसूरत लड़की बैठी हुई थी।

"रुकिए जनाब!" वह नकियाती हुई बोली।

मैंने उसे घूरते हुए देखा। वह आसमानी नीले रंग की चुस्त अंगिया पहने थी, उसका आगे का हिस्सा पूरा खुला हुआ था, केवल काली सिल्कन डोरी से उसे ढीला-सा बांध रखा था। यह पोशाक पहनने वाले के अलावा किसी को भी उत्तेजित करने के लिए काफी था।

मैंने उसे अपना हैट पकड़ा दिया और मस्त नजरों से देखते हुए शिष्टाचार पूर्वक कहा-"आप बहुत सुन्दर लग रही हैं।"

"सुन्दर लगना मेरी ड्यूटी का एक हिस्सा है, महोदय।" वह बोली।

"लेकिन किसलिए? वैसे आप बहुत सुन्दर लग रही है!"

"छोड़िए महोदय! यह डायलॉग पुराना पड़ गया है।"

"माफ कीजिए।" मैंने कहा-"मैं अक्सर ऐसी जगह नहीं आता हूं। मैं तो अपने घर को प्यार करता हूं।"

वह मेरी तरफ देखकर निश्चिन्त हो गई, कि मैं उन सामान्य सस्ते लोगों में से नहीं हूं। उसने मुस्कुराते हुए कहा-"यह ठीक है। पर परेशानी यह है कि यहां लगभग सभी व्यक्ति सस्ते किस्म का व्यवहार करते हैं!"

"हां, कुछ लोग वाकई में बहुत छिछले होते हैं।"

वह मुस्कराई, तभी वहां तीन व्यक्ति अपने टोप देखने आ गए। मैं वहां से एक सुन्दर से नाइट क्लब की ओर बढ़ा, वहां प्रकाश झिलमिला रहा था और एक तरफ अर्धचंद्राकार बार बना हुआ था। यह बहुत ही सुन्दर कमरा था, इसमें एक जगह आरकेस्ट्रा की तथा एक छोटा-सा काले शीशे का बना हुआ नाचने का फ्लोर था। इसके चारों तरफ लम्बे-लम्बे पेड़ और रंग-बिरंगे फूलों से लदे पौधे थे।

एक मोटा-सा आदमी मेरे पास आया और अजीब तरह से हंसने लगा। उसकी वेशभूषा विचित्र थी-उसने चमड़े के जूते पहने थे, गहरे रंग की पैंट पहनी हुई थी, उसकी पेटी लाल थी और कोट का रंग सफेद था।

"मुझे स्प्रेट्जा से मिलना है।" मैंने कहा।

वह अपने शेष दांत दिखाते हुए बोला-"मैं यहां का मैनेजर हूं, क्या मैं आपके लिए कुछ कर सकता हूं।"

"हां!" मैंने कहा- "स्प्रेट्जा से कहो, चेस्टर कायन ने आपको याद किया है।"

"क्षमा करें, मैं आपको पहले नहीं पहचान पाया।" उसने कहा- "मैं अभी उन्हें सूचना देता हूं, वे आपसे मिलकर खुश होंगे।"

वह एकदम घूमा और एक अच्छी पोशाक वाले आदमी को स्प्रेट्ज़ा को संदेश देने के लिए कहा। उसके कलापूर्ण व्यवहार से मैं बहुत प्रभावित हुआ।

"यह काफी अच्छी जगह हैं।" मैंने कुछ बात शुरू करने के लिए कहा। मेरा ध्यान उसकी तरफ कम ही था, मैं आस-पास की महिलाओं को देख रहा था।

तभी सामने से वह मेरी तरफ होते उसने कहा-"आपको यह स्थान पसन्द आएगा। मैं आपको अपना परिचय दूं! मेरा नाम गिलार्मो है। क्या आप कुछ पियेंगे?"

मैंने अपनी आंखें महिलाओं की तरफ से हटाई, मुझे प्रसन्नता हुई कि उसने मुझे ड्रिंक के लिए पूछा। हम बार रूम तक गए।

"आप क्या पीना पसन्द करेंगे?" उसने फिर पूछा और एक पैग व्हिस्की का मेरी तरफ बढ़ा दिया। तभी एक लम्बा-सा आदमी मेरे पास आकर खड़ा हो गया और गिलार्मो ने मुझसे कहा- "स्प्रेट्ज़ा से मिलिए।"

मैं उसे ऊपर से नीचे तक ध्यान से देखने लगा, उसके बाल लम्बे थे और वह काफी मोटा था, फिर भी उसका व्यक्तित्व आकर्षक था। "मिस्टर कायन!" उसने अपना हाथ बढ़ाते हुए कहा।

"जी हां!" मैंने भी हाथ मिलाते हुए कहा। हाथ मिलाते हुए हम इतने उत्साही हो रहे थे-जैसे एक-दूसरे की हड्डियां चटखना चाहते हों।

उसे मुझसे मिलकर खुशी हो रही थी, उसने आशा प्रकट की कि मैं पैराडाइज में प्रसन्नतापूर्वक अपनी छुट्टियां व्यतीत कर पाऊंगा।

मैंने भी उसके क्लब की प्रशंसा करते हुए कहा कि ऐसा क्लब पूरे न्यूयार्क में नहीं है। इसे सुनकर उसे खुशी हुई।

तब तक मैंने अपना पैग खत्म कर लिया था, उसने बारमैन को बुलाकर कहा-"दो पैग लाओ और देखो, मिस्टर कायन को ध्यान से पहचान लो, इन्हें किसी भी बात की दिक्कत नहीं होनी चाहिए।"

बारमैन ने मुझे ठीक तरह से पहचानने के लिए ऊपर से नीचे तक देखा-जैसे मेरा चित्र अपने दिल में उतार लेना चाहता हो।

"ठीक है!" स्प्रेट्ज़ा ने पूछा।

"बिल्कुल!" मैंने उत्तर दिया।

"मुझे आपके प्लान के विषय में पूरी तरह से मालूम नहीं है मिस्टर कायन, फिर भी आप चाहें तो थोड़े मनोरंजन के लिए कुछ समय जुआ खेल सकते हैं।"

"यही मैं भी चाहता हूं।" मैंने कहा–"क्योंकि मैं थोड़ी शांति का माहौल पसन्द करता हूं, जो यहां कैसीनो में मिल सकता है। पर मैं किसी के द्वारा ज्यादा ध्यान दिए जाने पर कुछ असुविधा अनुभव करता हूं।"

वह मुस्कराते हुए बोला–"आप काफी ईमानदार हैं मिस्टर कायन, पर इस छोटे से स्थान पर भी, हमने आपके विषय में सुन रखा है। आप जैसे विख्यात व्यक्ति के लिए हम कुछ भी कर सकते हैं।

मुझे आपकी बात पसन्द आई, पर यहां पर छुट्टियां बिताने आया हूं, काम पर नहीं! मैं नहीं चाहूंगा कि मुझे जुआ खेलने के लिए मजबूर किया जाए।"

"आप निश्चिन्त रहिए। कोई आपको मजबूर नहीं करेगा।"

मैंने उसे धन्यवाद दिया। उसके मुस्कराते चेहरे और शालीन व्यवहार के बावजूद मुझे यह लग रहा था कि उसकी दृष्टि जैसे मुझे ताना दे रही हो।

❖❖❖

हमने कुछ देर गपशप की और एक दो पैग व्हिस्की के पिए। फिर स्प्रेट्ज़ा ने मेरा मनोरंजन का मूड पहचानकर कहा–"मैंने मिस क्लेयर वंडरली को आपकी सेवा में नियुक्त किया है।" ऐसा कहते हुए वह परिचित मुस्कान में हंसा–"मिस वंडरली यहां की सबसे खूबसूरत लड़की है, लेकिन यदि वह आपको पसन्द नहीं तो किसी और का भी इन्तजाम किया जा सकता है।"

"मुझे विश्वास है कि मिस वंडरली मेरे साथ ठीक रहेगी।"

"हां, यह आश्चर्यजनक ही होगा, यदि वह आपके साथ ठीक से व्यवहार नहीं करे। यह कहकर वह रेस्तरां के बाहर चला गया।"

मैं कुछ क्षण उसे देखता रहा, और सोचने लगा कि इस गर्म जोशी के स्वागत के लिए पता नहीं मुझे कितनी कीमत देनी पड़ेगी। क्योंकि मुझे लग रहा कि कुछ ऐसा है, जिसके लिए–यह सारा व्यवहार हो रहा है।

एक देवदूत–सा लगने वाला लम्बा, काले चेहरे और सफेद बालों वाला व्यक्ति बार के अन्तिम छोर पर अकेला खड़ा था। वह एक डाक्टर, जज या वकील की खोजी आंखों से मुझे देख रहा था। उसने बारमैन से कुछ कहा,

इसके साथ ही बारमैन ने मुझे एक विशिष्ट दृष्टि से देखा, जब तक वह व्यक्ति मेरे पास तक आ गया था।

"मैं समझता हूं कि आप चेस्टर कायन हैं।" उसने कहा।

"यकीनन!" मैंने जवाब दिया। वह कुछ उत्साही नहीं दिखाई दिया इसलिए मैंने हाथ मिलाने की कोई कोशिश नहीं की।

"मैं जॉन हैरिक हूं।" तेज आंखों से देखते हुए उसने मुझसे कहा–"आप मुझे नहीं जानते, लेकिन मैं आपके बारे में सुन चुका हूं। मुझे आपका यहां आना अच्छा नहीं लगा। मैं समझता हूं, आप यहां केवल छुट्टियां बिताने आए हैं। मैं आशा करता हूं कि आप यहां कोई गड़बड़ी पैदा नहीं करेंगे।"

"भगवान का शुक्र है, किसी को तो मेरे यहां आने पर अफसोस हुआ।"

मैंने कहा–"मैं समझता हूं मेरा यही स्वागत सही है।"

उसने तुरन्त उत्तर दिया–"यह शहर तो एक खूंखार निशानेबाज के बिना भी काफी परेशानी में है, मैं आशा करता हूं कि आप शिकायत का कोई मौका नहीं देंगे।"

"आपने मुझे गलत समझा।" मैंने हंसते हुए कहा– "उतना खूंखार नहीं हूं। और सुनो! जब तक मुझे कोई तंग नहीं करता मैं निहायत शरीफ रहता हूं। तंग करने पर ही मैं क्रूर हो जाता हूं।"

उसने मेरी बात का सम्मान करते हुए कहा–"मुझे मेरी स्पष्टवादिता के लिए क्षमा करें। मुझे विश्वास है कि जब तक आपको कोई कुछ नहीं कहेगा, आप अच्छे व्यक्ति की तरह व्यवहार करेंगे। यदि आपने इस विषय में कुछ अनुचित किया तो कोई गड़बड़ी हो सकती है।"

मैं व्हिस्की की चुस्की लेने लगा और बोला–"मैं भी ऐसा ही सोचता हूं और इस सबके बारे में जान चुका हूं।"

"शायद आपको ऐसा सोचने पर पश्चात्ताप करना पड़े, मिस्टर कायन।" उसने कहा।

तभी मैंने स्प्रेट्जा को अपने पास अनुभव किया, हैरिक अकस्मात् घूमा और लॉबी की तरफ चला गया। हम दोनों ने एक दूसरे की तरफ देखा, उसकी आंखों में थोड़ा-सा संदेह और बेचौनी दिखाई दी।

"ये सज्जन मेरा स्वागत करने वालों में नहीं थे।" मैंने कहा।

"आप इसकी चिन्ता न करें।" उसने कटु मुस्कान के साथ कहा–"ये सज्जन अगले महीने चुनाव लड़ने वाले हैं।"

"लगता है, इनका विचार इस शहर को बहुत सुन्दर और साफ रखने का है।" मैंने लापरवाही से कहा।

सभी राजनीतिज्ञ कोई-न-कोई विचार रखते हैं। स्प्रेट्ज़ा ने कहा-"पर उन्हें कोई गम्भीरता से नहीं लेता। ये सज्जन नहीं जीत पायेंगे, क्योंकि जनता किलियानो को चाहती है।"

"किलियानो के लिए यही ठीक रहेगा।" मैंने कहा।

इतने में एक खूबसूरत लड़की हमारी तरफ आई। उसने बिना बाजुओं का एक नीला जैकेट पहन रखा था। उसका ब्लाउज लाल रंग का था और उसने राजाओं तक की श्वासों में उत्तेजना पैदा करने में समर्थ बढ़िया सैन्ट लगा रखा था। मैं स्वयं उससे काफी आन्दोलित हुआ, स्प्रेट्ज़ा उत्सुकता से मेरी तरफ देख रहा था।

"मिस वंडरली!" उसने कहा और आश्चर्य में अपनी पलकें ऊपर उठा दीं।

मैंने भी उसकी तरफ देखा, वह मुस्करा दी।"

आज शायद हम आपके लिए पोकर के खेल का प्रबन्ध कर सकेंगे!" स्प्रेट्ज़ा ने कहा-"आप थोड़ी देर में ऊपर आ जाइए!"

"नहीं। मैं आज बिल्कुल नहीं खेलूंगा।" मैंने कहा और वंडरली का हाथ पकड़कर बार रूम की तरफ आ गया।

मैंने स्प्रेट्ज़ा को जाते देखा, फिर अपना पूरा ध्यान मिस वंडरली की तरफ लगा दिया। मैंने उसे असाधारण तरह की स्त्री पाया। उसका वक्ष क्यूबन पाइनेपिल जैसा लग रहा था। वह काफी आकर्षक थी।

मैंने बारमैन को एक पैग के लिए आवाज दी। फिर उसकी तरफ होकर पूछा।

"तुम पैराडाइज पाम के किस हिस्से से भागकर आई हो?" मेरे शब्दों में व्यंग्य साफ था।

"मैं भागकर नहीं आई।" उसने हंसते हुए कहा-"बल्कि मैं पैरोल पर छूटकर आई हूं। मैंने सोचा, यह एक दूसरा काम होगा। पर मैं अब इसका अन्तर समझ सकती हूं।"

मैंने बारमैन को "ग्रीन पैरेट" का एक पैग बनाने के लिए कहा और उससे पूछा-"क्या लोगी"

"ग्रीन पैरेट" उसने कहा।

मैंने आवाज लगाई- "दो पैग।"

फिर उससे पूछा-"हां, तो तुम दूसरी नौकरी पर आई हो।"

उसने अपना सिर हिलाया-"आपके साथ समय अच्छा कट जाएगा।"

मैंने उसकी तरफ आंख मारी और कहा-"अच्छा चलो अब कोई प्रोग्राम तय करें। हम पहले शराब पियेंगे....फिर...बस...फिर...।"

"फिर क्या?" उसने अपनी भौंहे उचकाई।

फिर तब-की-तब देखी जाएगी।

"अच्छा....आप मेरे साथ नृत्य करेंगे?"

मैंने कहा-"जरूर! क्यों नहीं!"

मैं आज की रात प्यानो बजाने के मूड में नहीं था।

तब तक बारमैन ने दो बड़े गिलास भरकर रख दिए। इससे पहले कि मैं उठूं....वह चला गया।

"मैं घर में रहने का आदी नहीं हूं।"

"हों जाओगे।" वंडरली ने कहा।

मैंने बहुत तेजी से एक लम्बा घूंट भरा और गिलास कोने पर रख दिया। मुझे गले में जलन महसूस हुई और एक क्षण के बाद मैंने अनुभव किया कि मैं बादलों पर बैठा हूं।

"ओफ! यह तो बहुत तेजी से असर करती है। मैं थोड़े से होश में आकर बोला।"

"टोनी को इस पर बहुत गर्व है।" उसने सिप लेते हुए कहा-"इसका एक ही घूंट ऊपर से नीचे तक झनझनाने के लिए काफी है।"

इस समय तक हमने पूरी पी ली थी और आपस में ऐसा व्यवहार कर रहे थे जैसे हम वर्षों से एक-दूसरे को जानते हों।

"चलो, खाना खा लें।" उसने खड़े होकर मेरा हाथ पकड़ते हुए कहा-"गिलार्मो ने तुम्हारे लिए खास खाना तैयार करवाया है।" उसने मेरा हाथ दबाकर मुस्कराते हुए कहा। उसकी आंखों में एक विशेष प्रकार का नियंत्रण झलक रहा था।

गिलार्मो हमारी ही प्रतीक्षा कर रहा था। समुद्री ठण्डी हवा भीतर आ रही थी, स्वप्निल धुन बजाता हुआ आर्केस्ट्रा बज रहा था, खाने की कैफियत बताने की कोई जरूरत नहीं, वह लाजवाब खाना था। इसके बाद हमने पी और नाचने लगे। फ्लोर लगभग खाली था। इसलिए हमें गोलाकार रूप में

नाचने में कोई असुविधा नहीं हुई।

यह शाम सबसे अच्छी रही।

मैं बहुत देर से महसूस कर रहा था कि हरे गैवेडीन का सूट पहने एक आदमी मुझे घूर रहा है। जैसे ही उसकी निगाह मुझसे टकराई, वैसे ही वह फुर्ती से मुड़ा और एक पर्दे वाले दरवाजे से बाहर निकल गया।

मिस वंडरली ने भी उसे देख लिया था। मुझे लगा कि वह उसे देखकर सहम गई है और नाचते हुए उसके पैर गलत पड़ने लगे। अपनी गलती महसूस करते ही उसने फ्लोर छोड़ दिया।

"चलो और कहीं चलें!" उसने कहा और दूसरी तरफ मुंह रखते हुए लॉबी की तरफ बढ़ गई।

मुझे एक शीशे में उसके चेहरे की हल्की-सी झलक दिखी-

वह एकदम पीली पड़ गई थी।

❖❖❖

मैंने अपनी गाड़ी हेडन बीच की तरफ बढ़ा दी, जो कैसीनो से कुछ ही मील की दूरी पर था। मिस वंडरली साथ की सीट पर बैठी थी। वह कुछ गुनगुनाती हुई गाड़ी से बाहर देख रही थी।

उस समय गर्मी थी, हम कुछ देर चांदनी रात में बीच पर गाड़ी में ही घूमते रहे।

कभी-कभी समुद्री ठण्डी हवा गाड़ी के भीतर तक आ जाती थी।

कुछ देर बाद हम सड़क से होते हुए रेत पर आ गए थे। गाड़ी से बाहर निकलकर मैंने कहा-"कितना अच्छा लग रहा है? क्या किया जाए?"

"मिस वंडरली ने अपनी स्कर्ट को घुटनों पर किया और जुराब उतारने लगी।"

"मैं तो पानी में जा रही हूं।" उसने कहा।

"मैं गाड़ी के पिछले भाग तक गया और डिक्की को खोला, दो तौलिए और अटैची निकाली। इन्हें लेकर मैं गाड़ी के अगले हिस्से तक आ गया, मिस वंडरली प्रतीक्षा कर रही थी। एक-दूसरे का हाथ पकड़कर हम पानी के अन्दर तक चले गए।"

तैरते हुए हम एक बेड़े तक पहुंच गए। वंडरली उस पर बैठ गई, मैं मिस वंडरली को गौर से पढ़ने के लिए, बेड़े के चारों तरफ चक्कर काटने

लगा। मैंने अपने जीवन में कई लड़कियां देखी थीं, पर वंडरली उन सबसे अलग विशेष लड़की लगी।

"इस तरह मत देखो, मुझे शरम आ रही है।" उसने कहा-मैं बेड़े पर आकर उसके पास बैठ गया।

"मुझे अपने जीवन की कहानी सुनाओ।"

"बहुत अच्छी नहीं है।"

"बताओ न!"

"फौज में भर्ती होने से पहले तो कुछ खास नहीं हुआ। जब मैं फ्रांस से वापस आया, तब तक मेरे पास अचूक निशाने के कई मैडल इकट्ठे हो गये थे। मुझमें जुआ खेलने की एक गहरी इच्छा थी, पर मुझे कोई अवसर नहीं मिला। एक दिन मैंने पोकर खेलना शुरू किया और तीन हफ्ते तक खेलता रहा। उस समय शेव करना, खाना-पीना सभी टेबल पर होता था।"

"मैंने उस खेल में पांच ग्रांड बना लिए, जिससे एक आदमी काफी परेशान हुआ और उसने मुझे इतना उत्तेजित किया कि मैंने उसे बोतल से मारा। उसने इसके जवाब में मेरे ऊपर पिस्तौल तान दी।

पिस्तौल से मैं नहीं डरता था, मैंने उसकी पिस्तौल छीन ली और उसी से उसके सिर पर वार किया। हम फिर भी साथ-साथ खेलते रहे।"

"मुझे उसकी पिस्तौल अच्छी नहीं लगी, उसने मुझे सोचने पर मजबूर कर दिया कि कोई भी व्यक्ति मेरे ऊपर इस तरह वार कर सकता है इसलिए मैंने अपने बचाव के लिए एक पिस्तौल खरीद ली। साथ-ही-साथ मैंने पिस्तौल चलाने का खूब अभ्यास किया, जिससे कोई भी मुझे मात न दे सके। मैं एक साधारण से होटल के कमरे में काफी दिनों तक जल्दी से पिस्तौल निकालने और घोड़ा दबाने का अभ्यास करता रहा। पहले हफ्ते तो मैंने यह अभ्यास छः घंटे प्रतिदिन के हिसाब से किया।

"मैंने जल्दी ही पिस्तौल चलाने में निपुणता हासिल कर ली और अब तक मैं ऐसे किसी भी व्यक्ति से नहीं मिला जो मुझसे जल्दी पिस्तौल निकालकर वार कर सके।

"उन दिनों के एक हफ्ते के अभ्यास ने ही मेरी पांच बार जान बचाई।"

यह सुनकर वह थोड़ी-सी कांपी और बोली-"लोग बेकार में ही तुम्हें क्रूर कहते हैं। मुझे ऐसा नहीं लगता।"

"सचमुच मैं क्रूर नहीं हूं। मैंने उसकी जांघ पर हाथ रखते हुए कहा-

"मैं तुम्हें बताता हूं कि सामान्यतः लोग मुझे क्रूर क्यों कहते हैं। अक्सर ऐसा होता है कि कोई भद्दा-सा गुण्डा शहर में आता है जो अपने आपको पिस्तौल चलाने में माहिर और होशियार समझता है। कभी-कभी वह बहुत पिये हुए भी होता है। तब वह अपने समान किसी को नहीं समझता और अपनी शक्ति जाहिर करने के लिए किसी को ढूंढ़ता है। वह सामान्य ताकतवर लोगों को छोड़कर किसी प्रसिद्ध आदमी की तलाश करता है। क्योंकि शहर में मुझसे ज्यादा प्रसिद्ध कोई नहीं होता इसलिए वह मुझे ही चुन लेता है। एक दिन ऐसा ही होता है कि एक ऐसा ही आदमी आता है। वह मुझसे लड़ना शुरू कर देता है, मारना भी। मैं शुरू में सब कुछ सहता हूं, क्योंकि मुझे विश्वास है कि मैं उसे कभी भी मात दे सकता हूं। लेकिन जैसे ही वह अपनी पिस्तौल निकालता है मैं उसे मार देता हूं। इसलिए लोग मुझे क्रूर कहते हैं, जबकि मैं ऐसा नहीं हूं।"

"और, यहां भी शायद ऐसा ही होने वाला है। यहां का कोई भी एक व्यक्ति मेरे ऊपर अपनी श्रेष्ठता सिद्ध करने की कोशिश करेगा। वह मुझे उत्तेजित कर सकता है। मैं निश्चयपूर्वक नहीं कह सकता, पर लगता है कि ऐसा होगा और उसमें शायद तुम भी सम्मिलित हो।" मैं उसकी तरफ देखकर हंसा-"शायद तुम्हें मालूम हो कि फिजां में क्या होने वाला है।"

उसने अपना सिर हिलाया और कहा-"तुम्हें वहम है, यहां कुछ होने वाला नहीं।"

पर इससे यह सिद्ध नहीं होता कि तुम मेरे विरोध में हो या मेरे साथ हो।

"मैं तुम्हारे साथ हूं।" उसने कहा।

मैंने उसे अपनी बांहों में ले लिया, अपने पैरों पर उसके पैर रख लिए, वह मेरी छाती पर झुकी, उसके सुगन्धित बाल मेरे गालों को छूने लगे।

"मैं जानती हूं, तुम्हारे साथ बहुत अच्छा लगेगा।" वह बोली।

मैंने उसका चेहरा अपनी हथेलियों में ले लिया, उसने अपनी आंखें बन्द कर लीं। वह चांदनी रात में बहुत खूबसूरत लग रही थी। मैंने उसे चूम लिया, उसके होंठों में कोई विशेष हरकत नहीं हुई पर हम थोड़ी देर उसी हालत में रहे। उस समय मुझे इस बात की चिन्ता भी नहीं रही कि कुछ भी हो सकता है, जबकि मैं जानता था कि कुछ होगा जरूर।

उसने अचानक मुझे अपने से अलग कर दिया। वह खड़ी हो गई। मैंने उसकी तरफ देखा। उसकी सुन्दरता ने मेरे मन में हलचल पैदा कर दी, जैसे

ही मैं उसे बांहों में लेने लगा, वह छिटक कर दूर हो गई। कुछ क्षण बाद वह आई और मेरे पास ही लेट गई। पानी इतना था कि उसके पेट पर से होकर आ जा रहा था।

"मुझे अपने बारे में कुछ बताओ।" मैंने कहा।

उसने अपना सिर हिलाया–"कोई विशेष बात कहने लायक है ही नहीं।"

"कुछ तो होगी। तुम यहां कब से हो?"

"एक साल हो गया।"

"इसके पहले कहां थीं?"

"न्यूयार्क में।"

"एक मॉडल लड़की के रूप में।"

"हां।"

"तुम स्प्रेट्जा से कैसे मिलीं?"

"बस, मिली।"

"क्या तुम उसे पसन्द करती हो?"

"वह मेरे लिए कुछ भी नहीं है।"

"तुम उसके विशेष अतिथियों की देखभाल करती हो?"

"शायद यही ठीक है।"

"मेरे से पहले किसकी सेवा में थीं?"

"किसी की नहीं।"

"तो मैं पैराडाइज पाम का पहला विशिष्ट व्यक्ति हूं।"

"हां, होना ही चाहिए।"

"तुम्हें यह काम पसन्द है?"

"हां,।" उसने करवट बदलते हुए कहा और मेरी तरफ देखा, लेकिन उसकी दृष्टि से मुझे यह आभास हो गया था कि अब और देर इस बेड़े पर बैठे रहना व्यर्थ है।

"आओ चलें।" मैंने उससे कहा।

उसने बड़ी जोर से पानी पर चोट मारी।

❖❖❖

होटल में आकर मैंने क्लर्क से कमरे की चाबी मांगी और कहा कि मैं इनको अपनी बाल्कनी से बाहर का दृश्य दिखाना चाहता हूं। मुझे आशा थी

कि वह मेरे प्रस्ताव पर कोई कटाक्ष करेगा, पर उसने ऐसा कुछ नहीं किया और चाबी दे दी।

"मैं आपकी क्या सेवा कर सकता हूं?" उसने कहा।

मैंने नोटिस किया कि उसकी दृष्टि में कोई व्यंग्य नहीं था। मैंने कहा-"थोड़ी-सी स्कॉच।"

"आपके ड्राइंग रूम में, अभी-अभी पर्याप्त शराब, मिस्टर किलयानो ने भेंट स्वरूप रखवाई है।"

"अच्छा।" मैंने इस तरह कहा कि मेरे अन्दर का आश्चर्य उस पर जाहिर न हो।

मैं मिस वंडरली के साथ चल दिया। उसने अपनी भौंहें घुमाते हुए मेरी तरफ देखा। मुझे विश्वास हो गया कि किलयानो मुझे पूरी तरह प्रसन्न रखना चाहता है।

घड़ी में दो बजकर बीस मिनट हुए थे, पर मुझे नींद नहीं आ रही थी।

"तुम किलयानो को जानती हो?" मैंने पूछा।

"मैं सोचती थी, इस वक्त आप सिर्फ मेरे बारे में सोच रहे होंगे।" उसने कहा।

"मैं एक ही समय में दो चीजों के बारे में सोच सकता हूं।" मैंने जवाब दिया।

मैंने कमरे का दरवाजा खोला और हम अन्दर आ गये, अभी तक भी वंडरली ने कोई प्रतिक्रिया जाहिर नहीं कर थी।

"मैं यहां से बाहर का दृश्य देखने आई हूं।" उसने कहा और मैंने उसके वक्ष के उतार-चढ़ाव से यह अनुमान लगा लिया था कि वह भी उतनी ही शान्त है, जितना मैं।

हम लोग कमरे से बाल्कनी में आ गये। बीच के शीशे में मैंने देखा कि मेरे होंठों पर लिपिस्टिक का हल्का-सा निशान है।

हम बाल्कनी में आकर खड़े हो गये। चांद गोल कद्दू की तरह लग रहा था। यातायात शान्त हो चुका था। कभी-कभी कोई आवारा आदमी सड़क पर दिखाई दे जाता था।

मैंने उसके ब्लाउज के बटन खोल दिये। उसने अपना कोट उतार दिया था, वह मेरी तरफ झुकी और उसने मेरे हाथ पकड़ लिए।

"तुम यह तो नहीं सोचोगे कि मैं हरेक के साथ ऐसा करती हूं।"

"नहीं, यह रात हमारे लिए ही है।"

"हां पर मैं नहीं चाहती कि तुम ऐसा सोचो।"

"नहीं, नहीं सोचूंगा।"

उसने अपनी बांहें मेरे गले में डाल दीं। हम काफी देर तक इसी तरह खड़े रहे। फिर मैं उसे अपने बैडरूम में ले आया और बिस्तर पर बिठा दिया।

"जरा ठहरो, मैं आया।"

मैंने बाथरूम में जाकर कपड़े उतारे, सिल्कन गाउन पहना और ड्राइंगरूम में गया। मैंने कई अल्मारियां खोलीं, तब एक में किलयानो की भेंट रखी मिली। वहां कई तरह की शराब रखी थी, मैंने थोड़ी-सी ब्रांडी ली और बैडरूम में आ गया।

वह पलंग पर लेटी थी, उसके बाल फैले हुए शहद की तरह तकिये पर बिखरे थे। उसने मेरी तरफ देखा और मुस्कराई।

मैंने दो गिलासों में ब्रांडी डाली, एक गिलास उसको दिया और दूसरे में से खुद थोड़ी पी।

"इसकी गंध अच्छी है।" मैंने कहा-"तुम और मैं!" मैंने उसकी तरफ देखा।

"नहीं, सिर्फ तुम।" वह मुस्कराई।

मैंने शराब का गिलास खाली कर दिया, लेकिन उसने बिना छूये वह गिलास पास की मेज पर रख दिया।

मुझे कमरा कुछ घूमता-सा दिखाई दिया। जैसे उल्टा हो रहा हो। किलयानो की भेंट, मैं अपने आप में बुदबुदाया। मैं छत की तरफ घूरने लगा। प्रकाश धीमा हो गया था। मैंने उठने की कोशिश की, पर उठ नहीं सका। तब मैंने महसूस किया कि मिस वंडरली बिस्तर पर से उठ गई है। मैं उसे कुछ कहना चाहता था, पर मेरी जबान कैसे अकड़ गई थी।

मुझे आदमियों की आवाजें सुनाई देने लगीं, दीवार पर छायाएं घूमती हुई लगीं और लगा जैसे मैं गहरे अंधेरे में उतरता जा रहा हूं।

❖❖❖

मैंने अंधेरे से लड़ते हुए प्रकाश के एक झिलमिलाते टुकड़े की तरफ रेंगना शुरू किया, यद्यपि यह मुश्किल लग रहा था पर मुझे लगा था कि एक स्त्री चिल्लाई है।

अचानक प्रकाश से मेरी आंखें चौंधिया। मैंने बैठने की कोशिश की। मेरा सिर घूम रहा था, मैंने दर्द दूर करने के लिए सिर को हाथों से दबाया। स्त्री अभी भी चिल्ला रही थी। उसकी आवाज से मेरा खून ठंडा पड़ गया था।

मैंने फिर खड़े होने की कोशिश की, मेरे पैर फर्श पर डगमगाए, किसी तरह मैंने कमरा पार किया, मैं ऐसा थका हुआ-सा चल रहा था जैसे मीलों चलकर आया हूं।

मैं बैडरूम के दरवाजे तक आ गया और ड्राइंग रूम में झांका।

मिस वंडरली दीवार की दूसरी तरफ सहमी-सी खड़ी थी, उसका रंग पीला पड़ा हुआ था, जैसे ही मैंने उसकी तरफ देखा-वह फिर चिल्लाई।

मेरा सिर बिल्कुल ठसा हुआ था, पर वंडरली की चीख से जैसे कुछ गर्मी आई। मैंने उसकी तरफ से नजरें हटाकर फर्श पर डाली। जॉन हैरिक पीठ के बल पड़ा हुआ था। उसकी बांहें ऊपर को उठी हुई और मुट्ठी बन्द थी, उसके सिर का अगला भाग एक तरफ को धंसा हुआ-सा था, काले खून के धब्बे उसके सफेद बालों को भिगोकर एक डरावना दृश्य रहे थे। दरवाजे पर जोर-जोर से खटखट हुई। बाहर से कोई चिल्लाया। मिस वंडरली ने लम्बी सांस ली और चिल्लाई।

मैं कमरे के दूसरी तरफ आया और उसे जोर से चाटा मारा, उसकी आंखें घूमीं और वह दीवार के सहारे ही गिर गई।

दरवाजा फटाक से खुला और जैसे आधी दुनिया कमरे में आ गई।

मैंने उन्हें देखा, वे काफी आगे तक आने के बाद रुके। उन्होंने मेरी तरफ देखा, उन्होंने मिस वंडरली और जॉन हैरिक की तरफ भी देखा।

उन लोगों में एक स्वागत क्लर्क, दो महिलाएं, तीन व्यक्ति और साथ में वह व्यक्ति था जिसे मैंने कैसीनो में अपने को घूरते हुए देखा था। दोनों महिलाओं ने चीखना शुरू किया-जैसे ही उन्होंने हैरिक को देखा। मैंने उन्हें दोष नहीं दिया, क्योंकि मैं खुद चीखने की स्थिति में था।

गैबरडीन का सूट पहना आदमी जोर से बोला-"सब बाहर जाओ।" उसकी आवाज सुनकर स्वागत क्लर्क और दलाल-सा आदमी कमरे में बने रहे, शेष बाहर चले गए।

"दरवाजा क्यों बन्द था?" गैबरडीन सूट वाले व्यक्ति ने पूछा-"क्या हो रहा है?"

"आप देख लीजिएगा।" मैंने कहने की कोशिश की लेकिन मुझे लगा कि मेरे शब्द बाहर नहीं आ पाए।

शैतान से दिखने वाले आदमी ने पूरे कमरे का चक्कर लगाया, एक कम्बल लिया और मिस वंडरली के ऊपर डाल दिया। गैबरडीन सूटधारी ने दलाल ने कहा–"यह कौन है?" जैसे वह रिसेप्शन क्लर्क से पूछ रहा हो।

रिसेप्शन क्लर्क का चेहरा घबराहट में पीला पड़ा हुआ था। उसने धीमी आवाज में मेरा परिचय दिया। उसके चेहरे पर भद्दी–सी रेखाएं खिंची थीं।

"मैं होमीसाइड ज्यूरी का सिपाही हूं।" गैबरडीन वाले आदमी ने अपना परिचय देते हुए मेरी तरफ देखा, उसकी आंखों में बिल्ली जैसी धूर्त्तता दिख रही थी–"हम आपके विषय में जानते हैं। आप हमेशा ऐसा ही करते हैं।"

"तुम गलती पर हो, मैंने यह नहीं किया।"

"एक व्यक्ति की एक कमरे में लाश के साथ हो, तो भी क्या मृत व्यक्ति के कातिल को ढूंढ़ने कहीं और जाना पड़ेगा।" उसने व्यंग्य में पूछा और कहा–"आपको गिरफ्तार किया जाता है और अच्छा है कि आप स्वयं ही सब कुछ बता दें।"

मैंने कुछ सोचने की कोशिश की पर मेरा मस्तिष्क काम नहीं कर पा रहा था। मुझे लगा जैसे किसी ने मेरे सिर पर घूंसे मार दिए हों।

रिसेप्शन क्लर्क ने मुझे बाजू से पकड़ा और धक्का दिया। मैं बुदबुदाया–"किलयानो को बुलाया जाए।" वह आदमी मेरे कहने से रुकने वाला नहीं था, लेकिन किलयानो का नाम लेने से वह कुछ रुका। उसने सन्देहग्रस्त नजरों से मुझे देखा।

उसने खीझते हुए रिसेप्शन क्लर्क से कहा–"ठीक है, आने दो किलयानो को, पर यह समय की बर्बादी है और कुछ नहीं।"

रिसेप्शन क्लर्क कमरे से बाहर हो गया। बरामदे में खड़ी भीड़ को चीरते हुए वह आगे बढ़ा। भीड़ में से तीन–चार आदमी भीतर आने की कोशिश करने लगे। तब फ्लैगर्टी ने दरवाजा बन्द किया और खिड़की के पास खड़ा हो गया।

होटल के प्रबन्धक ने मुझे एक गिलास व्हिस्की का दिया, मैं उसे एकदम पी गया, क्योंकि इस वक्त मुझे इसकी सख्त जरूरत थी। मैंने एक गिलास और मांगा।

प्रबन्धक ने मुझे एक गिलास और भर दिया। उसने मूर्खतापूर्ण मुस्कान से मेरी तरफ देखा, उसकी नजरों में भय और आतंक था।

तब अनायास मेरे सिर का भारीपन समाप्त हो गया और मैं सचेत हो गया। मैंने इस समय अपने को अत्यन्त हल्का अनुभव किया, सामान्य भी, जैसा कि इस समय मुझे होना चाहिए था। मैंने एक सिगरेट मांगी। उसने सिगरेट दी और जलाने लगा, मैंने साफ देखा कि लाइटर जलाते हुए उसके हाथ कांप रहे थे।

"इस कचरे को ठीक करो।" फ्लैगर्टी ने खिड़की से ही बोला, वह इस समय मुझे देख रहा था, उसके हाथ में ऑटोमैटिक पिस्टल थी–"जहां हो वहीं खड़े रहो मिस्टर कायन! मैं इस मौके को हाथ से नहीं निकलने दूंगा।"

"छोड़ो इसे!" मैंने कहा–"मैं जानता हूं, यह सब अच्छा नहीं है। लेकिन जैसे ही वंडरली सचेत होगी, यह सब कुछ बता देगी, मुझे इस विषय में कुछ मालूम नहीं।"

"वह क्यों बताएगी?" फ्लैगर्टी ने व्यंग्य में कहा।

"मैं कुछ नहीं कहूंगा मिस्टर कायन!" दलाल ने कहा–"किलयानो के आने तक कुछ नहीं कहूंगा।"

"क्या वे आ रहे हैं?" मैंने पूछा।

"जी हां, वे आ रहे हैं। आप हमारे मेहमान हैं। हम चाहते हैं कि आप इस मुसीबत से जल्दी ही मुक्त हो जाएं।"

मैंने उसकी तरफ देखा, मैं सिर्फ यही कह पाया कि–"इस तरह का होटल शायद और कहीं नहीं है।"

उसने मेरी तरफ देखा, पर मुझसे आंख नहीं मिला पाया।

मैंने मिस वंडरली की तरफ देखा, वह अभी तक बेहोश थी, मैं उसके पास तक जाने के लिए मुड़ा।

"वहीं रुकिए, मिस्टर कायन!" फ्लैगर्टी चिल्लाया–"वहीं ठहरो, जहां हो।"

मैंने सोचा कि यदि मैंने उसे जरा-सा भी मौका दिया तो वह मुझ पर गोली चला देगा, अतः मैं वहीं बैठ गया।

"तुम इसको होश में लाओ, इसने काफी कुछ कहना है इस विषय में।" मैंने कहा।

मेरी बात सुनकर फ्लैगर्टी ने दलाल से कहा–"देखो, तुम क्या कर सकते हो इस बारे में।"

वह आदमी उसके पास घुटनों के बल बैठ गया, जैसे उसका आलिंगन करना चाहता हो, इसके अलावा उसने कुछ नहीं किया।

मैंने कमरे में चारों तरफ देखा, ऐश-ट्रे सिगरेट के टुकड़ों से भरी पड़ी थी, मैंटल पीस पर स्कॉच की दो खाली बोतलें रखी थीं। एक बोतल कारपेट पर पड़ी थी और व्हिस्की के एक बड़े धब्बे से यह लग रहा था कि नीचे पड़ी बोतल बिखर गई हो। कमरे से स्प्रिट की तेज गंध आ रही थी, एक कुर्सी उल्टी पड़ी थी। नमदा कोने से मुड़ा हुआ था। पूरा का पूरा कमरा उन्मत्त नृत्य और मदिरापान के अतिरेक के बाद की स्थिति में दिख रहा था।

फर्श पर मरे हुए आदमी के पास एक भारी पिस्तौल पड़ी थी। उसके हाथ पर सफेद बाल अटके हुए थे, उन पर खून की बूंदें जमी थीं, मुझे ध्यान से देखने पर पता चला कि यह मेरी पिस्तौल थी।

मैंने पिस्तौल को ध्यान से देखा, मैं बोलना चाहता था तभी मिस वंडरली थोड़ा फुसफुसायी। यह देखकर मैं खुश हुआ। मुझे लगा, वह जल्दी ही बोलने लगेगी।

हम आधा घंटे के लगभग बिना कुछ बोले बैठे रहे। मिस वंडरली थोड़ा-सा इधर-उधर हिली पर वह अभी तक बेहोश थी, मेरी दृष्टि से मैंने इतनी लम्बी बेहोशी अभी तक नहीं देखी थी।

मेरा धैर्य छूटा जा रहा था, तभी एक छोटा-सा आदमी दरवाजे को धकेलता हुआ अंदर घुसा, उसे देखकर मुझे मुसोलिनी की याद ताजा हो गई। उसने नजर एक बार कमरे पर दौड़ाई और फिर सीधा मेरे पास आ गया।

"कायन!" उसने कहा और हाथ बढ़ाते हुए अपना परिचय दिया-"मैं किलयानो हूं। आप चिन्ता मत कीजिए। मैं सब सम्भाल लूंगा। आप मेरे अतिथि हैं और मैं उनकी देख-भाल करना जानता हूं।"

मैंने न उससे हाथ मिलाया, न उठा। मैंने कहा-"तुम्हारा राजनैतिक प्रतिद्वन्द्वी मर गया किलयानो। अतः तुम्हें भी इस विषय में ज्यादा चिन्ता नहीं करनी चाहिए।" उसने जल्दी से अपना हाथ नीचे किया और हैरिक की तरफ देखा।

"बेचारा!" उसने कहा। मुझे ध्यान है कि यह कहते हुए उसकी आंखों में आंसू थे-"वह एक निष्पक्ष प्रशासक था, इससे प्रशासन को गम्भीर नुकसान हुआ है।"

"इस घटना को अखबार वालों से बचाइए।" मैंने कहा।

उस समय हम सब जैसे डमी बन गए, जब मिस वंडरली ने अपनी आंखें खोलीं और फिर से चिल्ला पड़ी।

❖❖❖

किलयानो की प्रबन्ध शक्ति अद्‌भुत थी।

"हमें मिस्टर कायन के साथ ठीक तरह से पेश आना चाहिए।" उसने कुर्सी के पिछले भाग को पकड़ते हुए कहा।

फ्लैगर्टी अपने आप में बुदबुदाया। उसने अधिकारी किलयानो के सामने धीरे से कहा–"इससे क्या? समय नष्ट नहीं करना चाहिए, मैं इनको पूछताछ करने के लिए हैड क्वार्टर ले जाना चाहता हूं।"

"हम नहीं जानते कि अपराधी कौन है?" किलयानो चिल्लाया–"और मैं यह नहीं होने दूंगा। जब तक यह साबित न हो जाए कि मिस्टर कायन के विरुद्ध केस बन सकता है, तब तक मैं उन्हें गिरफ्तार नहीं होने दूंगा। हम उनसे यहीं पूछताछ कर सकते हैं।"

"मेरा हमदर्द।" मैंने कहा।

उसने मेरी तरफ देखा ही नहीं और मिस वंडरली की तरफ इशारा करके कहा–"इस औरत को चुप कराओ। मैं जब तक औरों से कुछ पूछ न लूं, इसे चुप रहना चाहिए।"

जब तक किलयानो ने सब चीजें ठीक कीं और फोन किया, मैं सिगरेट पीता रहा। अन्ततः सब चीजें ठीक हो गईं, जैसा कि वह चाहता था। रिसेप्शन क्लर्क, दलाल, स्प्रेट्जा और बारमैन–सबको इकट्ठा करके बरामदे में एक लाइन में खड़ा कर दिया गया।

उनसे इन्तजार करने के लिए कहा गया।

मिस वंडरली पर निगरानी रखने के लिए जेल से एक स्त्री बुलाई गई और उसे बैडरूम में ले जाया गया।

दो शक्तिशाली संतरी मेरी कुर्सी के सामने खड़े हो गए और मुझे यह लगा कि यदि मैंने जरा भी इधर–उधर जाने की कोशिश की तो वे मुझे नहीं छोड़ेंगे। वहां फ्लैगर्टी के साथ अन्य दो व्यक्ति सादे कपड़ों में थे, साथ में एक डॉक्टर और फोटोग्राफर भी आ गए थे। वहां पर एक स्टैनोग्राफर भी था, जिसकी सहमी आंखों से लगता था जैसे सारी आफत मुझ पर नहीं, उस पर हो और आखिर में मैं तथा मेरा हमदर्द किलयानो! बस, उस कमरे में उस समय इतने ही लोग थे।

"अच्छा!" किलयानो ने कहा–"अब हम शुरू करें।"

फ्लैगर्टी अपनी आंखों में घृणा भरे हुए मेरे सामने खड़ा हो गया।

"आप चेस्टर कायन हैं?" उसने पूछा जैसे कि वह न जानता हो!

"हां, लैफ्टीनेंट फ्लैगर्टी।"

तभी किलयानो बीच में बोले-"देखो कायन! यह बहुत गम्भीर मामला है। हो सकता है कि तुम लोगों का मुंह बन्द करना चाहो।"

"जी हां, मैं जानता हूं यह गम्भीर मामला है। पर आप चिन्ता मत कीजिए, मैं इससे अपने आप निपट लूंगा।"

"पर यह तुम्हारे लिए अच्छा नहीं होगा।" किलयानो बुदबुदाया। वह वहीं बैठ गया।

फ्लैगर्टी बेचौन-सा इधर-उधर घूम रहा था, जैसे ही किलयानो अपनी जगह बैठ गया-उसने पूछना शुरू किया।

"ठीक है, तुम चेस्टर कायन हो और प्रोफेशन से जुआरी।"

"मैं जुए को प्रोफेशन नहीं कहता।" मैंने कहा।

उसका चेहरा तमतमा गया-"लेकिन तुमने माना है कि तुम जुए से ही अपनी आजीविका चलाते हो।"

"नहीं, मैंने अभी कोई काम करना शुरू नहीं किया, मैं अभी-अभी आर्मी से निकला हूं।"

"तुम चार महीने से आर्मी से बाहर हो और तब से ही जुआ खेल रहे हो।"

मैंने स्वीकार किया-"हां।"

"तुमने काफी पैसा बनाया?"

"जी हां।"

"बीस ग्रांड काफी हैं।"

"बुरे नहीं हैं।"

"क्या यह सच है कि तुमने चार महीनों में पांच व्यक्तियों की हत्या की है।" वह चिल्लाया।

किलयानो अकस्मात् उसके पास आया और कहा-"उन्हें रिकार्ड में मत लो। वे खून कायन ने आत्मरक्षा के लिए किए हैं।"

"लेकिन इसने उन्हें मारा है।" फ्लैगर्टी चिल्लाया-"जरा सोचो, चार महीने में पांच आदमी, क्या रिकार्ड है? आत्मरक्षा हो या नहीं, लेकिन यह आतंक की बात है और इस देश का हर अच्छा नागरिक आतंकित है।"

किलयानो बैठ गया और बोला-"कायन भी एक सभ्य नागरिक है।"

"तुमने पांच आदमी मारे?" फ्लैगर्टी मेरी तरफ होकर बोला।

"पांचो दुष्टों ने मुझे मारने की कोशिश की और मैंने अपनी रक्षा की।" मैंने धीरे से कहा–"यदि तुम इसे मारना कहते हो तो मैंने पांच व्यक्तियों को मारा है।"

फ्लैगर्टी, स्टैनोग्राफर के चारों तरफ घूम गया और बोला–"पांच व्यक्तियों का हत्यारा।"

किलयानो ने फिर उसके पांव पकड़ लिए।

मुझे यह सब कुछ बहुत बुरा लग रहा था। मैंने किलयानो से कहा–"यह सारा रिकार्ड में है, लेकिन न्यूयार्क में डायरेक्टर ऑफ एडमिनिस्ट्रेशन से मुझे मुक्ति–पत्र मिल चुका है।"

फ्लैगर्टी ने बड़े गुस्से में मुझे देखा और कहा–"अब मैं तुम्हें बताता हूं कि तुम पैराडाइज पाम क्यों आए? पैराडाइज पाम एक सोने की खान है और तुम उसे जुओं की मेज पर हथियाना चाहते हो।"

"नहीं। मैं यहां केवल छुट्टी बिताने आया हूं।"

"तभी तो तुम शहर न जाकर सीधे कैसीनो में गए।"

"मुझे स्प्रेट्ज़ा ने निमंत्रित किया था, मुझे कुछ करना भी नहीं था इसलिए वहां चला गया।"

"स्प्रेटजा को कब से जानते हो?"

"मैं उसे नहीं जानता।"

फ्लैगर्टी ने अपनी भौंहें चढ़ाकर कहा–"हूँ! तुम उसे नहीं जानते? और वही स्प्रेट्ज़ा तुम्हें कैसीनों में निमंत्रित करता है। क्या यह अजीब बात नहीं है।"

"हां, बहुत अजीब है।" मैंने कहा।

"यह भी तो हो सकता है कि तुम अपने आप गए हो कि जल्दी ही कुछ प्राप्त हो जाए।" मुझे चेतावनी देता हुआ वह अपनी पूरी आवाज में बोला। उसने अपनी उंगली मेरे चेहरे पर रख दी।

"ऐसा मत कीजिए।" मैंने धीरे से कहा।

वह पीछे घूमा, दरवाजा खोला और स्प्रेट्ज़ा को बुलाया।

स्प्रेट्ज़ा हल्के–नीले रंग की पैंट पहने था। उसका कोट चॉकलेट कलर का था; अन्दर आकर वह हंसा और उसने हैरिक की तरफ नजर की और मेरी तरफ देखकर हंसा।

मैंने सिगरेट सुलगाई और थोड़ी देर में ही मुझे पता चल गया था कि मैं किन लोगों के बीच में हूं।

स्प्रेट्जा साफ मुकर गया। उसने कहा वह मुझे जानता भी नहीं। जिस समय मैं कैसीनो में था वह शहर में घूम रहा था, उसने मुझे पहली बार कैसीनो में देखा। स्प्रेट्जा ने आगे कहा कि उसने मेरी प्रतिष्ठा के विषय में सुन रखा था और वह मुझे यहां पाकर खुश नहीं हुआ था।

यह सब देखकर मुझे विश्वास हो गया था कि मुझे फंसाया जा रहा है। मैंने स्प्रेट्जा को कहा–"तुम झूठ बोल रहे हो। उसे बुरा लगा, लेकिन उसने इसकी चिन्ता नहीं की। फ्लैगर्टी ने स्प्रेट्जा से छुट्टी ली और वह एक विजेता की मुद्रा में हो गया।"

तुम "कहीं नहीं जा सकते, कायन।" उसने कहा–"अच्छा हो कि तुम अपने बारे में सोच लो।"

"तुम भी अपने पैरों पर कुल्हाड़ी मत मारो।" यह कहते हुए मैंने उसके चेहरे पर अपनी सिगरेट का धुंआ फेंका।

"अच्छा ठहरो! मैं तुम्हें अभी पुलिस स्टेशन ले चलता हूं।"

"हां! मुझे अभी तक तुम वहां नहीं ले गए।" मैंने उसे याद दिलाया।

किलयानो ने फ्लैगर्टी से मामला आगे बढ़ाने के लिए कहा।

"तुम कैसीनो में हैरिक से मिले थे?" फ्लैगर्टी ने पूछा।

"हां! यह ठीक है।"

"उसने तुम्हें शहर से बाहर चलने के लिए कहा था?"

"नहीं। जाने का परामर्श दिया था।"

"तब तुमने क्या कहा?"

मैंने कहा था, "मैं यहीं ठीक हूं।"

"नहीं। तुमने कहा था, तुम जहन्नुम में जाओ और तुमने यह भी कहा कि यदि वह तुम्हारे रास्ते से नहीं हटा तो तुम उसे ठीक कर दोगे।"

फ्लैगर्टी ने कैसीनो के बारमैन को बुलाया, जिसने कहा कि मैंने हैरिक को धमकी दी थी। उसने बताया कि मैंने कहा था–"यदि तुमने मेरे मामले में दखल दिया तो मैं तुम्हारी हड्डी–पसली तोड़ दूंगा।"

"यह कहते हुए बारमैन बहुत दुःखी लग रहा था।

"तुम्हें इन्होंने इतनी बात कहने के कितने पैसे दिए हैं?" मैंने उससे पूछा।

तभी फ्लैगर्टी ने बारमैन से कहा–"बस! इतना ही। अब तुम जाओ।"

फ्लैगर्टी ने आगे मुझे बताना शुरू किया–"जब तुम होटल से लौटे और यह महिला साथ थी।"

इसके साथ ही वंडरली ने प्रवेश किया। वह बहुत अस्त-व्यस्त थी और अप्रसन्न दिखाई दे रही थी। मैंने उसकी तरफ देखा, लेकिन वह मुझे देखते हुए नहीं देख पाई।

"तुमने बहुत शराब पी हुई थी और तुम हैरिक को अपने लिए खतरा समझे हुए थे। तुम्हें लगा होगा कि वह तुम्हारी योजना खत्म कर सकता है। इसलिए तुमने उसे बुलाया-क्योंकि तुम उसे अपने रास्ते से हटाना चाहते थे।"

"पागल मत बनो।" मैंने कहा-"तुम चाहो तो उसे कमरे में रखी हुई ब्रांडी की बोतल से बाकी चीजों का जायजा ले सकते हो। वह बोतल एक दवाई से भरी हुई थी, जो आदमी को बेहोश कर सकती है।"

एक आदमी दूसरे कमरे में गया और एक क्षण बाद ही वापस आया। उसने बताया कि वहां कोई बोतल नहीं है।

"वहां नहीं है?" मैंने आश्चर्य से कहा-"अच्छा इनसे पूछ लो।"

मैंने वंडरली की तरफ इशारा करते हुए कहा।

"मुझे उससे पूछने की कोई जरूरत नहीं!" फ्लैगर्टी चिल्लाया-"होटल के टेलीफोन ऑपरेटर के पास तुम्हारे उस टेलीफोन का रिकार्ड है जो तुमने सबेरे दो बजे किया, उसके मुताबिक तुमने फोन पर हैरिक से बात की थी और दस मिनट बाद ही हैरिक यहां आया था। उसने काउन्टर पर क्लर्क से तुम्हारे कमरे का नम्बर पूछा था और एक व्यक्ति उसे यहां तक लाया था...कहो कैसा रहा?"

"आश्चर्यजनक!" मैंने कहा।

"फिर तुमने और हैरिक ने बातें कीं। तुम बहुत पिये हुए थे। तुम कातिल हो मिस्टर कायन, तुम हत्या करते हुए कभी दुबारा नहीं सोचते। तुम पागल कुत्ते के समान व्यवहार करते हो। हैरिक तुम्हें फायदा नहीं उठाने देगा, इसलिए तुमने उसे अपनी गन से मार दिया। तुमने उस वक्त इतनी शराब पी हुई थी कि तुम्हें कुछ याद नहीं रहा और तुम्हें मालूम है कि यह तुमने क्यों किया? इसलिए कि एक स्त्री तुम्हारा बिस्तर पर इन्तजार कर रही थी और तुम उसे अपने लिए चाहते थे! क्या ऐसा नहीं?"

मैं उस पर हंसा और कहा-"इनसे पूछ लो। तब मैंने मिस वंडरली की तरफ मुंह करके कहा-क्यों? कल रात तुमने कहा था न कि तुम मेरे लिए हो, यही मौका है, तुम कुछ बोलो! तुम ही एकमात्र गवाह हो, मैं तुम पर विश्वास करता हूं। यदि तुम में हिम्मत है तो सच बोल दो! इससे मेरी स्थिति साफ हो जाएगी।"

"हमने अच्छा समय साथ-साथ व्यतीत किया है और आगे भी कर सकते हैं।"

"ठहरो।" किलयानो ने चहलकदमी करते हुए कहा। उसकी दृष्टि मित्रतापूर्ण तो थी, पर संदेहयुक्त भी थी। मुझे लगा जैसे उसे भी यह विश्वास हो था कि मैं दोषी हूं।

किलयानो उठा और वंडरली के पास जाकर बोला-"तुम्हारे शब्द अदालत में अधिक महत्व नहीं रखेंगे, क्योंकि यदि कायन ने हैरिक को नहीं मारा, तो फिर सिर्फ तुम थीं उसके साथ, तो तुमने मारा होगा!"

वंडरली खामोश रही। किलयानो ने फिर कहा।

"दरवाजा अन्दर से बन्द था और तुम झूठ नहीं बोल सकतीं, कायन तुम्हारे लिए बहुत अच्छा हो सकता है। पर तुम्हें सच बोलना होगा, तुम झूठ बोलोगी तो खुद मुसीबत में फंसोगी !"

मैंने अनुभव किया कि इन लोगों ने अपना प्लान बहुत सोच-समझकर बनाया है। सारी स्थिति ठीक है। यदि वंडरली कहे कि खून मैंने नहीं किया, तो ये लोग खून का आरोप उस पर जड़ देंगे। ये लोग तब तक शान्त नहीं होंगे जब तक किसी पर यह आरोप सिद्ध नहीं होगा।

"ओ. के. बेबी, तुम चाहो तो झूठ बोल सकती हो! यही ठीक है।"

"मैं कुछ नहीं कह सकती।" और वह रोने लगी।

फ्लैगर्टी ने उसे बांहों में कसकर पकड़ा और कुर्सी से उठाते हुए कहा-"तुम बताओगी।" और उसे इतनी जोर से झकझोरा कि वह पीछे को गिर पड़ी। उसका सिर टकरा गया।

मैं तेजी से अपनी कुर्सी से उठा और इससे पहले कि दो सिपाही मुझ तक पहुंचें, मैंने उसके मुंह पर जोर से घूंसा मारा। वह मुंह से खून थूकता हुआ पीछे को हो गया।

तब दोनों सिपाही मुझ पर झपटे। उनमें से एक ने मेरे सिर पर छड़ी से वार किया।

मैं वहीं पर आ गया जहां फ्लैगर्टी बैठ गया था, मेरे सिर में चोट लगी थी, पर उसके दो-तीन दांत टूट गये थे।

किलयानो ने हमें अलग किया।

कुछ क्षणों बाद वातावरण शांत हुआ। पर फ्लैगर्टी अभी भी सवाले करने की मुद्रा में था। किलयानो मिस वंडरली के सामने आकर खड़ा हो गया। उसकी छोटी टांगें फैल गई थीं।

"जब तक तुम सारी घटना का विवरण नहीं बताओगी, तुम्हें नहीं छोड़ेंगे।"

"क्या बात है?" मैंने अपना सिर दबाते हुए कहा–"तुम कह दो कि कुछ नहीं जानतीं। इनके पास सारे प्रमाण मौजूद हैं।"

सिपाहियों में से एक ने मेरे मुंह पर तमाचा मारा–"चुप रहो।"

"तुम्हारे लिए यह अच्छा नहीं होगा।" मैंने कहा! मेरी आंखों में उतरे गुस्से से डरकर वह कुछ छिटक गया।

मिस वंडरली ने पहले किलयानो की तरफ देखा, फिर मेरी तरफ, उसका रंग पीला पड़ गया था, पर उसकी आंखों में एक चमक थी, जिससे मुझे कुछ आशा बंधी।

"इन्होंने खून नहीं किया। तुम चाहे मेरा जो कुछ भी करो, पर इन्होंने खून नहीं किया। सुना आपने, इन्होंने खून नहीं किया।"

किलयानो ने उसकी तरफ ऐसे देखा जैसे उसे उसके कहे पर विश्वास नहीं हो रहा। उसका चेहरा एकदम पीला पड़ गया।

"बदजात!" और कहकर किलयानो ने जोर उसके मुंह पर थप्पड़ मारा।

एक सिपाही ने छड़ी को मेरे गले पर दबाया, मैं न हिल सकता था, न ठीक तरह से सांस ले सकता था।

फ्लैगर्टी और किलयानो सिर्फ वंडरली की तरफ गुस्से से देख रहे थे।

"हां, इन्होंने खून नहीं किया।" उसने दोहराया–"तुम अपने पैसे वापस ले सकते हो, तुम मुझे मार डालो, पर खून इन्होंने नहीं किया।"

मुझे यह सुनकर खुशी हुई।

किलयानो फ्लैगर्टी से कहा–"इन्हें गिरफ्तार कर लो।" फिर वंडरली की तरफ देखकर कहा–"तुम्हें इसका परिणाम भुगतना पड़ेगा।"

किलयानो कमरे से बाहर चला गया, जाते हुए उसने बड़ी शालीनता के साथ दरवाजा बन्द किया।

मुझे कपड़े पहनने के लिए कहा गया। दो सिपाही और दो सादी पोशाक वाले आदमियों ने आकर यह संदेश दिया कि हम हैडक्वार्टर जा रहे हैं।

"हैडक्वाटर जाने के बाद समय अच्छा कटेगा।" एक बोला।

सादी वर्दीधारियों में से एक व्यक्ति लाल और खुरदरे चेहरे वाला था। उसकी आंखें हरी और सख्त थीं। ह्याम नाम वाला यह व्यक्ति कुछ लम्बा था। दूसरा पतला–दुबला व्यक्ति था, उसका नाम सौली था, उसकी नाक लाल और कान इतने बड़े थे जैसे दरवाजे खुली हुई टैक्सी हो।

"हां, समय अच्छा कटेगा, मुझे भी आशा है।" मैंने धीरे से कहा।

एक सिपाही जिसने मुझे पहले घूंसा मारा था, आगे आया। उसने अपनी छड़ी से मुझे कोचते हुए कहा–"जाओ, तैयार हो जाओ।" मुझे तुम्हारी देखभाल करनी है।

मैंने कपड़े पहने देखे! उन्होंने मेरा सामान मुझे देने से पहले पूरी छानबीन कर ली थी, वे मुझे जरा-सा भी अवसर नहीं देना चाहते थे।

सौली ने कहा–"मुझे उम्मीद है, फ्लैगर्टी यह केस मुझे दे देंगे।"

"नहीँ, यह केस वे स्वयं हल करेंगे। ह्याम ने कहा–लेकिन मैं भी उनके साथ रहना चाहूंगा।"

"क्या बात है?"

वे दोनों एक-दूसरे की तरफ घूरने लगे।

मैंने अपनी टाई पहनी, कोट पहना। मेरी आदत है कि यदि मैं किसी काम को जल्दी शुरू नहीं करता तो काफी देर हो जाती है–मैंने सोचा। यदि एक बार भी वे हमें हैडक्वार्टर ले गए तो यह हमारे लिए अच्छा नहीं होगा।

"आइए चलिए!" ह्याम ने कहा–"और सुनो, यदि कोई चालाकी करने की कोशिश की तो हम तुम्हें शूट कर देंगे। वैसे वहां हम तुम्हें मारना नहीं चाहते।"

"मैं इसकी कल्पना भी नहीं कर सकता!" मैंने कहा–"मैंने इन बातों के बारे में सिर्फ पढ़ा था, अब मुझे अनुभव करने का अवसर मिलेगा।"

"हां।" सौली ने आंखों की कोरों से मुझे देखते हुए कहा। हम ड्राइंग रूम में आ गए।

फ्लैगर्टी इधर-उधर घूम रहा था, वंडरली कुर्सी पर बैठी थी और एक चौकीदारनी उसकी कुर्सी के पीछे खड़ी थी।

फ्लैगर्टी ने मुझे घूरा, वह बहुत भद्दा लग रहा था। उसके होंठ सूज गये थे और दांतों में खाली जगह हो गई थी।

"चार महीने में पांच आदमी।" उसने मेरे सामने खड़े होकर कहा–"हत्यारा! ओह! हम बतायेंगे कि हम हत्यारों के साथ कैसा सलूक करते हैं। तुम्हें अदालत में पेश करने से पहले दो सप्ताह मिलेंगे। इसका अर्थ हुआ दो सप्ताह का नरक–मिस्टर कायन।"

"बहुत नाटकीय मत बनो।" मैंने कहा।

उस बड़े आयरिश सिपाही ने मुझे पीछे से पकड़ लिया, मैंने जोर से झटका दिया और आगे को भागा। मैं अपने हाथ और घुटनों के बल आगे बढ़ गया।

फ्लैगर्टी ने मुझे ठोकर मारने की कोशिश की, मैंने अपना सिर तो बचा लिया पर उसके जूते की नोक मेरी गर्दन पर लगी।

"हम रेंगते हुए आदमी को नहीं ले जा सकते।" ह्याम ने कहा।

"खड़े हो जाओ।" फ्लैगर्टी ने मुझे पीछे घसीटा।

मैं कम्बल से ढंकी हैरिक की लाश के पास पड़ा था। मैंने अपने हाथ अपनी आंखों पर रख लिए जिससे उन्हें यह पता ने चले कि मैं किस तरफ और क्या देख रहा हूं। मेरी पिस्तौल का एक भाग कम्बल से बाहर नजर आ रहा था। ये पिस्तौल उठाना भूल गये थे। जब उन्होंने हैरिक पर कम्बल डाला था, पिस्तौल भी उससे ढंक गई थी।

खड़े हो जाओ। फ्लैगर्टी ने कहा-"मैं दुबारा बूट की ठोकर मारूंगा।"

"उठता हूं।" मैंने कहा और एक अधमरे आदमी की तरह घुटने के बल उठने की कोशिश करने लगा।

पिस्तौल मेरे से छः फिट की दूरी पर थी। मैंने याद किया कि क्या किसी सिपाही के पास बन्दूक थी? मुझे याद आया, शायद नहीं और वे भी अब निश्चिन्त थे, क्योंकि उन्हें विश्वास था कि मेरे पास कोई शस्त्र नहीं।

फ्लैगर्टी ने मुझे बूट से मारा।

मैं उछलकर हैरिक के बिल्कुल ऊपर आ गया। इससे मुझे एक मृत शरीर के ऊपर लेटने का मनोरंजक अवसर मिला। मेरे हाथ तब पिस्तौल पर आ गये थे, पर खून में सनी होने के कारण उसमें फिसलन थी, लेकिन मैंने इसकी परवाह नहीं की।

मैं खड़ा हो गया।

फ्लैगर्टी का चेहरा एकदम हरा हो गया, उसने मेरे हाथ में पिस्तौल देख ली, अन्य लोग मोम से बनी मूर्ति की तरह जड़ हो गए।

"हैलो!" मैंने कहा-"मुझे जानते हो?"

मैंने पिस्तौल उनकी तरफ नहीं तानी, उसे ढीले हाथ से पकड़े-पकड़े मैं दीवार तक आया जिससे कमरे में हर एक को देख सकूं।

"अच्छा, चलो अब।" मैंने मुस्कराते हुए कहा-"हम हैडक्वार्टर सिर्फ मनोरंजन के लिए जा रहे हैं न।"

उनमें से न कोई हिला, न किसी ने कुछ कहा।

मैंने मिस वंडरली की तरफ देखा, वह कुर्सी पर बैठी थी। उसकी आंखें आश्चर्य से फटी रह ।

"मेरे साथ आओ बेबी।" मैंने उससे कहा।

वह उठी और मेरे पास आई। मैंने उसे अपनी बांहों के घेरे में ले लिया।

"क्या तुम मेरा साथ दे सकती हो?" मैंने उसे अपने सामने खड़ा करते हुए पूछा।

"हां!" उसने कहा।

"तो, बैडरूम में जाकर मेरा सामान पैक करो, जरूरी सामान ले लो, बाकी छोड़ दो, जल्दी करो।"

वह जल्दी से बैडरूम में चली गई।

"क्या, तुममें से कोई भी जानता है कि मैं कितनी जल्दी बन्दूक चला सकता हूं।" मैंने प्रसन्नतापूर्वक पूछा-"यदि तुम जानना चाहते हो तो एक मौका दो, मैं तुम्हें दिखा दूंगा। यह कह कर मैंने अपनी पैंट की पेटी में पिस्तौल रख ली।"

उनमें से कोई भी नहीं हिला, वे कुल आठ थे। साथ में वह औरत भी। उनमें से किसी ने पलकें तक नहीं झपकीं।

मैंने एक सिगरेट जलाई और फ्लैगर्टी की तरफ धुआं छोड़ दिया।

"तुम लोग अपना काम करो बच्चो, मैं अपना करता हूं। मैं यहां छुट्टियां बिताने आया हूं। मैं सिर्फ यहां एक अच्छा समय बिताने आया था। पर तुम लोग अपने को ज्यादा चालाक समझते हो। तुम हैरिक को मारना चाहते थे, इसलिए कि वह तुम्हारे रास्ते का कांटा था, तुमने हैरिक को मार डाला, पर मुझे नहीं मार सके। तुम मुझे फंसाना चाहते थे, पर फंसा नहीं सकते। तुम जानते हो हैरिक से मुझे कोई शत्रुता नहीं थी, मैं क्यों उसे मारता? मैं जा रहा हूं और यह पता लगाऊंगा कि तुम हैरिक को क्यों मारना चाहते थे और उसके बाद मैं उसके काम को पूरा करूंगा। मैं तब तक यहां हूं, जब तब इस बात का पता नहीं लगा लूंगा। मैं तब तक यहां रहूंगा, जब तक तुम्हारे भ्रष्ट प्रशासन की धज्जियां नहीं उड़ा दूंगा। तुम चाहो तो मुझे रोक सकते हो। मैं छोटे से शहर के छोटे आदमियों से नहीं लड़ता, यह मेरी प्रतिष्ठा के खिलाफ है।"

उन्होंने तब तक भी कुछ नहीं कहा।

मैंने आयरिश व्यक्ति से कहा-"मैं तुम्हें चाहता हूं, भाई।"

वह अपने हाथ ऊपर उठाये-उठाये मेरे पास आया।

मैंने उसे छः फीट के अन्तर से रोककर उसकी नाक पर इतनी जोर से मुक्का मारा कि वह पीछे लुढ़ककर फ्लैगर्टी के पास गिरा। दोनों नीचे फर्श पर लुढ़क गए।

उस सिपाही की नाक से खून बहने लगा था।

मिस वंडरली बैडरूम से एक सूटकेस लेकर बाहर आई।

"दरवाजे पर मेरा इन्तजार करो, हनी!" मैंने कहा।

मैं खिड़की तक गया, पर्दा खींचा और सिगार का बक्सा निकाला। उस बक्से में मेरे द्वारा छिपाए गए अट्ठारह ग्रांड थे। मेरी छुट्टियों के मनोरंजन के लिए इकट्ठा किया गया धन।

यद्यपि मैंने उन पर निगरानी रखने की भी कोशिश नहीं की थी, पर उन्होंने अपनी एक भी नाड़ी नहीं हिलने दी। वे मेरी प्रतिष्ठा जानते थे, वे सब सहमे-से खड़े रहे। पैराडाइज पाम में मेरी प्रतिष्ठा काफी ऊंची थी।

"हम जाएंगे।" मैंने मिस वंडरली से कहा।

उसने दरवाजा खोला।

"अच्छा विदा!" मैंने फ्लैगर्टी से कहा-"मेरे पीछे आ जाओ, यदि चाहते हो। मैं कभी भी पहले वार नहीं करता, मुझे बलपूर्वक ऐसा करने पर विवश किया जाता रहा है। मैं तुमसे मिलूंगा।"

वह मुझे घृणा-भरी नजरों से देखता रहा, पर उसने कुछ नहीं कहा।

मैंने मिस वंडरली को अपनी बांहों में लिया और चल दिया।

"आप जा रहे हैं," सर! एक सेवक ने कहा। यह वही था जिसने गवाही दी थी कि हैरिक को वह मेरे कमरे तक लाया था।

मैंने उसे बाहर की तरफ धक्का दिया और उसकी आंखों के बीच मारा, वह गिर गया और एक चूहे की तरह फर्श पर चुपचाप बैठ गया।

"मैं नीचे जा रहा हूं।" मैंने मुस्कराते हुए कहा और दरवाजा बन्द कर दिया।

(2)

बाहर निकलते ही मैंने वंडरली से पूछा–"क्या वे तुम्हारा घर जानते हैं? साथ ही मैंने अपनी गाड़ी गैरेज से निकाल ली।"

उसने 'ना' में सिर हिलाया।

"सच!"

"हां। मैंने अपना कमरा एक-दो दिन पहले ही बदला है। अभी तक उनमें से कोई नहीं जानता।"

"हम वहां जाएंगे। तुम अपने कुछ कपड़े ले लेना।" मैंने कहा–"कहाँ है कमरा?"

उसने कस कर मेरा हाथ पकड़ लिया–"नहीं, हमें इसी वक्त शहर से बाहर हो जाना चाहिए, मुझे डर लग रहा है।"

हमारे पास समय है। मैंने कहा–"तुम्हें डरना नहीं चाहिए। यदि हम दिमाग से काम लेंगे तो वे हमारा कुछ नहीं बिगाड़ सकते।"

"वह एसेम्स और मैरीवेल के कोने में हैं।"

"मैं जानता हूं, मैं जब आया था, उधर से ही गुजरा था।"

मैंने गाड़ी के शीशे में देखा, अभी तक कोई हमारा पीछा नहीं कर रहा था।

"मुझे तुमसे अभी बहुत बातें करनी हैं, तुमने मेरा पक्ष लिया, इसके लिए बहुत धन्यवाद।" मैंने कहा।

"वह कांपी–क्या वे हमें पकड़ सकते हैं?"

"वे एक गाड़ी नहीं पकड़ सकते।" मैंने कहा। पर मैं सोच रहा था कि क्या उन्होंने होटल में मेरी गाड़ी का नम्बर नोट किया या नहीं और हम उससे पहले क्या कर सकते हैं, जब तक कोई सेवक फ्लैगर्टी को गाड़ी का नम्बर बताए।

मैं शहर से बहुत दूर नहीं आना चाहता था और यह भी सोच रहा था

कि शहर जाना ठीक होगा या नहीं। क्योंकि मैं किलयानो के विषय में जानना चाहता था। शहर के पास रहकर ही ठीक या गलत उसके साथ कुछ किया जा सकता था।

"सुनो प्रिय!" मैंने कहा–"क्या शहर में कोई ऐसी जगह है जहां हम ठहर सकते हैं और सुरक्षित भी रहें।"

उसने चारों तरफ देखा और बोली–"हमें यहां से चले जाना चाहिए, तुम नहीं जानते कि वे यदि मुझे पकड़ने में सफल हो गए, तो बहुत बुरा हाल कर देंगे।"

"चिंता मत करो!" मैंने कहा–"तुम्हें कोई नहीं पकड़ सकता, लेकिन हम भागे हैं इसलिए पुलिस शहर के सारे रास्तों पर पहरा बिठा सकती है। हम उनके रेडियो सैट का मुकाबला नहीं कर सकते। हमें तब तक इन्तजार करना पड़ेगा, जब तक मामला ठंडा नहीं पड़ जाता। तभी हम किसी रात यहां से बाहर जा सकते हैं।"

"नहीं, हमें अभी चले जाना चाहिए।"

"हमें कुछ नहीं होगा!" मैंने कहा–"लेकिन हमें ठीक तरह से सोचने के लिए तीन–चार दिन तो चाहिए।"

बात करते–करते हम एसेम्स और मैरीवेल के कोने पर आ गये, मैंने एसेम्स की एक गली में गाड़ी पार्क कर दी।

"जल्दी आओ।" मैंने अपने सिगार बक्स को पकड़ते हुए कहा–"जल्दी करो।"

हम लकड़ी के जीने से चढ़कर उसके बैडरूम में आ गये। उसने बहुत जल्दी अपना सामान एक सूटकेस में डाला। सिर्फ तीन–चार मिनट में ही उसने अपनी अलमारी और दराजें खाली कर दीं।

"ठीक है!" मैंने सूटकेस लेते हुए कहा–"अब तुम मेरे पीछे आओ।"

जैसे ही मैं सीढ़ियों के अन्तिम छोर पर पहुंचा, मैं पीछे को हटा। उसने मेरा हाथ पकड़ लिया और आश्चर्य से मुझे देखने लगी।

"यह क्या है?" उसने पूछा।

मैंने उसे चुप रहकर सुनने का संकेत किया, रेडियो से पुलिस का आदेश प्रसारित हो रहा था जिसमें हमारे ऊपर निगरानी रखने का संदेश था।

"तुम्हें भूरे रंग वाली हत्यारिन कहलाना कैसा लग रहा है?" मैंने मुस्कराते हुए पूछा।

उसने मुझे धीरे से धकेल दिया और सीढ़ियां उतरने लगी। नीचे की सीढ़ी पर वह रुक गई। एक मोटा-सा आदमी सामने के कमरे से निकल कर बाहर आया, वह उसे देखते हुए खड़ा हो गया।

"हाय, तुम?" वह उसकी तरफ बढ़ा-"इतनी जल्दी नहीं, वे लोग तुम्हें चाहते हैं।"

मिस वंडरली ने उसे घूरकर देखा और अपनी एड़ी के बल खड़े होकर सीढ़ियों का दरवाजा बन्द करने लगी, पर इसके पहले ही वह उनके पास पहुंच गया।

"वे मुझे भी चाहते हैं।" धीरे से सामने आते हुए मैंने कहा। वह पीछे हट गया और उसने मिस वंडरली को आगे आने दिया।

"मुझे किसी भी बात के बारे में कोई जानकारी नहीं है, मिस्टर!" उसने मिस वंडरली का बैग नीचे जमीन पर रख दिया, मैंने पूछा-"तुम्हारा फोन कहां है?"

उसने कमरे की तरफ इशारा किया, मैंने अपना सिर हिलाया वह कमरे के अन्दर गया, मैं भी उसके पीछे-पीछे कमरे में घुसा। मिस वंडरली दीवार से सटकर खड़ी हो गई। इस समय वह उतनी खूबसूरत नहीं लग रही थी जितनी होटल में दीवार से सटी हुई। शायद इसलिए कि इस वक्त उसने पूरे कपड़े पहने हुए थे।

वह कमरा बड़ा और खुला हुआ था। खिड़कियों के पर्दे खुले थे।

एक बूढ़ी औरत टेलीफोन का रिसीवर उठाये हुए थी। जब उसने मुझे देखा तब तुरन्त रिसीवर रख दिया। मैं जरा जर्क खाकर टेबल पर गिर पड़ा, वह एक रिवाल्विंग कुर्सी पर बैठ गई, उसने अपना पल्ला मुंह पर डाल लिया।

वह उस तरह से मूक होकर बैठी हुई अच्छी लग रही थी। उसे शायद कुछ आराम मिल रहा था।

मैंने टेलीफोन उठाया और एक झटके के साथ उसका तार उखाड़ दिया। बाद में टेलीफोन को फर्श पर पटक कर उसके टुकड़े कर दिए।

"अब तुम किसी से भी, किसी विषय में बात नहीं कर सकोगी।" मैंने कहा-"यह एक अच्छी बात होगी।"

उसे इस बात से धक्का लगा, उसके ऊपर पसीने की बूंदें झलक आई थीं।

मैंने उन्हें ऐसे ही छोड़ दिया और मिस वंडरली को साथ लेकर आगे आ गया, उसे भी इस बात से राहत मिली।

हम बहुत तेजी से सीढ़ियां उतरे। मैंने उसका बैग कार में डाला और खुद अन्दर बैठ गया। मैंने एसेम्स की गली से अपनी कार इतनी तेजी से निकाली जैसे कोई बिल्ली गर्म स्टोव से उछल कर भागी हो।

"तुमने किसी जगह के बारे में सोचा, मेरी जान?" मैंने उससे पूछा।

"नहीँ।" उसने सर हिला दिया।

"सोचो, नहीं तो हम मुश्किल में पड़ जायेंगे।"

उसने अपनी बन्द मुट्ठी खोली और रोने लगी।

मैंने सागर की तरफ देखा। अटलांटिक सागर का नीला पानी तरह-तरह के रंग बदलता दिखाई दिया। उससे ऊपर बादलों की छाया पड़ रही थी। पास में दिखने वाले हरे टापू जमीन पर पड़े मरकत मणियों की तरह लग रहे थे। दूर क्षितिज पर पेंसिल से खींची गई हल्की रेखा-सी दिखाई दे रही थी।

"उन टापुओं के बारे में कुछ जानती हो?" मैंने पूछा-"उनमें से किसी एक के बारे में कुछ पता है?"

उसने अपना सिर उठाया, उसके आंसू जैसे अकस्मात् ओझल हो गए।

"हां...कुडको खाड़ी...। वह इस टापू के बायीं तरफ है। छोटी भी है। मैं वहां एक बार गई थी। वहां एक झोंपड़ी के बारे में मैं जानती हूं।"

"बहुत ठीक।" मैंने कहा-"हमें यदि वह मिल जाए तो हम वहीं जाएंगे।"

मैं यह नहीं जानता था कि हम कहां हैं, पर हम उसी तरफ जा रहे थे, जिधर वह टापू था। हमने डाइडन बीच पार किया, आगे जाकर मुझे एक चबूतरा दिखाई दिया। उसे देखकर मेरे मन में एक विचार कौंध गया।

"हम अपनी कार को एक नौका में बदल लेंगे।" मैंने कहा।

"मुझे कोई फिक्र नहीं, तुम मेरे साथ हो। यह बात उसने अपने दिल के भीतरी कोने से कही थी।"

मैंने उसके घुटने को थपथपाया, वह एक मुलायम घुटना था, उसने ऐतराज नहीं किया तो मैंने अपना हाथ वहीं रखे रखा।

हम उस बड़े, माल उतारने वाले चबूतरे पर आकर रुके और कार से बाहर आ गए। मैंने देख लिया था कि मेरी पिस्तौल ठीक थी और मैंने सिगार

के डिब्बे को कसकर पकड़ रखा था। यही एक चीज थी जिसे मैं कभी खोना नहीं चाहता था। मैंने चारों तरफ देखा, वहां यूरोप की कई मोटरवोट थीं। पर वे उतनी तेज नहीं चल सकती थीं, जितनी मुझे जरूरत थी।

जल्दी ही मुझे पता चल गया कि मेरी जरूरत की चीज कौन-सी है। सामने एक पतली तीस फीट चौड़ी महोगनी की लकड़ी, इस्पात और तांबे से बनी बोट थी, बहुत तेज दौड़ने वाली लगी।

"यही है मेरे काम की बोट।" मैंने वंडरली से कहा।

जब हम बोट की तरफ देख रहे थे तभी एक छोटा-मोटा आदमी पास के एक घर से निकला। उसने हमारी तरफ बड़ी सख्त नजरों से देखा। फिर वह बोट की तरफ बढ़ा।

मैंने कहा-"सुनो!"

उसने हमारी तरफ देखा और बोट पर चढ़ गया। उसका काला चेहरा धूप से तमतमा रहा था। उसके बाल पीले लग रहे थे। वह एक बुरा आदमी नहीं लग रहा था।

"आपको क्या चाहिए?" वह बोला।

मैंने कंधे उचकाए और पीछे को हो गया। मैंने कहा-"बोट।"

"मिस्टर कायन!" उसने मुझे पहचान कर कहा। वह पूरी सतर्कता बरत रहा था कि उसका शरीर न हिले, लेकिन वह डरा नहीं।

"हां।" मैंने कहा।

उसने कहा-"रेडियो पिछले आधे घंटे से आपके बारे में बोल रहा है। सारा शहर जानता है कि आप भागना चाहते हैं।" फिर उसने मिस वंडरली की तरफ देखा और कहा-"आप मेरी बोट चाहते हैं?"

"हां।" मैंने कहा-"मुझे बहुत जल्दी है, पर मैं तुम्हें धोखा नहीं देना चाहता, मेरी गाड़ी और एक ग्रांट ले लो।"

उसकी आंखें खुली रह ।

"क्या मुझे मेरी बोट वापस मिलेगी?"

"जरूर, यदि उन्होंने इसे डुबो न दिया...।"

"डुबो देंगे? वे इसे देख भी नहीं सकते।"

उसकी हिम्मत से मेरी हिम्मत बढ़ गई। मैंने पूछा-"यह इतनी तेज दौड़ सकती है?"

"यह सबसे तेज चलने वाली बोट है। आपका भाग्य अच्छा था कि

आप मेरे पास आए।"

"मुझे भी ऐसा ही लगा था।"

"यद्यपि मैं नहीं चाहता, फिर भी मुझे मंजूर है। मैं खुद भी उस हैरिक को पसन्द नहीं करता था।"

"यह तुम्हारी बोट है?" मैंने पूछा।

"जी हां! मैं इसका प्रयोग मछली पकड़ने तथा और कामों के लिए करता हूं। जब आप इस मुसीबत से मुक्त हो जाएं तो मेरे साथ इस पर सैर करना, आपको अच्छा लगेगा।"

"मुझे खुशी होगी, यदि यह मुक्ति मुझे वापस मिल जाए।"

मिस वंडरली दो सूटकेस के साथ खड़ी थी। डुअल उसे घूर कर देख रहा था, यह उसे अच्छा नहीं लग रहा था, मुझे भी नहीं। पर हम जल्दी ही बोट पर उतर गए। वह काकपिट में बैठ गई।

"तुम केबिन में बैठो।" मैंने कहा-"यहाँ ज्यादा सुरक्षा रहेगी। मैं नहीं चाहता था कि बोट को पानी में उतारते हुए कोई भी उसे देख सके।"

वह केबिन में चली गई और दरवाजा बन्द कर लिया।

"क्या आप मुझे साथ ले चलना चाहते हैं?" डुअल ने पूछा।

"नहीं।"

उसने कहा-"ओ. के.! मुझे आशा है कि मैं दुबारा अपनी बोट पर चढ़ सकूंगा।"

"हो सकता है।" मैंने कहा और उसे गाड़ी की चाबी दे दी।

"तुम्हें बोट में कोई तकलीफ नहीं होगी, यह बहुत अच्छी तरह से चलती है।" उसने चाबी लेते हुए कहा-"मैं तुम्हारी गाड़ी को ठीक तरह से रखूंगा।"

"श्योर।"

मैं बोर्ड पर पहुंचा और इन्जन स्टार्ट कर दिया।

डुअल बोट की लाइन से हट गया।

"मैं सोचता हूं कि फ्लैगर्टी भी एक शैतान है।" उसने कहा।

मैंने बोट का स्टेयरिंग घुमाकर उस तरफ कर दिया जिधर से खाड़ी के बाहर जाने का मार्ग था।

बोट ठीक तरह से चल रही थी, उसे चलाना आसान था। जल्दी ही मैंने देखा कि हम खाड़ी के बीच आ गए।

मैंने पीछे देखा।

डुअल हाथ हिला रहा था, मैंने भी उत्तर में हाथ हिला दिया। फिर मैंने इन्जन तेज किया, बोट शोर करती हुई पीछे पानी और क्रीम रंग का झाग छोड़ती हुई दौड़ने लगी।

❖❖❖

कुडकोको एक छोटा-सा टापू था। यह मुख्य पाम खाड़ी से पांच मील की दूरी पर स्थित था। यह चारों तरफ से सफेदी से चमकते पानी और नारियल के पेड़ों से घिरा था। सफेद फूलों से लदे पेड़ हरी पत्तियों के साथ बहुत खूबसूरत लग रहे थे। दूर-दूर तक छोटी-छोटी झाड़ियां थीं। कुछ स्थानों पर जहां वृक्ष जलाएं जा रहे थे, वहां घुमावदार धुआं आकाश में उठ रहा था।

मैंने अपनी बोट झाड़ियों के अन्दर छिपा दी और यह विश्वास कर लिया कि दूर समुद्र से इसे कोई देख नहीं सकता।

हम मोटरबोट से उतरे और जगह ढूंढ़ने लगें।

मिस वंडरली इस समय शांत और खूबसूरत लग रही थी। टापू पर बेहद गर्मी थी, मैंने सिर्फ गैबरडीन की पैंट पहनी हुई थी। फिर भी पसीना बहुत आ रहा था।

मिस वंडरली ने बताया कि यहां पर दो-चार दर्जन मछुआरे रहते हैं, पर अभी तक कोई दिखाई नहीं दिया।

मुझे अपने जीवन का सबसे बड़ा आश्चर्य तब हुआ, जब मैंने उस कथित झोंपड़ी हो देखा। इससे चारों तरफ का खूबसूरत दृश्य और दूरी पर स्थित पैराडाइज पाम ही नहीं दिखता था, पर यह शायद झोंपड़ी भी नहीं थी। यह किसी भी भयंकर तूफान के प्रभाव से मुक्त रूप में बना एक घर था। इस तरह के घर बनाने का प्रयोग कुछ समय पहले रैडक्रास वालों ने तूफान से बचने के लिए किया था।

ऐसे आंधी बचाव-घर एक किले के रूप में बनाए जाते हैं। उनका निर्माण कंक्रीट और इस्पात से होता है। मजबूत चट्टानों और इमारत से बनी दीवारें, दरवाजे। इनकी दीवारें लगभग एक फीट चौड़ी होती हैं। बीच के पार्टीशन, खिड़कियां दोहरे शीशों और शटर्स से युक्त होती हैं। लकड़ी भी तिहरे रूप में सिर्फ दरवाजों के लिए प्रयोग में लाई जाती है और आपत्ति के समय पानी के लिए छत से बनाई हुई एक पाइप लाइन होती है।

यह मकान टापू के एक तरफ था और इसके एक-दो मील चारों तरफ

और कुछ नहीं था। यह एक सफल प्रयोग था, पर इस समय इसमें कोई नहीं रह रहा था।

इस वंडरली ने अपने दोनों हाथ पीछे बांधकर पंजे से ऊपर उठते हुए मकान की प्रशंसा की।

"चलो अन्दर चलें।" मैंने कहा।

पर यह आसान काम नहीं था। अन्त में मैंने सामने वाले दरवाजे का ताला तोड़ दिया। स्थान बहुत गंदा था और ओवन की तरह गरम! पर सारी खिड़कियां खोल देने पर साफ हवा अन्दर आई और अच्छा लगने लगा।

"मैंने तो एक बार बोट से ही इसे देखा था, तब किसी ने बताया था कि यहां कोई रहता नहीं है। मुझे नहीं मालूम था, यह इतना सुन्दर है।" वंडरली ने कहा।

"हम इसे आरामदायक बना सकते हैं। मैंने कहा-"यह स्थान सुरक्षित भी है। चलो, जरा सब तरफ से देख लें।"

मुझे एक छोटा-सा बन्दरगाह दिखाई दिया। इस पर इतने झाड़ उग आये थे कि उसकी असलियत छिप गई थी। इसे बड़ी मुश्किल से पहचाना जा सकता था।

"यह तो बहुत अच्छा है।" मैंने थोड़े से झाड़ साफ करते हुए कहा।

"हम अपनी बोट यहीं लगा देंगे। आओ, अब चलें।"

जैसे ही मैंने अपनी बोट टापू के इस ओर की, मुझे पता चला कि गांव के लोगों ने पूर्वी किनारे पर डेरा जमाया हुआ है। तीन-चार छोटे जहाज समुद्र के किनारे खड़े थे और एक दर्जन के करीब छोटी झोपड़ियां बनी हुई हैं तथा एक बड़ी झोपड़ी, जो स्टोर जैसी लग रही थी।

"तुम केबिन में ठहरो!" मैंने मिस वंडरली से कहा-"मैं कुछ प्रबन्ध करने अन्दर जा रहा हूं।"

जैसे ही मैंने अपनी बोट किनारे लगाई, मैंने देखा, कुछ आदमी किनारे पर खड़े थे। उनमें से एक भारी-भरकम आदमी मेरे द्वारा फेंकी गई रस्सी को पकड़ लिया।

जैसे ही मैं ऊपर चढ़ा, उस व्यक्ति ने मेरी तरफ और बाद में बोट की तरफ देखा।

"यह टिम की बोट है।" उस व्यक्ति ने कहा और अपने हाथ अपनी मैली पैंट पर रगड़ दिये।

"हां!" मैंने कहा और इससे पहले कि वे इसे चुराई हुई समझें, मैंने कहा–"यह मैंने मछली पकड़ने के लिए उससे ली है।"

"बहुत अच्छी बोट है।" उसने कहा।

"हां!" मैंने जवाब दिया।

मैंने रस्से को तेजी से घुमाया। यह जानते हुए कि उन्होंने मेरे ऊपर से अपनी आंखें अभी हटाई नहीं! उसे मैंने स्टोर के ऊपर फेंका। अभी तक उनमें से किसी ने कोई काम शुरू नहीं किया था।

स्टोरकीपर ने अपना नाम 'मैक' बताया और मैंने अपना नाम 'रैली'। उस आदमी की आंखें चिड़िया जैसी चमकदार थीं। जब मैंने कुछ खरीदना शुरू किया तो उसने मुझे पसन्द किया।

मैंने काफी सामान खरीद लिया।

"डुअल की बोट है!" जब वह दीवार के पास पहुंचा, तब उसने कहा।

"हां, वह यहां के बारे में काफी कुछ जानता है।" मैंने कहा।

"निश्चित रूप से।" उसने आंखें मिचमिचाते हुए कहा।

"कितनी शान्त जगह है!" मैंने उस सुनसान बीच की तरफ देखकर कहा।

"हां।" मैक ने कहा–"यहाँ कोई भी किसी बात की परवाह नहीं करता। हम यहां अकेले ही हैं।"

"लेकिन तुम औरों के बारे में सोचते हो।" मैंने कहा।

"वहा पैराडाइज पाम में एक हत्या को लेकर खासी उत्तेजना है। रेडियो बार–बार उसके बारे में बोल रहा था।"

"मैंने भी सुना है।"

"मैं समझता हूं उससे हमारा कोई वास्ता नहीं।"

मैंने सोचा इसका क्या अर्थ हो सकता है।

"तुम अकेले हो।" उसने बोट की तरफ देखते हुए कहा।

"हां !"

"शायद आप अपनी पत्नी के साथ आये हों।"

"नहीं, अभी शादी नहीं की।"

"हम कर भी नहीं सकते।"

पहले वाला आदमी बोट पर चढ़कर आ गया था, उसे काफी पसीना आ रहा था।

"केबिन में ताला लगा हुआ है।"

"हां।"

मैक और उस आदमी ने एक-दूसरे की तरफ देखा। मुझे लगा वे कुछ गम्भीर बात सोच रहे थे।

मैंने पहले वाले आदमी को एक पंख दिया। उसने सोचा, वह एक करेंसी नोट होगा। वह कुछ उत्तेजित हो गया।

"हो सकता है हम दुबारा मिलें।" मैक ने कहा-"टिम का दोस्त मेरा भी दोस्त है।"

"यह अच्छी बात है।" मैंने कहा।

"मैं जानता हूं कि डुअल अपनी बोट किसी गलत आदमी को नहीं देगा।" मैक ने कहा।

"ठीक ही है।" मैंने यह सोचते हुए कि यहां डुअल की काफी इज्जत है, कहा और बोट में आ गया।

"एक निगरानी बोट की आवाज यहां अक्सर आती है।" मैक ने अपनी ऊंची आवाज में कहा।

"ऐसा!" मैंने उसकी तरफ ऊपर की देखते हुए कहा।

उसने अपनी एक आंख बन्द की और कहा-"हम उन्हें कुछ बताते नहीं।"

"यह अच्छी बात है।"

"तुम उस स्त्री को बाहर ले आ सकते हो, केबिन में काफी गर्मी है।" उसने मेरी तरफ देखते हुए कहा।

"ओह!" मैंने उसकी तरफ देखा और कहा-"तुम हमारी मदद कर सकते हो।"

"यहाँ आने वाले सिपाहियों को हम कुछ नहीं समझते। वह हैरिक हमारे लिए अच्छा नहीं था, वह हमारे व्यापार को नष्ट करना चाहता था। हम उसके प्रति अभारी हैं जिसने उसे हमारे रास्ते से हटा दिया।"

"हां, शायद वह लोकप्रिय नहीं था।"

मैंने इंजन स्टार्ट किया।

"तुम कभी भी मेरी मदद ले सकते हो।" उसने कहा।

मैंने अपना हाथ हिला दिया।

❖❖❖

मैंने आकाश की तरफ देखा, चन्द्रमा खुले आसमान में ऐसा लग रहा था जैसे पनीर का गोल टुकड़ा लटका हुआ हो। लम्बे-लम्बे दूर तक फैले नारियल के पेड़ों की छाया सारे वातावरण को भुतहा बना रही थी। तारकोल से जली झाड़ियों की लाल लपटें पीठ के बल लेटी मिस वंडरली के ऊपर पड़ रही थीं और वह उनसे कहीं ज्यादा चमक रही थी।

मैं आग के पास आया और एक-दो पक्षियों का मांस भूनकर कबाब बनाया। इनमें बहुत अच्छी गंध आ रही थी।

हम थक चुके थे। लेकिन इस जहाजनुमा घर को पाकर खुश थे। मुझे यह भी आश्चर्य हो रहा था कि थकान के बावजूद मिस वंडरली सफाई कराने और सामान ठीक कराने में पूरी मदद कर रही थी। हमें बेतहाशा पसीना आ रहा था और हमारे ऊपर काफी धूल चढ़ चुकी थी। हमने दो कमरों में नारियल की चटाई बिछा दी और बोट में से एक सोने का गद्दा भी एक कमरे में बिछा दिया। हम केबिन में से दो कुर्सियां भी ले आए। अब सारी जगह एक अच्छा घर लग रही थी।

बोट के काकपिट में मुझे एक स्वचालित रायफल मिली। वहां एक छोटी-मोटी लड़ाई लड़ने के लिए पर्याप्त सामान था। मैं रायफल को घर के अन्दर ले आया। मैं यह नहीं जानता था कि कब हम अचानक बोट या घर से अलग कर दिए जाएं। अतः मैंने तरकीब से जरूरी अस्त्र-शस्त्रों को बोट और घर में बांट दिया था। बोट में एक पोर्टेबल रेडियो था, उसे भी मैं घर में ले आया।

बेहद गर्मी के बावजूद यह दिन काम-व्यस्त रहा और यह सब कुछ करने के बाद अब हम खाने के लिए तैयार हुए।

मैंने कबाब दो भागों में बांट दिया। बाकी सामान भी।

"अब ठीक है!" यह कहते हुए मैंने एक प्लेट मिस वंडरली की तरफ बढ़ा दी-"खाओ।"

वह उठकर बैठ गई। उसके बालों में रेत नहीं थी। वह आग की रोशनी और चांदनी में बहुत सुन्दर लग रही थी।

"अभी भी डर रही हो।" मैंने गोश्त का टुकड़ा तोड़ते हुए कहा।

उसने अपना सिर हिलाया-"नहीं।"

हम इतने व्यस्त थे कि इतने समय में हमने किलयानो या और व्यक्तियों के विषय में सोचा ही नहीं।

ऐसी आशा नहीं थी, जिस तरह से यह सब कुछ आज सुबह हुआ। मैंने कहा–"मैं सोचता हूं, इस विषय में तुम कुछ कहना चाहोगी। तुम इस सारे मामले को कैसे लेती हो?"

वह कुछ देर चुपचाप बैठी रही, मैं सब कुछ जानना चाहता था, पर मुझे जल्दी नहीं थी।

"मैं बेवकूफ थी।" उसने अकस्मात् कहा–"मैं यहां सिर्फ इसलिए आ गई कि इसके लिए मुझे नौकरी का वायदा किया गया था। मैं इस बात से तंग आ गई थी कि उन लोगों का मन बहलाऊं जो मेरी जैसी लड़कियों को आसानी से चक्कर में फंसने वाली समझते हैं। नौकरी तो अच्छी थी, लेकिन वह एकदम एक और प्रेमी पैदा करने वाली बन गई। वे चाहते थे कि मैं उनका मन बहलाऊं। पर मेरा विचार ऐसा नहीं था। इसलिए मुझे लगता है कि यहां आना व्यर्थ है।"

"तुम लड़कियां वास्तविकता कब समझोगी।" मैंने कहा।

"स्प्रेट्जा चाहता था कि मैं कैसीनो के फूलों और सजावट की देखभाल करूं। इस तरह मुझे यह नौकरी मिली।"

"तुम और फूल एक-से दिखते हैं।" मैंने कहा।

उसने स्वीकृति में सिर हिलाया और बोली–आठ महीने तक सब कुछ ठीक चलता रहा। अच्छा पैसा मिल रहा था। एक दिन अकस्मात् स्प्रेट्जा ने मुझे ऑफिस में बुलाया। वहां किलयानो और फ्लैगर्टी भी थे। उन्होंने मुझे घूरा। मुझे उनका आपस में फुसफुसाना अच्छा नहीं लग रहा था। किलयानो ने कहा, यह काम मैं करूंगी और वह तथा फ्लैगर्टी मेरे साथ रहेंगे। उनके जाने के बाद स्प्रेट्जा ने मुझसे बैठने के लिए कहा। उसने मुझे एक हजार डालर आफर किए और काम था तुम्हारा मनोरंजन करना। तब तक मैं नहीं जानती थी कि वह आदमी तुम हो। उसने कहा, तुम एक महत्वपूर्ण पर्यटक हो, कारण तो उसने नहीं बताया पर यही कहा कि तुम्हारा मनोरंजन करना है और यह भी कहा कि यदि मैंने यह काम ठीक तरह से कर दिया तो और पैसा मिलेगा तथा घर जाने का टिकट भी।

"और तुम क्या सोचती थीं?"

"मैं नहीं जानती कि क्या सोचना था, पैसा बहुत था और मैं घर वापस लौट जाना चाहती थी। पर कुछ ऐसा था जो स्प्रेट्जा के कहने से लग रहा था कि यह नौकरी नहीं छोड़ी जा सकती। तब मैंने उससे साफ-साफ

पूछा कि मुझे क्या करना होगा। उसने कहा, मेरा काम तुम्हें घुमाना, तुम्हारा मनोरंजन करना होगा और इधर-इधर घुमा कर फिर होटल में वापस आना होगा। उन्होंने मुझे तुम्हारे साथ सोने के लिए भी कहा। मुख्य बात यह थी कि मुझे रात भर तुम्हारे साथ रहना था, वह भी होटल के कमरे में। पार मुझे यह अच्छा नहीं लगा, इसलिए मैंने मना कर दिया।"

उसे थोड़ी-सी कंपकंपी आई और वह चांदनी रात में खाड़ी की तरफ देखने लगी।

वह बोली-"उसने मुझे समझाने की कोशिश की, पर जितना वह मुझे समझाता था उतना ही मुझे लगता था कि कुछ बहुत गलत होने जा रहा है। तब वह उठा और मुझे अपने साथ आने के लिए कहा।"

उसने बोलना बन्द कर दिया और नीचे देखने लगी, फिर अपने आप ही आगे की बात शुरू कर दी।

"वह मुझे समुद्र के किनारे एक घर में लाया। घर में घुसते ही मुझे मालूम हो गया कि यह कौन-सी जगह थी। वहां एक बूढ़ी औरत तथा कुछ लड़कियां थीं, सारा माहौल दुर्गन्ध से भरा था।"

मैंने उसे एक सिगरेट दी और कुछ मिनटों की चुप्पी में हम सिगरेट पीते रहे।

"उसने कहा होगा कि यदि तुम यह काम नहीं करोगी तो तुम्हें उस घर में रख दिया जाएगा, यही न।"

उसने स्वीकृति दी-"मैं इतना डर गई थी कि वहां से बाहर आने के लिए मैं कुछ भी करने को तैयार हो गई।"

"यही ठीक था।" मैंने कहा।

"मैंने कहा कि मैं यह काम करूंगी, तब वह मुझे वापिस ले आया और उसने कहा कि वे मेरे तमाम कामों पर निगरानी रखेंगे, वह और फ्लैगर्टी हमेशा बिना खुद को व्यक्त किए, हमेशा हमारे साथ रहेंगे और यदि मैंने तुम्हें चेताया तो वे तुम्हें मार देंगे और मुझे उसी जगह भेज देंगे।"

"बहुत खूब!" मैंने कहा-"अच्छा, मेरे बेहोश हो जाने के बाद फिर क्या हुआ?"

"मैं जानती थी कि ब्रांडी में बेहोशी की गोलियां मिली हुई हैं। उन्होंने मुझे कहा था कि मुझे ब्रांडी नहीं पीनी, अतः मैंने नहीं पी, तुम्हारे बेहोश होने के बाद वे अन्दर आए। स्प्रेट्ज़ा और फ्लैगर्टी ने तुम्हें उठाकर बिस्तर

पर लिटा दिया। उन्होंने मुझसे कहा कि मैं भी तुम्हारे साथ बिस्तर पर सुबह होने तक लेटी रहूं। मैं इतनी डरी थी कि उनके कहने के अनुसार करती रही। मैं जानती थी कि कुछ बड़ा भयानक होने वाला है। मैंने देखा कि वे ड्राइंगरूम में चले गए। मैं नहीं जानती थी कि वे वहां क्या कर रहे हैं। मैं सारी रात जागती रही, जब सुबह हुई तो मैं उठकर ड्राइंग रूम में गई और उसके बाद क्या हुआ, तुम जानते ही हो।"

मैं उसके और पास सरक आया।

"लेकिन अन्त में जो कुछ तुमने कहा, क्यों कहा? तुमने यह खतरा क्यों मोल लिया?"

उसने दूर देखते हुए कहा-"मैं किसी को फंसाना नहीं चाहती थी, खास तौर पर खून के मामले में और मैंने तुमसे कहा था कि मैं तुम्हारी तरफ हूं, याद है न।"

"हां, याद है, पर तुम मुसीबत में थीं, मैं तुम्हें कतई दोष नहीं देता, यदि तुम उनकी मनमानी बात कहतीं।"

"नहीं, मैं नहीं कह सकती थी।"

मैंने उसका चेहरा अपनी तरफ घुमा लिया। मैंने कहा-"मैं तुम्हारा हो सकता हूं।"

उसने मेरे गले में अपनी बांहें डाल दीं और मेरा सिर अपनी तरफ झुकाया।

"मैं तुम्हारी हो चुकी हूं।" उसने कहा, उसके होंठ मेरे गले का स्पर्श करने लगे-"मुझे कोई चिन्ता नहीं, मैं उन लोगों को तुम्हें तंग करने का अवसर नहीं दूंगी।"

हम थोड़ी देर आपस में भावुक बने रहे, उसे प्यार करना कठिन नहीं था।

"अब मैं सोचता हूं कि क्या करूं? तुम्हें कैसे रखूं?"

"करो, जो ठीक समझो वही करो।" वह यह सुनकर डर गई थी।

"क्या मैं तुम्हें यहां छोड़ सकता हूं? क्या तुम खुद अपनी देखभाल कर सकती हो?"

उसने मेरे हाथ कस कर पकड़ लिए," तुम क्या करना चाहते हो?"

"जरा दिमाग से सोचो, मुझे कई काम करने हैं। किलयानो को भी देखना है, तुम तो उसे जानती हो, वह कैसा है और वह छोटा-सा भद्दा आदमी-मुसोलिनी जैसा।"

"लेकिन तुम पैराडाइज पाम तो वापस नहीं जा रहे?"

"श्योर, मैं वहां वापस जा रहा हूं, मैं यहां सिर्फ तुम्हारी सुरक्षा के लिए आया था।"

"ओह, तुम पागल हो। इतने आदमियों के खिलाफ तुम क्या कर सकते हो?" वह चिल्लाई।

तुम्हें यह जानकर आश्चर्य होगा। मैंने मुस्कराते हुए कहा–"हमारे ऊपर हत्या का मामला लटक रहा है और हम तब तक चौन से नहीं रह सकते, जब तक हैरिक के वास्तविक कातिल का पता न चल जाए और यह काम मुझे ही करना होगा।"

"पर, तुम अकेले वापस नहीं जा सकते।" उसने दृढ़ता से कहा।

"मैं अकेले ही जाऊंगा और अभी जाऊंगा।" मैंने उसको कहा–"बस, मैं यह निश्चित करना चाहता हूं कि मेरे आने तक तुम यहां ठीक रहोगी।"

"मैं ठीक नहीं रह सकती।" उसने तुरन्त तेजी से कहा।

"ओह, अच्छा सुनो। मैं कल रात वापस आ जाऊंगा। मैं बोट ले जा रहा हूं, तुम्हारे पास हथियार भी हैं, पूरा खाना भी। तुम अपने कान और आंखें खुली रखना, सब ठीक रहेगा। यदि कोई आता है तो अन्दर से ताला लगा लेना। वे तुम तक नहीं पहुंच सकते। जरा-सा दिमाग लगाना, वे तुम तक नहीं आ सकेंगे, वैसे कोई आयेगा नहीं।"

"अगर तुम कल नहीं आये?"

"तो भी तुम ठीक रहोगी। मैं सत्रह ग्रांड छोड़े जा रहा हूं, यदि ऐसा हुआ और मैं नहीं आया तो तुम मैक से मिलना, वह तुम्हें किसी तरह से भी न्यूयार्क पहुंचा देगा। मैं उससे यह बात कर लूंगा।"

"नहीं, ऐसा मत करना, मैं यहां अकेली ही ठीक हूं।"

"यह बात हुई न।"

"लेकिन तुम मुझे छोड़ना मत!" उसने अपना चेहरा मेरे सामने करते हुए कहा–"मैं तुम्हें खोना नहीं चाहती, तुम मुझे भाग्य से ही मिले हो यहां।"

हमने फिर बात की, उसकी समझ में आ गया और उसने मुझे रोकना छोड़ दिया। वह सहमी हुई और अफसोस की मुद्रा में बैठ गई।

"अच्छा!" उसने कहा।

"हैरिक कुछ महत्वपूर्ण बातें जानता था, इतनी महत्वपूर्ण राज की बातें कि उनके खुलने के डर से, उन्होंने उसे मार डाला। क्या तुम किसी रहस्य का अनुमान कर सकती हो?"

उसने अपना सिर हिला दिया–"मैं उसे नहीं जानती थी, वह कैसीनो में आया करता था, पर मैं कभी उससे बोली भी नहीं।"

"क्या उसके साथ कोई लड़की भी होती थी?"

"हां, वह एक गायिका है, उसका कमरा लांसिंग एवेन्यू में है। जैसे ही ऊपर जाते हैं वैसे ही एक बड़ा काले मार्बल का कमरा है, बाईं तरफ।"

"उसे जानती हो?"

"नहीं। पर और लड़कियां उसके बारे में बातें करती रहती थीं, वह बड़ी सख्त है, मेरी तरह से नहीं।"

"उसका नाम?"

"लायस स्पैन्स!"

"ओ. के., हो सकता है वह कुछ जानती हो।"

"तुम सतर्क रहना!" उसने अपने हाथ मेरे घुटनों पर टिका दिये।

"चिन्ता मत करो!" मैंने कहा–"और किलयानो! उसके बारे में कुछ जानती हो।"

"सिर्फ इतना कि वह शहर का मुख्य प्रशासक है और कैसीनो का मालिक भी वही है।"

"क्या तुमने कभी यह सोचा कि हैरिक कैसीनो के चक्कर क्यों लगाता था! वह जुआरी तो था नहीं।"

"नहीं।"

"अच्छा। हो सकता है मिस स्पैंस कुछ बातों का जवाब दे सके। मैं कपड़े बदलता हूं, हनी।"

मैं घर के अन्दर गया। मैंने गहरे नीले रंग का सूट पहना, कमीज भी नीले रंग की थी, मैंने लाल टाई लगाई। फिर मैं सिटिंग रूम में आया। वह मेरी प्रतीक्षा कर रही थी। वह काफी डर रही थी, पर बहादुर रहने की कोशिश भी कर रही थी।

मैंने उसको सिगार का बक्सा दे दिया।

"इसको संभालकर रखना, मेरी जान।" मैंने कहा–"इस वक्त यही है बस मेरे पास और मैंने यह मेहनत से कमाया है।"

"मत जाओ।" उसने कहा।

मैंने उसे थपथपाया।

"तुम्हें कुछ हो गया तो?" वह कांपते स्वर में बोली।

"नहीं-कुछ नहीं होगा, आओ बोट तक चलो।"

गर्मी अभी भी बहुत थी और सामने झाड़ियां जल रही थीं। सुगन्ध बहुत मनभावन थी। वह चांदनी में इतनी खूबसूरत लग रही थी कि बस।

"कल की रात कोई सोने की दवा नहीं।" मैंने कहा।

उसने अपना हाथ हिला दिया।

❖❖❖

पैराडाइज पाम दिन के मुकाबले रात को ज्यादा खूबसूरत लग रहा था। मैंने काफी दूर से कैसीनो की लाइट देखी। नाव को घाट की तरफ करते हुए मुझे लगा कि कोई आश्चर्य नहीं यदि वहां घाट पर बन्दूकों से लदी एक स्वागत कमेटी मेरी प्रतीक्षा कर रही हो।

अभी सिर्फ साढ़े दस बजे थे और घाट बिल्कुल निर्जन लग रहा था। मैंने इन्जन बन्द किया और थोम्सन को करीने से फिट किया और घाट के प्रवाह में नाव डाल दी।

जब मैं घाट से लगभग बीस गज की दूरी पर था, एक छोटा और मोटा आदमी छाया से बाहर आता दिखाई दिया।

मैंने पहचाना यह टिम डुअल था।

उसने मेरे द्वारा फेंका गया रस्सा पकड़ लिया।

"हैलो!" उसने कहा।

मैंने ऊपर को देखा और हैलो कहकर घाट पर उतर गया।

"वे लोग कुछ घंटे पहले यहां आये थे। पर मैं उनके सामने नहीं आया। उस बूढ़ी औरत ने बताया कि मैं बाहर ट्रिक पर गया हूं। उन्होंने बोट के बारे में पूछा। उन्हें तुम्हारी गाड़ी भी नहीं मिली, तो वे शोर मचाते हुए चले गए। वे काफी आदमी थे।"

मैंने धन्यवाद दिया।

"अब आगे क्या प्रोग्राम है?" उसने पूछा।

"मुझे शहर में कुछ काम है। स्थिति कैसी है?"

उसने सीटी बजाते हुए कहा-"ठीक है। वे तो तुम्हें एक खूबसूरत आदमी के रूप में प्रचारित कर रहे हैं।"

मैं मुस्कराया-"अच्छा, मैं जाता हूं।"

"मैंने अनुमान लगा लिया था कि तुम्हारे जैसे आदमी को रोकने के लिए

उन्हें बहुत मेहनत करनी पड़ेगी। क्या मैं साथ चलूं?"

"तुम क्यों अपने को फंसाना चाहते हो इस बात में?"

"हो सकता है, मुझे यह शहर ही पसन्द न हो, हो सकता है मुझे किलयानो नापसन्द हो। उसने बालों में हाथ डालते हुए कहा।"

"मैं अकेला जाऊंगा।"

"ओ. के., मेरे लिए कोई काम?"

"मुझे एक कार चाहिए, क्या तुम कार का इन्तजाम कर सकते हो?"

"श्योर।"

"तो ले आओ।"

इन्तजार करते-करते मैंने सिगरेट पी। दूर से कैसीनो में से नृत्य की आवाजें आ रही थीं।

डुअल थोड़ी ही देर में वापस आ गया। वह चारों तरफ से चोट खाई हुई एक मरकरी गाड़ी ले आया। पर उसके इंजन की आवाज ठीक थी।

मैं गाड़ी में बैठ गया, पूछा-"क्या कुछ देना पड़ेगा अभी?"

"मुझे बोट मिल गई, तुम्हारी गाड़ी और एक ग्रांट और क्या चाहिए? सिवाय इसके कि मैं भी चलना चाहता हूं।"

"अभी नहीं।"

उसने अपना सिर हिलाया। मैंने उसकी निराशा को भांप लिया। फिर पूछा-"क्या यहां किसी अखबार वाले को जानते हो?"

"हां, हां, मॉर्निंग स्टार का एक जेड डेविस है। हम कभी-कभी साथ-साथ मछलियां पकड़ने जाते हैं।"

"मुझे कुछ किलयानो के बारे में जानना है। किलयानो जैसे आदमी के कई रहस्य इसके पास हो सकते हैं।"

उसका चेहरा चमका-मैं सारी बातों का पता लगा लूंगा।"

"और यहां पानी के सामने बने घरों में एक चकला जैसा घर है। मैं जानना चाहता हूं कि उसे कौन चलाता है। कैसीनो के मालिक स्प्रेट्जा का वहां आना-जाना है। उससे जुड़ी बातों की जानकारी भी जरूरी है।"

"हां, मैं उस धूर्त को जानता हूं। ओ. के., मैं सारी खबर ले लूंगा।"

"मुझे अपना फोन नम्बर दे दो।"

उसने फोन नम्बर दे दिया। मैंने कहा-"मुझ पर कोई मुसीबत आ सकती है। हो सकता है मैं वापस न आ सकूं। यदि ऐसा हुआ तो एक काम करोगे?"

"तुम यह बताओ कि वह कहां है?"

"कुडकोकी में।" मैंने कहा।

"वह ठीक जगह है, वहां मैक है।"

"हां, मैक अच्छा आदमी है।"

"हम सभी अच्छे हैं, चिन्ता मत करो, मैं उसकी देख-भाल कर लूंगा।"

"मैं उस लड़की को पसन्द करता हूं, उसे कुछ हो गया तो।"

"नहीं, मैं उसे देख लूंगा।"

मैंने उसे धन्यवाद दिया और गाड़ी चला दी।

❖❖❖

लांसिंग एवेन्यू पैराडाइज पाम की अच्छी जगहों में से एक थी। मुझे बिना किसी कठिनाई के काले मार्बल वाला कमरा मिल गया, यहां पहुंचने के लिए एक अर्ध वृत्ताकार रास्ते से गुजरना पड़ता था। इस जगह बेहद रोशनी थी, जैसे बिना मौके के क्रिसमस का वृक्ष सजाया हुआ हो।

मैं गली के अन्तिम छोर तक पहुंचा। एक गाड़ी तेज रफ्तार से सड़क पार करती हुई गुजरी और रुक गई। उसमें से लड़खड़ाती हुई तीन प्रौढ़ा औरतें उतरीं, उन्होंने छोटे कोट पहने हुए थे और लम्बी-लम्बी आइब्रो बनाई हुई थीं। सब सिगरेट पी रही थीं।

अपनी मरकरी कार में मुझे वहां आते हुए ऐसा लग रहा था जैसे एक गरीब आदमी अपने किसी अमीर रिश्तेदार से मिलने आया हो।

मैंने गाड़ी पार्क की और अन्दर ले आया।

गली छोटी नहीं थी। बर्फ पर स्केटिंग रिंग जैसी लग रही थी। सामने एक स्वागत कक्ष था। एक पूछताछ की जगह, साथ में एक फूलों की दुकान, एक सिगरेट का काउंटर। कार्पेट बिछा हुआ था।

मैंने चारों तरफ देखा। तीनों महिलाएं लिफ्ट से जा चुकी थीं। जाते-जाते उनमें से एक ने अपना हाथ ऊपर उठाकर मेरी तरफ देखा।

मैंने सामने खड़े एक चपरासीनुमा आदमी को देखा। उसका चेहरा बड़ा उदास लग रहा था। जैसे उसने अपनी जिन्दगी में कोई खुशी न देखी हो।

"हाय डैड!" मैंने कहा।

उसने मुझे देखा और कहा-"यस सर!"

"मिस स्पैन्स, मिस लायस स्पैंस यहीं रहती हैं !"

"जी हां, कमरा नंबर 466, आप दायीं तरफ की लिफ्ट से जाएं।"

"क्या वह हैं?"

"जी हां।"

"गुड।" कहकर मैंने एक सिगरेट जलाई। उसने आश्चर्य से मेरी तरफ देखा, पर यह नहीं पूछा कि मैं ऊपर क्यों जाना चाहता हूं।

"तुम क्या कमा लेते हो यहां?" मैंने पूछा।

"थोड़ा-बहुत," सर! उसने कहा।

"काफी मुश्किल होता होगा।" मैंने चारों तरफ देखते हुए कहा-"क्या बात है, स्टाफ के लिए क्रेप के कपड़े और ग्राहकों के लिए सिल्क के।"

"कुछ पैसा ट्रिप में मिल जाता है। लेकिन यहां के लोग बहुत छोटे दिल के हैं। वे किसी गरीब को यहां से हवा भी नहीं लेने देते।"

मैंने पांच स्पॉट का नोट निकालकर सतर्कता से मोड़ा। उसने उसे देख लिया।

"मिस स्पैंस से मुझे काम है। तुम उनके बारे में कुछ जानते हो?"

उसने असुविधा से इधर-उधर देखा-"आप नोट ऐसे दिखाइए मत, कोई देख लेगा तो.....मेरी नौकरी का सवाल है।"

मैंने नोट को अपनी मुट्ठी में छिपा लिया पर उसका एक कोना बाहर रहने दिया-"क्या तुम बात कर सकते हो?"

"जी हां, मैं उन्हें जानता हूं। वे यहां तीन साल से हैं। आप भी थोड़ी देर बाद उन्हें जान पायेंगे।" उसने नफरत-भरे अंदाज में कहा।

"वह कैसी है?"

"हो सकता है, वे ऐसी न हो जैसी हम समझते हैं।"

"वह क्या करती है?" मैंने पूछा।

"यहां का लिफ्टमैन टॉम कहता है कि वह बड़े टोप की तरह है। मैं तो यह बात नहीं समझता, आप समझ सकते हैं।"

"इसका मतलब हुआ कि वह काफी ताकतवर है।"

"हो सकता है, मैंने कई लोगों को वहां से निराश होकर आते देखा है।"

"हैरिक के साथ उसका रिश्ता था।"

उसने बड़ी नजदीकी नजरों से मुझे देखा-"मैं नहीं जानता कि उनके बारे में मुझे बात करनी चाहिए या नहीं! आज कुछ लोग नीली वर्दी में यहां घूम रहे थे।"

मैंने उसे नोट का सिरा दिखाया–"कोशिश करो, कुछ जानते हो तो बताओ।"

"वह एक दूसरी तरह का आदमी था। वह और बोस्की।"

"बोस्की।"

"हां, वह अभी भी ऊपर है।"

"वह हैरिक के साथ घूमती थी।"

"वे साथ-साथ घूमते थे। हैरिक के पास काफी पैसा था, साहब! पर मुझे नहीं मालूम, घूमने से आपका क्या मतलब है?"

"बोस्की कैसा आदमी है?"

"आप जानते हैं ये औरतें कैसी होती हैं। ये बहुत सारे ग्राहकों के साथ एक पक्का ग्राहक रखती हैं। मैं समझता हूं, बोस्की उसका पक्का ग्राहक है।"

"हैरिक नहीं।"

"वह इससे अलग था। वह यहां रात में कभी नहीं ठहरा। मुझे लगता है उनके सम्बन्ध दूसरे थे। हो सकता है, व्यापारिक सम्बन्ध हों।"

"अच्छा।"

"पर उसने हैरिक से बोस्की के विषय में कभी नहीं छिपाया, जब हैरिक आता था, तब भी बोस्की यहीं होता था।"

"यह बोस्की कौन है?"

"इसका नाम जॉन गोमेज है। यह एक खिलाड़ी है।"

"खेलने के अलावा क्या करता है?" मैंने पूछा।

बूढ़े आदमी की आंखें घूमीं, मैंने फिर पूछा–"क्या कोई सिपाही कभी आया है यहां?"

उसने स्वीकृति में सिर हिलाया।

"और कुछ।"

"नहीं।"

"क्या कभी किलयानो को तुमने यहां देखा?"

"नहीं, कभी नहीं।"

"ठीक है।" और उसे पांच स्पॉट दे दिए। उसने उसे देखा जैसे एक छिपकली किसी पतंगे को देखती है।

मैं वहां से घूमा ही था कि उसने मेरे पास आकर धीरे से कहा–"वे आ रहे हैं।"

मैंने अपने कंधे उचकाकर उन्हें देखा। मिस स्पैंस का व्यक्तित्व आकर्षक था। उसने ब्राउन और सफेद रंग की कमीज पहनी हुई थी। गले में गुलाबी रंग का स्कार्फ था। उसका कद लम्बा, छरहरा था। उसके लम्बे बाल नकली लग रहे थे। उसकी आंखों में चमक थी जैसे निमंत्रित करती हुई हों। पर जैसे ही वह और सामने आई, मैंने अनुभव किया कि उसकी आंखों में जैसे किसी अपराध का भाव भी झलक रहा था।

मैंने सोचा, उसके साथ कुछ समय व्यतीत करना काम का हो सकता है, पर मेरे साथ दो ताकतवर व्यक्ति भी होने चाहिए, जो किसी मुसीबत में मेरी मदद कर सकें।

बोस्की एक सख्त, लम्बा व्यक्ति था। जंगली बिल्ली की तरह खतरनाक उसकी आंखों में एक चालाकी थी जिससे उसे मारने को मन करता हो।

मिस स्पैंस ने हॉल का दरबान को चाबियां दीं और फिर लॉबी से उतरने लगी। गोमेज उसके पीछे-पीछे चला।

उसके चलते हुए स्पैंस का पृष्ठ भाग बहुत उचक रहा था। लॉबी में खड़े हुए कई आदमियों ने जाते हुए उसे देखा। आधा रास्ता पार करने पर उसने गोमेज से एक सिगरेट मांगी, वह उसकी सिगरेट सुलगा ही रहा था कि लाउडस्पीकर की आवाज ने सारे वातावरण की शांति भंग कर दी।

"पेरेडाइज पाम पुलिस विभाग!" पहले स्पीकर पर धीमे से आवाज आई। फिर अकस्मात् आवाज तेज हो गई-'हैरिक का खूनी चौस्टर कायन जहां भी मिले, उसे पुलिस के हवाले कर दो। उसका विवरण इस प्रकार है। छः फुट लम्बा, उम्र लगभग पैंतीस साल, बाल काले। ग्रे सूट पहने हुए। हो सकता है, वह शहर से भागना चाहता हो। उसे पकड़ने का कोई भी अवसर मत गंवाइये। जिस किसी को भी ऐसा व्यक्ति मिले वह पुलिस विभाग को खबर कर दे। वह काफी खतरनाक आदमी है। उसे पकड़ने के लिए बिना किसी शस्त्र के मत जाइए! ओवर!"

मिस स्पैंसा ने सिगरेट जमीन पर फेंकी और पैरों से कुचल दी।

"अभी तक वह बदमाश नहीं पकड़ा गया। वह काफी गुस्से में थी।"

❖❖❖

'जाई-अलाई' शहर का सबसे तेज खेला जाने वाला और बहुत कठिन खेल है। यह एक बॉस्केट से खेला जाता है, जो खिलाड़ी के दायीं बाजू में

बांधी जाती है। बॉस्केट की चौड़ाई तीन फीट और गहराई पांच इंच होती है। एक खिलाड़ी तीन या चार बॉस्केट पहन सकता है। इसमें खेली जाने वाली एक कार्क की बॉल होती है, जो बॉस्केट बॉल से छोटी होती है।

बॉल इतनी तेज स्पीड से खेली जाती है कि यह कभी-कभी आदमी के हाथ या पैर भी तोड़ देती है। खेल का मैदान भी विशेष होता है। इसकी हरी ऊंची-ऊंची दीवारों पर जाली लगी होती है। कच्चे फर्श में एक लाल लाईन लगी होती है। जो ऑडिटोरियम के फर्श से मिलती है। इस पर पहुंचने वाली बॉल फाउल मानी जाती है।

अब मैं उसके साथ ही सामने की रो में बैठा था और देख रहा था कि चार जवान लड़के बहुत तेजी के साथ खेल रहे थे। वे अदृश्य गेंद को उछाल रहे थे और देखने वालों को बड़ा आनन्द आ रहा था। लेकिन मैंने खेल से ध्यान हटाकर स्पैंसा की तरफ किया।

मैं उसके बहुत पास बैठा था और उसके शरीर की गर्मी महसूस कर सकता था। उसके शरीर की गंध मेरे पर एक खास असर डाल रही थी। मैंने सोचा कि यह क्या अनुभव करेगी, यदि मैं एकदम उसका आलिंगन कर लूं?

चारों लड़के अपना खेल समाप्त कर चुके थे और कोर्ट से बाहर आ गए थे। वह बहुत खुश दिखाई दे रहे थे। यदि मैं उनकी जगह होता तो शायद इतना खेलने के बाद एक स्ट्रेचर की जरूरत पड़ती।

मध्यान्तर में मिस स्पैंस ने हॉल के चारों तरफ देखा-जैसे कि वह यह इसलिए कर रही हो कि ऑडिटोरियम के लोग खड़े हो जाएं और राष्ट्रीय गान गाएं।

उसने अपनी दायीं तरफ देखा और फिर बायीं तरफ। क्यों कि मैं उसके बायीं तरफ बैठा था इसलिए उसने मुझे देखा। मैंने उसकी तरफ एक अफसोसजनक दृष्टि से देखा और यह आशा की कि वह मेरे चेहरे के हाव-भाव को समझने लगे। इस तरह और कुछ तो नहीं हुआ, लेकिन उसका ध्यान मेरी तरफ जरूर हो गया।

मैं बड़े विश्वास के साथ आगे बढ़ा और उसे कुछ कहा, उसने सुना या नहीं, लेकिन मुझे यह महसूस हुआ कि उसे कुछ समझ में नहीं आया और उसने मेरे चेहरे को पढ़ते हुए मेरी तरफ देखा। वह हल्के-से मुस्कराई।

"मेरा नाम रैली है।" मैंने कहा-"मैं एक गम्भीर खिलाड़ी हूं और

लड़कियों को बहुत पसन्द करता हूं। तुम किसी की मदद मांगने को तैयार हो जाओ, क्योंकि मैं सारा काम बहुत तेजी से करता हूं।"

उसने मेरी तरफ देखा। वह मुस्कराई नहीं, लेकिन उसकी आंखें कुछ मुलायम हो गईं।

"मैं तुम्हें बिना किसी मदद के ही सम्भाल लूंगी। उसने मेरी तरफ गहराई से देखते हुए कहा–मैं ऐसे आदमियों को पसन्द नहीं करती।"

मैंने अपना हाथ हिलाते हुए कहा–"शायद यह मेरी गलती है। जब मैं कोई काम करता हूं तो मैं उसकी गहराई तक भी सोच लेता हूं। मैंने सोचा कि प्लेबॉय इसकी पसन्द की चीज होगी–चलो, इसको छोड़ो।"

उसने इस पर मुझे घूर कर देखा और अपनी दृष्टि नीचे कोर्ट में जमा दी।

इसी समय चार आदमी अन्दर आए। उनमें से एक गोमेज था। वह स्थानीय चौम्पियन था। दर्शकों तथा अन्य खिलाड़ियों ने उसका खुश होकर स्वागत किया। मैंने इस तरह का आदमी नहीं देखा था, जिस इस तरह के लोग पसन्द करते हैं। उसने हमारी तरफ देखा और मिस स्पैंस पर एक विशेष दृष्टि डाली। मिस स्पैंस ने इसकी उपेक्षा कर दी। इसलिए मैंने उसकी तरफ से हाथ हिलाया। गोमेज ने शायद इस बात को बहुत पसन्द नहीं किया।

मिस स्पैंस कुछ बोलने को हुई लेकिन कुछ कहा नहीं।

चारों आदमी अब कोर्ट में आ चुके थे। प्लांट बनाया जा चुका था और वहां खेल शुरू करने की तैयारी कर दी थी।

"क्या इन लड़कों को खेलने का पैसा दिया जाता है?" मैंने धीरे से पूछा।

पर वह चुप रही।

"आप क्या सोचती हो कि आपको कोई कुछ नहीं कह सकता।" मैंने अपनी प्रतिष्ठा के प्रतिकूल कहा।

उन चारों लड़कों ने खेल शुरू किया। खेल बहुत तेजी से चला और स्कोर बोर्ड बहुत तेजी से घूमता रहा।

मैं मिस स्पैंस को देख रहा था। वह तल्लीन होकर खेल देख रही थी। उसके चेहरे पर ऐसे हाव-भाव आ-जा रहे थे, जैसे उसे पता हो कि क्या होने वाला है। लेकिन वह उस पर विश्वास नहीं करती।

मुझे दरबान की बात याद आ गई। जो उसने मिस स्पैंस के लिए कही थी। मुझे आश्चर्य हुआ कि मिस स्पैंस के हैट के बारे में उसने जो कुछ भी कहा वह कहां तक सच था। मैंने सोचा, मैं उससे फिर पूछूंगा।

मैंने मिस स्पैंस की तरफ देखा और कहा–"क्या ही अच्छा हो कि हम लोग बाहर घूमने चलें, मैं तुम्हें चांद दिखाऊंगा और अगर तुम चांद नहीं पसन्द करती हो तब कुछ और।"

"मैं ऐसे लड़कों को पसन्द नहीं करती।" और वह दूर देखने लगी।

मैंने चारों तरफ देखा। कोई हमारी तरफ ध्यान नहीं दे रहा था। मैंने उसकी पीठ को अपने हाथों में ले लिया और उसने एक गहरी सांस ली।

"तुम कठोर लड़कों को ज्यादा पसन्द करती हो?" मैंने उसकी तरफ मुस्कराते हुए कहा।

उसने मेरी तरफ नहीं देखा, लेकिन उसके नथुने फूल गए और आंखें मास्क के खोल-सी फैल गई। वह यकायक खड़ी हो गई।

"चलो, मुझे चन्द्रमा दिखाओ।" उसने सख्त आवाज में कहा और भीड़ में से रास्ता बनाती हुई बाहर की तरफ चलने लगी।

मैं उसके साथ बाहर आया। उस समय दर्शक तालियां बजा रहे थे। मैंने अनुमान लगाया कि गोमेज जीत गया होगा और सोचा, मैंने मिस स्पैंस को ठीक समय पर उठाया।

दरबान ने मिस स्पैंस को आते हुए देखकर कार वाले को इशारा किया। जब तक हम चक्कर वाले दरवाजे तक पहुंचे, कार वहां आ चुकी थी। मिस स्पैंस ड्राइवर की सीट छोड़कर बैठ गई। मैंने कार चलानी शुरू की और हम वहां से बिना कोई ज्यादा शोर किए, शान्ति से बाहर आ गए।

काफी तेज गाड़ी चलाकर मैं लांसिंग एवेन्यू तक आया। रास्ते में मिस स्पैंस नहीं बोली। वह सीधी तनी हुई सिर्फ सड़क पर देखती बैठी रही।

बड़े दरवाजे के बाहर ही गाड़ी रोक दी गई। हम गाड़ी से उतरे। लॉबी से होकर बड़े हॉल के दरवाजे तक पहुंचे तो दरबान ने बड़े आश्चर्य से मुझे देखा। जैसे वह कोई कल्पित चीज देख रहा हो।

लिफ्ट से हम चौथे फ्लोर पर आए और बरामदे से होकर कमरा नम्बर 466 तक आते-आते हम आपस में नहीं बोले। सारा माहौल एक तनाव से भरा हुआ था।

उसने दरवाजा खोला और हम एक सजे हुए बड़े कमरे में दाखिल हुए। मैंने दरवाजा बन्द कर दिया, अपना हैट एक कुर्सी पर रखा और उसके सामने खड़ा हो गया।

उसने गहरी दृष्टि से मुझे देखा। उसके चेहरे पर अभी भी तिरस्कार का

भाव था, पर उसकी आंखों में थोड़ी-सी चमक जरूर उभर आई थी।

"इधर आओ।" उसने धीरे से कहा।

मैंने कमरा पार किया और अपना हाथ उसकी कमर पर रख दिया, मैं उसे देखकर मुस्कराया।

"और पास से पकड़ो, दुष्ट!" उसने कहा।

मैंने उसे अपनी बांहों के घेरे में ले लिया। उसके बाल मेरे चेहरे पर खुरदरी चोट कर रहे थे। मैंने उसे कसा और बिल्कुल अपने से सटा लिया। थोड़ी देर उसका चेहरा सख्त बना रहा, फिर उसने मुलायम होकर अपने होंठ खोल दिए। वह थोड़ा-सा कांप रही थी।

"मजबूत आदमी।" उसने धीरे से कहा, उसकी सांसें मेरे मुंह तक पहुंच रही थीं।

"हैरिक से तुम्हारे क्या सम्बन्ध थे?" मैंने पूछा।

उसका शरीर मेरी बांहों के बीच ही जैसे अकड़ गया। उसकी सांसें सख्त हो गईं। उसने अपना सिर पीछे को किया और चौड़ी आंखों से मुझे देखने लगी।

"तुम कौन हो?" उसने मुलायम, किन्तु उदास स्वर में पूछा।

"चेस्टर कायन।" मैंने कहा।

यह सुनते ही जैसे उसके चेहरे के कई टुकड़े हो गए। उसने अपनी खाली-खाली नजरों से मुझे देखते हुए पीछे को धकेल दिया। मैंने उसे रोका नहीं।

"कौन?" उसने फिर पूछा।

"चेस्टर कायन।"

वह धीरे से अपने आप में संभली, कमरे में चारों तरफ देखा और उसकी नजरें फोन की तरफ देखकर मेरी तरफ देखने लगीं।

"बैठ जाओ।" मैंने कहा-"मैं तुमसे कुछ बात करना चाहता हूं।"

"मैं तुमसे कोई बात नहीं करना चाहती।" उसने डरी और सहमी आवाज में कहा।

वह टेलीफोन की तरफ बढ़ी, पहले मैंने उसे उस तरफ जाने दिया, पर जैसे ही वह टेलीफोन उठाने लगी, मैं पहुंच गया। उसने मुझे धक्का दिया। मैंने उसकी कलाई पकड़ ली! वह आशा से ज्यादा सख्त और ताकतवर औरत थी। उसने अपने दूसरे हाथ से मुझे धकेलना चाहा। मैंने उसका हाथ अपने

सिर पर नहीं लगने दिया। वह चुपचाप मेरा मुकाबला करती रही, उसने शोर नहीं किया। जब वह किसी तरह नहीं रुकी, मैंने उसे दूर तक धक्का दिया और अपनी पिस्तौल उस पर तान दी।

"अब बस करो, या मैं...।" मैंने कहा।

पिस्तौल देखकर वह शान्त हो गई।

एक कुर्सी खींचकर उस पर बैठते हुए मैंने उसे 'बहन' सम्बोधित किया। उसने ध्यान से देखा और दीवान पर बैठ गई। मैंने उसकी कमीज फाड़ डाली थी, उसमें से झांकता उसका कंधा बेहद खूबसूरत लग रहा था।

"तुम सोचती हो मैंने हैरिक का खून किया?" मैंने कहा–"पर यह बात सच नहीं।"

वह सिर्फ मेरी तरफ देखती रही, कुछ नहीं बोली।

"किलयानो के गिरोह ने उसे मारा है और वे मुझे फंसाना चाहते हैं।"

"उसे तुमने मारा है।" उसने कई और नाम लिए। वह उसी तरह दीवान पर बैठी रही।

"जरा अपने दिमाग से काम लो। मैं इस शहर में दो–तीन दिन पहले ही आया हूं। मैं कैसीनो में मिलने से पहले हैरिक को जानता भी न था। हैरिक ने मुझसे इस शहर से चले जाने के लिए भी कहा था। यह किलयानो का षड्यंत्र है कि हैरिक को मार दिया गया और मुझे फंसाने की कोशिश की गई। तुम इस जरा–सी बात को नहीं समझ सकतीं, मैं क्यों हैरिक को मारूंगा? जरा सोचो, तुम किलयानो हो और हैरिक तुम्हारे रास्ता का रोड़ा है तो क्या कोई और हैरिक को मारेगा। ऐसे में शहर में हैरिक की उपस्थिति क्या घातक नहीं होगी?"

उसने सन्देह में सिर हिलाया–"किलयानो हैरिक को रास्ते से हटाना चाहता था, यह सच है। लेकिन उसने उसे मार दिया, यह मैं विश्वास नहीं करती।"

तब मैंने उसे सारी कहानी सुनाई कि किस तरह स्प्रेट्जा में मुझे बुलाया और कैसे वंडरली को मेरी सेवा के लिए नियुक्त किया और किस तरह फ्लैगर्टी हम लोगों की निगरानी करता रहा।

वह पहले आश्चर्य से मुझे देखती रही।

"ठीक है, मैंने विश्वास किया, तुमने हैरिक को नहीं मारा है।"

"हां, मैंने उसे नहीं मारा। लेकिन मैं मुसीबत में हूं और तुम मेरी मदद कर सकती हो।"

"क्यों? मैं तुम्हारी क्यों मदद करूं?"

"कल्पना करो कि तुम मुझसे यह पूछ रही हो मेरा और हैरिक का क्या सम्बन्ध है।"

वह एकदम से उठी और काकटेल केबिनेट की तरफ बढ़ी और कहा-"तुम बहुत दुष्ट हो। लेकिन मैं तुम्हारी मदद करूंगी।"

मैंने उसे अपनी जांघ पर बिठा लिया और कहा-"हम अच्छे दोस्त बन जायें। तुम हैरिक को पसन्द करती थीं न?"

वह मुझसे दूर छिटक गई और खड़ी हो गई। उसने कहा-"अब उसकी चर्चा मत करो। मैं विश्वासघाती नहीं हूं।"

मैंने थोड़ी-सी व्हिस्की पी और एक सिगरेट जलायी-"हां! मैं तुमसे उसकी चर्चा नहीं करूंगा।"

"कोशिश करना।" उसने कहा।

मेरे दिमाग में एक बात आई है। मैंने कहा-"मैं इस बारे में गोमेज से बात करूंगा, वह यह जानने के लिए उत्सुक होगा कि तुम मुझे यहां क्यों लाई हो।"

यह सुनकर वह कांप गई।

"तुम नालायक.....।" यह कहकर उसने हल्के से एक चांटा मार दिया।

"आओ, हम दोनों अच्छे दोस्त बन जाएं।"

"मैं कैसीनो में हैरिक की मेज पर काम करती थी। वह हमेशा मेरे द्वारा जीता गया पैसा खुद ले लेता था और मुझे दूसरे नोट दे देता था।"

"वह ऐसा क्यों करता था।, मालूम है?" मैंने पूछा।

वह जवाब में कुछ कहने ही जा रही थी कि दरवाजे पर खटखट हुई, वह खुला और गोमेज अन्दर आ गया।

(3)

रात की चुप्पी को पुलिस गाड़ी के सायरन ने भंग कर दिया। दरवाजा खटाक से बन्द हुआ, जैसे किसी का पैर कंकरीट में जम गया हो। मैं स्पैंस के कमरे की सामने वाली दीवार के पास परछाई में खड़ा हो गया। हालांकि यह बहुत अच्छी जगह नहीं थी। लेकिन क्या किया जा सकता था।

यहां से बाहर जाने का रास्ता बहुत तंग था और दूसरे सिरे पर जहां वह निकलता था, वहां एक लैम्प जल रहा था।

मैंने दायें हाथ में अपनी पिस्तौल सम्भाली और चारों तरफ देखा। मैं उस छाया में से होते-होते गली के अन्त तक आ गया। दो-चार फीट पर आसमान में तारे दिखाई दे रहे थे। तारे झिलमिला रहे थे। मैंने पीछे मुड़कर रास्ते की तरफ देखा। एक सिपाही दीवार के कोने पर निगरानी कर रहा था। यद्यपि वह मुझे नहीं देख सकता था।

सिपाही बहुत सतर्क था। लेकिन जैसे ही मेरे और उसके बीच एक दृष्टि का पुल बना, वह और चौकन्ना हो गया। मैं अपने घुटनों के बल झुका और इन्तजार करने लगा कि वह क्या करता है। उसने वैसा ही किया जैसा कि मैंने सोचा था। उसने अपनी टार्च हर तरफ घुमाकर मेरी तरफ फेंकी।

मैंने अपनी पिस्तौल से फायर किया और उसकी टार्च टूट गई तथा सब तरफ अन्धेरा छा गया। इससे पहले कि वह होश में आए मैं वहां से खिसक गया। मैं दीवार के ऊपरी हिस्से पर लेटता हुआ आगे बढ़ा।

मुझे खुशी हुई कि मैंने दीवार पर लटकना सीख लिया था। जैसे ही मैं आगे बढ़ा, सिपाही ने मेरे ऊपर आक्रमण किया। लेकिन वह मेरे सिर के ऊपर से होकर निकल गया।

दीवार के दूसरी तरफ पेड़ थे, अन्धेरा और बहुत सारी झाड़ियां। मैंने अनुमान लगाया कि यह कोई पार्क या बगीचा होगा, मैं अन्धेरे में ही उधर चल दिया और उसी तरफ बाहर मुख्य सड़क में आ गया।

मकानों की खिड़कियों में से बहुत से लोग झांक रहे थे। सिपाही लोग मुझे ढूंढ़ने में तल्लीन थे। कोई भी मुझे पकड़ने का मौका नहीं खोना चाहता था।

मैं आगे चलता गया। फौज में रहने से इस तरह की स्थितियों का मुकाबला करना सीख लिया था। उन लोगों का सामना होना मेरे लिए कोई महत्वपूर्ण बात नहीं थी। पौधों और झाड़ियों के बीच गुजरते हुए मैंने सांस की आवाज के अलावा कोई आवाज नहीं होने दी।

रात का पूरा माहौल सायरन की आवाज में गूंज रहा था। कुछ आवाजें पास से आ रही थीं और कुछ दूर से। ऐसा लगता था जैसे सारा शहर किसी को ढूंढ़ने में तल्लीन हो। मैं बगीचे के पास दीवार पर जैसे ही पहुंचा, किसी ने तेज रोशनी फेंकी। मैंने अपने आपको संभाला और दीवार के सबसे ऊपरी हिस्से में आ गया, ऐसा लगा जैसे शनिवार की भीड़ में कोई आदमी नंगा चल रहा हो। मैं दीवार से नीचे कूदा और जैसे ही तिरछा होकर गली को पार कर रहा था कि एक सिपाही ने मेरे ऊपर निशाना दागा। मैंने भी जवाब में गोली चलाई–वह अपना हाथ पकड़कर बैठ गया।

मैं उस सिपाही से बचकर रास्ते के दूसरी तरफ कूदा और एक सफेद दीवार के पास आकर रुका। कूदने से सिपाही द्वारा चलाई गई गोली मुझे नहीं लगी। परन्तु मैं एक दिल के मरीज की तरह से हांफने लगा था। मुझे बहुत पसीना आ रहा था। मैंने उस दीवार के सामने वाली गली की तरफ देखा, सारी गली सिपाहियों से भरी हुई थी।

मैंने गोली चलाई जो उसके हैट को नीचे गिराती हुई निकल गई और वह अधमरा-सा होकर गिर पड़ा।

गोली चलाते ही मैं नीचे बैठ गया था। गोली के जवाब में उन्होंने भी कई गोलियां चलाईं। मैं दीवार से सटा था, मौत की छाया मेरे सिर के ऊपर से गुजर रही थी। कुछ क्षण बाद मैंने फिर फायर किया और उसके बाद उन्होंने भी वही क्रम जारी रखा। लेकिन मैं इस बिल्ली, चूहे की दौड़ में थक चुका था। एक दूसरी दीवार पर चढ़ने के बजाए मैं एक घर की तरफ घूमा। यह घर एक बड़ा बरामदा पार करके दिखाई दिया था। मैं एक खिड़की खोलकर अन्दर घुसा। कमरे में सिगरेट के धुएं की खुशबू आ रही थी और वहां गलियारे में एक स्त्री और पुरुष साथ-साथ खड़े हुए थे। मैंने उन्हें ध्यान से देखा।

हालांकि मैंने मुस्कराते हुए उनकी तरफ देखा था, पर फिर मैं गम्भीर हो गया–"यह सर्कस तुम्हें कैसा लग रहा है?"

वह आदमी बहुत लम्बा और लाल चेहरे वाला था और उसके मुंह पर बड़ी–बड़ी मूंछें थीं। वह स्त्री बहुत कोमल, सुन्दर और आकर्षक थी। उसकी उम्र 35 साल के लगभग रही होगी। मैंने उन दोनों को ध्यान से देखा और उन्होंने भी। जैसे एक लड़ाई की शुरूआत होने वाली हो।

मैंने अपना पिस्तौल उनकी तरफ तानकर कहा–"तुम ऐसे ही खड़े रहोगे।"

उस आदमी का लाल चेहरा सफेद पड़ गया। मैंने उस औरत की तरफ देखा, उसकी आंखों में अभी भी कोई डर नहीं था और वह इन सब बातों के बारे में जानना चाहती थी।

"तुम चाहो तो अपने मित्रों से कह सकते हो कि चेस्टर कायन अभी–अभी कुछ देर हुए, यहां से गुजरा था।" मैंने कहा।

चेस्टर कायन का नाम सुनते ही जैसे उस आदमी को सांस लेने में तकलीफ होने लगी।

"क्या आप दोनों इस कमरे में जाएंगे? मैं तब तक किसी आदमी को नुकसान नहीं पहुंचाता, जब तक कि कोई मेरा नुकसान नहीं करता।"

मैंने उन्हें सामने वाले कमरे में बैठा दिया। कमरे का फर्नीचर आदमी के चेहरे की तरह ही उदास लग रहा था। लेकिन औरत की आंखों में मेरे लिए कुछ जानने की इच्छा थी।

मैंने वातावरण को हल्का बनाने के लिए पिस्तौल अपनी जेब में रख ली और खिड़की से बाहर देखने लगा। बाहर सर्चलाइट आकाश में घूर रही थी और पुलिस गाड़ी सड़क पर रोशनी फेंक रही थी। पुलिस के सिपाही घूम रहे थे। मैं नीचे होकर बैठ गया ताकि सबको देख सकूं। ऐसे लगता था जैसे सारी पुलिस स्वागत कमेटी में बदल गई हो।

मैंने एक सिगरेट सुलगाई और उस महिला को भी ऑफर की। उसने सिगरेट ले ली।

"प्रिय!" वह आदमी बोला–"यह सब कुछ तुम क्या कर रही हो?"

"क्यों, क्या मैं सिगरेट नहीं पी सकती?" उसने झुंझलाई हुई आवाज में कहा।

मैंने माचिस जलाई और उसकी सिगरेट सुलगा दी। मेरे मन में अनायास उसके लिए अच्छे भाव पैदा हो रहे थे।

उस आदमी ने सोचा होगा कि मैं इस समय उस वार नहीं कर सकता। वह एकदम कुर्सी से उठा और बहुत तेजी से मेरी तरफ आया। जब तक वह मेरे तक पहुंचता मैं अपनी पिस्तौल निकाल चुका था। लेकिन वह इतना तेज था कि रुक नहीं सकता था। मैंने उसके माथे पर चोट की। वह नीचे फर्श पर गिर पड़ा।

"मुझे बहुत अफसोस है।" मैंने उस औरत से कहा-"लेकिन मैं इसके अलावा कर भी क्या सकता था?"

उसने बहुत सामान्य रूप से मेरी तरफ देखा-"क्या तुमने उसे मार दिया।"

मैंने कहा-"नहीं।"

जब उसने बताया कि वह इसलिए बढ़ा था कि तुम्हें इस लड़ाई के बारे में बता सके तो मुझे थोड़ा-सा और दुःख हुआ, लेकिन तभी मैंने उस आदमी की तरफ देखा और सोचा कि यह स्त्री मुझसे घबरा गई है। इसलिए ऐसी बात कह रही है।

दरवाजे पर खटखट हुई और मैं पीछे हट गया। मैंने कहा-"शायद कोई पुलिस का आदमी हो।"

"क्या तुम डरते हो?" उसने मेरी तरफ घूरते हुए कहा-"मैं समझती थी कि तुम किसी से नहीं डरते।"

मैंने उससे कहा-"तुम दरवाजा खोलकर बात करो और कोई ऐसी गलती मत करना।"

"नहीं, मैं उससे बात नहीं कर सकूंगी, यदि मैंने उससे कहा कि तुम यहां हो तो तुम मुझे मार दोगे।"

मैंने अपना सिर हिलाया और कहा-"मैं किसी को नहीं मारना चाहता और खासतौर से किसी सिपाही को तो बिल्कुल नहीं।"

हम दोनों दरवाजे तक गए। मैं एक छाया में खड़ा हो गया जहां मुझे कोई नहीं देख सके।

"तुम्हें मालूम है न कि तुम्हें क्या कहना है?" मैंने पूछा।

"हां।" उसने दरवाजा खोलते हुए कहा।

वहां दो-तीन पुलिस के आदमी थे। जैसे ही उन्होंने उस औरत को देखा, उन्होंने सैल्यूट किया।

"सब ठीक है श्रीमती ब्रेयली?" उनमें से एक ने बहुत आदर से पूछा।

"हां, इस शोर के अलावा सब ठीक है, क्या तुम्हारा फायर करना बहुत

जरूरी है, क्या एक आदमी इतना खतरनाक हो सकता है कि उसके पीछे सब लग जाओ!"

"वह एक हत्यारा है मैडम।" तेज सांस लेते हुए एक सिपाही ने कहा–"हमें आज्ञा है कि पहले उसे मारो और फिर बात करो।"

"बहुत अच्छी बात है।" उसने कोमल आवाज में कहा–"मुझे उम्मीद है यह सब कुछ जल्दी ही शांत हो जाएगा। क्या अब मैं सो सकती हूं?"

"हम उसे जल्दी पकड़ लेंगे।" सिपाही ने कहा–"वह अभी तक यहीं कहीं होगा।"

उसने दरवाजा बन्द कर दिया और कुछ देर तक दूर सिपाहियों के जाते हुए कदमों की आवाज सुनती रही।

"यह व्यक्ति मिस्टर ब्रेयली है?" मैंने पूछा।

उसने स्वीकृति में सिर हिलाया–"चार्ल्स ब्रेयली करोड़पति जॉन पॉटली का बेटा है। हम लोग बहुत आदर की दृष्टि से देखे जाते हैं। इसलिए पुलिस भी हमें सैल्यूट करती है। मेरे पति पोलो खेलते हैं।"

"उनका हृदय बहुत कोमल है।" मैंने कहा।

"और यह तभी से, जब से हमारी शादी हुई। मैंने इस बात को कभी नहीं सोचा था। इसी तरह से हम रात बिता सकते हैं। इसलिए मैंने सामने का दरवाजा खोल दिया।"

फिर मैंने उससे कहा–"मैं यहां से जाऊंगा। मुझे तुमसे मिलकर खुशी हुई और मुझे अफसोस है कि मैंने तुम्हारे पति को चोट पहुंचाई।"

"इसमें अफसोस की कोई बात नहीं।" उसने कहा।

"वाकई मुझे बहुत अफसोस है।"

इस वक्त हमारे चेहरे बहुत पास–पास थे।

"क्या तुम्हें नहीं लगता कि जिन्दगी नीरस है।" उसने पूछा।

मैंने उसे अपनी बांहों में ले लिया और चूम लिया। हम थोड़ी देर ऐसे ही खड़े रहे और बाद में मैंने उसे बड़े आदर के साथ अपने से अलग किया।

"जीवन बहुत सुन्दर है।" मैंने कहा और घर से बाहर निकल आया।

❖❖❖

मैं पोर्टेबल मरकरी में बैठकर भागा और टिम के घर के पड़ोस में एक लकड़ी के गैरेज में गाड़ी रोक दी। इंजन बंद किया, गैरेज का दरवाजा भी

और टिम के घर की तरफ आ गया।

सर्च लाइट अभी भी आकाश में चमक रही थी, जैसे मैं कहीं आकाश में छिपा हुआ हूं। थोड़ी-थोड़ी देर के बाद बन्दूक चलने की आवाज भी आती थी। पर अब यह सब कुछ, कुछ मीलों की दूरी पर हो रहा था और मैंने अपने आपको सुरक्षित महसूस किया।

मैंने दरवाजे पर दस्तक दी और कुछ पीछे होकर इन्तजार किया। तब अन्दर से एक महिला की आवाज आई-"कौन है?"

"टिम है?" मैंने पूछा।

"नहीं।"

"मैं कायन हूं।" मैंने कहा

"ठहरो!" वह स्त्री बोली और एक क्षण बाद उसने सामने का दरवाजा खोला।

"टिम कहां है?" अंधेरे में उस औरत को देखने की कोशिश करते हुए मैंने पूछा।

"बेहतर है कि तुम अन्दर आ जाओ।"

"तुम कौन हो?"

"टिम की पत्नी।" उसकी आवाज में गर्व था।

क्षण भर को मैंने सोचा कि हो सकता है कि अन्दर के आदमी मेरा इन्तजार कर रहे हों। पर मैं अन्दर आ गया और हम एक बरामदा पार कर पिछले वाले हिस्से के एक कमरे में पहुंचे।

कमरा चौकोर था, उसमें एक लैम्प जल रही थी। दीवार पर एक जाली लटकी हुई थी, कमरे में एक मेज और तीन कुर्सियां रखी थीं। कमरा पूरी तरह से साफ था और एक घर की तरह लग रहा था।

टिम की पत्नी एक अच्छी महिला थी। वह लगभग पैंतालीस साल की लग रही थी। उनका लाल चेहरा काफी दृढ़ दिख रहा था। अभी भी उसके बाल काले थे।

उसने मेरी तरफ देखा, उसकी गहरी आंखों में कुछ जानने का विश्वास था।

"टिम कह रहा था कि तुम ठीक हो, यह वहीं जानता है कि वह किस बारे में बात कर रहा था।" उसने कहा।

टिम विश्वसनीय है। मैंने कहा-"और मैं भी ठीक हूं।"

उसने अपना सिर हिलाया–"तुम बैठ जाओ। और वह स्टोव के पास गई–मुझे मालूम है कि तुम थोड़ी ही देर में चले जाओगे, इसलिए कुछ खाने को रखा है।"

मुझे भी महसूस हुआ कि मुझे भूख लग रही है।

उसने मेज के एक भाग पर एक सफेद नैपकिन बिछाया, एक कांटा और छुरी रखी तथा फिर स्टोव के पास चली गई।

"तुम सब लोग एक जैसे होते हो।" उसने बिना किसी तल्खी के कहा।" तुम अपना आनन्द मनाते हो औ फिर घर में आ जाते हो।"

"क्या टिम ऐसा ही करता है?"

"क्यों, तुम भी तो ऐसा ही करते हो, नहीं करते क्या?"

"हां, आज की रात बड़ा मजा रहा।" मैंने खाना शुरू करते हुए कहा–"टिम कहां है?"

"वह कुडकोको गया है।"

"क्या वह बोट ले गया है?"

"नहीं, वह नाव ले गया है।" उसने कहा था–"शायद तुम्हें जरूरत पड़े।"

"पर रास्ता लम्बा है।"

"वह सब ठीक कर लेगा।"

मैंने चाकू से अपनी प्लेट पर आवाज की–"यह अच्छा हुआ।"

"जेड डेविस तुम्हारी प्रतीक्षा कर रहा है, क्या तुम मिलना चाहते हो?" उसने कहा।

"वह अखबार वाला।"

"हां।"

"वह ठीक आदमी है?"

"वह टिम का दोस्त है। वह धोखा नहीं करेगा।"

मैं हंसा–"मैं उससे मिलूंगा।"

वह चली गई।

मैंने आधा खाना ही खाया था कि दरवाजा फिर से खुला और एक लम्बा तगड़ा आदमी अन्दर आया। उसने ट्यूट का सूट पहन रखा था। उसकी हालत ऐसी थी जैसे उसने सूट के सिलने से लेकर अब तक उसे शरीर से उतारा न हो। वह सिगार पी रहा था।

उसने मुझे देखा और फिर दरवाजा बन्द करके अन्दर कमरे में आ गया।

"ओह! आपकी ही खबर मुख्य पृष्ठ पर है।" उसने कहा।

"हां।" मैंने खाते हुए उत्तर दिया।

"मैं एक बार फिर महसूस कर रहा हूं जैसे मैं युद्ध के समय जैसा संवाददाता बन गया हूं। तुमने इस ठंडी जगह में गर्मी ला दी।" उसने कहा।

"जी हां।" मैंने जवाब दिया।

उसने टेबिल की तरफ देखा और कहा-"तुमने कुछ पिया नहीं?"

"नहीं-इसकी कोई जरूरत नहीं थी।"

वह काफी फुर्ती से उठा। उसने कहा-"थोड़ी सी जरूर पीनी चाहिए। हैटी एक बहुत अच्छी महिला है, लेकिन वो यह नहीं समझती कि आपको पीने के लिए कुछ चाहिए।" उसने अलमारी खोली, व्हिस्की निकाली और दो गिलासों में डालकर बोला-"तुम्हारे खून की गर्मी के लिए।"

हमने पीना शुरू कर दिया।

"तुम ये सब कुछ कब तक करते रहोगे?"

"जब तक हैरिक के कातिल का पता न चले।"

"तो तुमने उसे नहीं मारा?"

"नहीं-यह एक राजनैतिक हत्या थी।"

उसने दूसरा ड्रिंक बनाया और अपने मुंह के चारों तरफ घुमाया। पूछा-"किलयानो?"

"तुम क्या सोचते हो?" मैंने पूछा।

"हो सकता है, हैरिक का रास्ते से हटना किलयानो के फायदे का हो।" वह धीरे से बोला। मुझे लगा कि वह सोना चाहता है। वह कह रहा था-"जब भी कभी किसी की वजह से कोई हलचल होती है तो मैं उसके बारे में लिखता हूं। लेकिन कोई चीज पूरी हो, यह जरूरी है। तुम्हारे बारे में जो कुछ होगा वह करूंगा। देखता हूं क्या कहानी बनती है।"

मैंने इस पर कुछ नहीं कहा। उसने मुझे घूरते हुए आगे कहा-"किलयानो बहुत चालाक है। उसने सारे शहर को अपनी जेब में रखा हुआ है और अब तो हैरिक भी उसके रास्ते से हट गया है। कुछ भी हो सकता है और उसको गिराना बहुत मुश्किल काम है।"

"हां, यह बात पर निर्भर करता है कि चीजों को कैसे लिया जाए?" मैंने सिगरेट सुलगाते हुए कहा-"यदि मुझे सही सूचना मिल जाए तो मैं किलयानो को ठीक कर सकता हूं।"

"किस तरह की सूचना?" उसने पूछा।

"क्या हैरिक अपना काम करता था?"

"हां, वह और फ्रैंक ब्रूडी। लेकिन उनका व्यवहार छोटा था, बहुत छोटा।"

"ब्रूडी कौन है?"

"हैरिक का वकील। वह 458, ब्रेडशॉ एवेन्ये में अपनी लड़की के साथ रहता है।"

"क्या वह हैरिक का काम पूरा करेगा?"

डेविस ने अपना सिर हिलाया-"शायद नहीं। उसका उद्देश्य किलयानो से संघर्ष करना था। अब वह चुप हो जाएगा और किलयानो को कुछ नहीं कहेगा।"

मैंने उसका पता नोट कर लिया।

"हैरिक कैसीनो में इतना क्यों जाता था?" मैंने पूछा।

"हां, वह बहुत जाता था। वह शायद इन लोगों के किसी रहस्य का पता लगाना चाहता था। उसे पता लगा या नहीं, मैं नहीं जानता।"

"मैं सोचता हूं उसने पता लगा लिया था और इसीलिए उसे मार दिया।" मैंने कहा-"लायस स्पैंस को जानते हो?"

"तुम वेस्ट को जानते हो?" उसने जवाब पर सवाल कर दिया-"लायस भी यहां बहुत प्रसिद्ध है।"

"किलयानो उसे जानता है?"

"मैं भी उसे जानता हूं। वह हमेशा अपने परिचय में बैंलेंस रखती है। है न?"

"इसका मतलब कि वह किलयानो को जानती थी?"

"हां! करीब दो साल पहले ये दोनों काफी अच्छे मित्र थे। ये तब की बात है जब किलयानो ने शहर का प्रशासन सम्भाला। शासक बनने के बाद उसने उसकी उपेक्षा कर दी। उसे करना तो पड़ता ही। जहां तक मेरा ख्याल है वह दोस्ती और हुकूमत दोनों साथ नहीं मिला सका होगा।"

"हैरिक ने भी महत्व दिया होगा?" मैंने पूछा।

"हां! लेकिन वैसा कुछ नहीं था। कुछ लोग कीचड़ जरूर उछालते रहे। मुझे लगता है हैरिक वहां भी किलयानो के विषय में जानने की नीयत से जाता था और स्पैंस ने उसे धोखा दिया।"

"हैरिक स्पैंस को कैसीनो में खेलने के लिए पैसा देता था।"

उसने बड़े आश्चर्य से मेरी तरफ देखा और सोचते हुए अपने बालों में उंगली फेरने लगा और पूछा-"वह ऐसा क्यों करता था?"

"वह उससे जीते हुए नोट लेकर उसे दूसरे नोट देता था। शायद उसे संदेह हो गया था कि कैसीनो में जाली नोट चलते हैं।"

डेविस ने सिर हिलाया-"हां, यह एक प्वाइंट हो सकता है, पर यह काम इतना आसान नहीं, अभी तक किसी ने भी शिकायत नहीं की है।"

"इस विषय में खोजबीन की जा सकती है। क्या तुम ऐसा कर सकते हो?" मैंने कहा।

उसने कहा-"शायद मैं कर सकता हूं। मैं वहां आता-जाता रहता हूं।"

"यदि तुम ये जान सको कि तुम्हें क्या चाहिए, तो उस बात का पता लगाना मुश्किल नहीं होता।"

"मैं भी पता लगाने की पूरी कोशिश करूंगा।"

"यह गोमेज बड़ा चालाक मालूम पड़ता है?" मैंने पूछा।

डेविस ने आंख झपकाई-"तुम उससे मिले हो? मेरी सलाह मानो उसके रास्ते से बाहर ही रहो। वह बहुत चतुर है।"

"मैं उससे मिला हूं।" मैंने कहा-"मैं तब लायस के पास था जब वह कमरे में आया। अपनी पिस्तौल के कारण मैंने अपने आपको सुरक्षित महसूस किया। मैं उसे मार देता, लेकिन लायस उसके आगे आ गई और मैंने वहां से निकल जाना ही बेहतर समझा। वह उनमें से था जिसने पुलिस को खबर की थी।"

"वह बहुत बुरा आदमी है। वह लायस के पास किसी भी आदमी को नहीं देख सकता। व्यापार के अलावा किसी व्यक्ति ने जरा-सी कोशिश की थी। गोमेज ने उसे मार दिया। मुझे मालूम है, यह सब कैसे हुआ।"

"ईर्ष्या के कारण?" मैंने पूछा।

"हां, बिल्कुल ठीक और वह स्टोव की तरह से बहुत जल्दी गर्म हो जाता है।"

"और तुम छोटे घाट के साथ उस बिल्लीनुमा घर के बारे में जानते हो? वह किसका है?"

"स्प्रेट्जा का।"

"श्योर?"

डेविस ने सिर हिलाया-"वह इस शहर में अपनी तरह का एक ही मकान

है। उसके खुले रखने पर उसकी बड़ी रक्षा करनी होती है।"

"और फ्लैगर्टी के बारे में क्या जानते हो?" मैंने उसके सामने बोतल बढ़ाते हुए कहा।

"वो किलयानो का चमचा है। वह सिर्फ एक शातिर सिपाही है और कुछ नहीं।"

"उसने हैरिक की हत्या में साथ दिया है।"

"यह सब कुछ उसी की वजह से हुआ है।" अपने लिए ड्रिंक तैयार करते हुए डेविस ने कहा।

"ऐसा ही लगता है। क्या हैरिक शादी-शुदा था?"

"नहीं, लेकिन वह एक कमरे में एक गिल नाम के लड़के के साथ रहता था। उसका पता दूं?"

"कहां?"

"मैकलीन एवेन्यू। यह ब्रैडशॉ से काफी दूर है, लेकिन उससे कुछ पता नहीं चलेगा। मैं भी उससे पूछ चुका हूं। वह कुछ नहीं जानता।"

"हो सकता है मुझे कुछ बताए। मैंने कहा-कुछ लोगों से मिलना चाहिए।"

"अभी भी तुमको ढूंढ़ रहे हैं।" डेविस ने याद दिलाया-"और आधी रात हो चुकी है।"

"हम उन्हें सोने नहीं देंगे।"

"हम?"

"हां, मैं तुम्हारे साथ चलता हूं। उन्हें मेरे तुम्हारे साथ होने की आशा नहीं हो सकती।"

उसने जल्दी से अपने बालों में कंघी की। बोला-"यह कोई बहुत बड़ी बात नहीं है। मेरी स्थिति दूसरी है पर जब वे मुझे तुम्हारे साथ देखेंगे तो मेरे बारे में क्या समझेंगे।"

मैं उस पर हंसा। बोला-"कम ऑन! हम थोड़ी देर के लिए चलते हैं। पहले मैकलीन एवेन्यू, फिर ब्रैडशॉ। तुम्हारे पास कार है?"

"हां है।"

"बहुत अच्छा। मैं पीछे की सीट पर छिपा रहूंगा और किसी को भी शक नहीं होगा।"

"मैं भी यही कहूंगा कि मैं तुम्हें नहीं जानता। आओ चलें।"

❖❖❖

मैं डेविस की कार की पिछली सीट पर छिपकर बैठ गया। मुझे कोई नहीं देख सकता था।

डेविस सामने देखकर बोला–"ओह गॉड! यह सारी जगह सिपाहियों से भरी हुई है। वह कभी भी फायरिंग कर सकते हैं।"

"ठीक है, वे मुझे नहीं मार सकते, मैं नीचे सुरक्षित हूं।"

"लेकिन मैं नहीं हूं।" डेविस बोला–"वे मुझे संकेत कर रहे हैं।"

"अपनी कमीज का कालर ऊपर रखो। मैंने अपने पिस्तौल को हाथ में महसूस करते हुए कहा–यह हो सकता है कि वे तुमसे समय पूछना चाहते हों।"

"चुप रहो।" उसने कहा।

मैं आराम से लेट गया।

बाहर से आवाजें आ रही थीं और सड़क पर भारी कदमों से चलने की आहटें हो रही थीं।

"इस समय तुम क्या कर रहे हो?" एक तेज आवाज ने कार के अन्दर बैठे डेविस से पूछा।

"हैलो मैसी, मैं यहां से बस गुजर रहा था।" डेविस ने कहा–"तुम्हारी लड़ाई कैसी चल रही है, वह अभी पकड़ा गया या नहीं?"

"हम उसे पकड़ लेंगे, तुम कहां जा रहे हो?" उसने कहा।

"घर।" डेविस ने कहा–"क्या मैं ठीक–ठाक चला जाऊंगा?"

"हां, लेकिन खतरा है, हमें दोष मत देना। अगर एक आदमी तुम्हें शूट कर दे।"

"यह तुम क्या कह रहे हो?" डेविस ने कहा–"मैं एक मिनट में बीस गोलियां चला सकता हूं।"

वह सिपाही हंसा–"ठीक है, लेकिन अपनी स्पीड की परवाह मत करना, सड़क पर चलते हुए तुम सुरक्षित रहोगे। हम अभी उधर से आये हैं। वह आदमी बिल्कुल अदृश्य हो गया है।"

"धन्यवाद!" डेविस ने कहा और अपनी सीट पर आराम से बैठ गया। गाड़ी चला दी। एक क्षण बाद डेविस ने कहा–"मैं थोड़ा–सा डर रहा था।"

"यह बहुत स्वाभाविक है।" मैंने कहा–"बाहर कैसा हो रहा है?" उसने मुझे इशारा किया कि चारों तरफ सिपाही घूम रहे हैं, लेकिन वे इसके अलावा और कुछ नहीं कर सकते और यदि उनमें से कोई हैरिक के घर के आस–पास हुआ तो हमें भागना पड़ेगा।

"लो एक ड्रिंक ले लो और शांत हो जाओ। मैंने एक बोतल टिम के यहां से कार की पिछली सीट में रख ली थी। उसने बोतल से ही पीनी शुरू कर दी।"

"थोड़ी-सी मेरे लिए भी रख लेना।" मैंने जल्दी से कहा।

"तुम्हें इसकी जरूरत नहीं है, जितनी मुझे।" डेविस ने कहा, लेकिन उसने बोतल पीछे मेरी तरफ घुमा दी, जो मेरे सिर में लगी।

"अरे! क्या तुम मुझे चोट पहुंचाना चाहते हो।"

"मुझे कोई एतराज नहीं। डेविस ने जवाब दिया और कहा-अब तुम बाहर आ सकते हो। सिपाही आंखों से ओझल हो चुके हैं।"

मैं सीट से उठा और बैठ गया। अब हम एक तंग गली में से गुजर रहे थे। जिसके दोनों तरफ अच्छे मकान बने हुए थे।

"हम वहां पहुंचने वाले हैं।" डेविस ने कहा-"अगली गली में उसका मकान है।"

जैसे ही मैंने सामने देखा, एक बड़ा भूरा प्लाइमौथ सामने सड़क के किनारे आकर गिरा। उसको देखते ही डेविस ने बड़े जोर से गाड़ी मोड़ी और दायीं तरफ की। प्लाइमोथ दो-चार इंच की दूरी से बाल-बाल बचा।

"हे! क्या मुसीबत है?"

"तुम छोटी-सी चीज से परेशान मत हो।" मैंने कहा। "हम एक कोने पर मुड़े और एक छोटे-से मकान के सामने रुक गए।"

"यही हैरिक का घर है।" डेविस ने कहा-"क्या तुम चाहते हो कि मैं साथ में आऊं?"

मैंने अपना सिर हिलाया-"नहीं, कोई भी हमें साथ-साथ न देखे तो अच्छा है।"

"हां! यही ठीक है।" वह अपनी सीट पर तन कर बैठ गया और अपनी पिछली सीट पर खाली पड़ी हुई बोतल को देखा और उसे बड़े प्यार से थपथपाया।

मैंने उसे वहां छोड़ा और मकान के रास्ते पर आ गया।

❖❖❖

वहां पर कोई लाइट नहीं थी। मैं दरवाजे के पास खड़ा हुआ और बैल बजाई। घर के अन्दर कहीं बैल बजी, लेकिन कोई आवाज नहीं आई। मैंने

फिर घंटी बजाई, लेकिन चार-पांच मिनट तक भी कोई जवाब नहीं आया और मैंने सोचा कि घर में कोई जवाब नहीं आया और मैंने सोचा कि घर में कोई नहीं है।

डेविस ने खिड़की से सिर बाहर निकाला और कहा-"दरवाजे को धक्का दो।"

पहले मैं एक खिड़की के पास गया और झांकने लगा। खिड़की के रास्ते चांदनी के कारण कमरे का बहुत कुछ दिखाई दे रहा था। सामने एक मेज थी जिसके खाने खुले हुए थे और कागज मेज पर गिरे हुए थे। मैंने ध्यान से देखा तो पाया कि एक आराम कुर्सी के टुकड़े-टुकड़े हुए थे।

"हे!" मैंने डेविस को बुलाया-"यहां आओ।"

वह अपने आप में कुछ बोलते हुए धीरे-धीरे मेरे पास आ गया। उसने भी खिड़की से अन्दर मेरे साथ वही कुछ देखा, फिर एक कदम पीछे हट गया।

"ऐसा लगता है कि कोई आदमी ऊपर-ऊपर से अन्दर गया है।" उसने अपने बालों में कंघा डालते हुए कहा-"टिम की शराब बहुत अच्छी है, मैं एक घूंट और पीना चाहता हूं।"

मैंने उसकी बात अनसुनी कर दी और खिड़की के शीशे में से एक शीशा तोड़ा और खिड़की खोल दी। मैंने कमरे को देखा, ऐसा लगा जैसे इससे पहले भी कोई वहां आ चुका है। वहां कोई भी चीज साबुत नहीं थीं, यहां तक कि कुर्सी मेज और बिस्तर भी टूट कर बिखर चुके थे। मैंने घर के अन्य कमरों को देखा। हर एक कमरे की यही हालत थी। ऊपर की मंजिल पर बैडरूम के सामने वाले कमरे में मैंने एक आदमी को सफेद पायजामा पहने हुए देखा। उसके सिर का पिछला भाग चूर-चूर हो चुका था। ऐसा लगता था जैसे हत्यारे ने उसे बिस्तर पर लेटे हुए ही मार दिया था।

मैं जल्दी से नीचे आया और सामने से दरवाजा खोला और डेविस को बुलाया।

"ऊपर आ जाओ।" मैंने कहा।

हम ऊपर आ गए और डेविस ने उस आदमी को देखकर कहा-"अरे यह तो गिल है।" उसकी आवाज भारी हो गई थी। वह बोला-"अच्छा हो कि हम यहां से निकल चलें।"

"इसे मरे हुए अभी कुछ ही देर हुई है।" मैंने उस आदमी को ध्यान से देखते हुए कहा–"जरा सोचो प्लाइमोथ का इससे कोई सम्बन्ध है।"

मैं नहीं जानता। डेविस ने सीढ़ियों की तरफ मुड़ते हुए कहा–"मैं सिर्फ इतना जानता हूं कि अगर फ्लैगर्टी ने हमें यहां देख लिया तो हम भी मारे जायेंगे।"

"हां, यह बात बिल्कुल ठीक है।"

हम लोग नीचे उतरे और घर से बाहर आ गए। सर्चलाइट आकाश में घूमनी बन्द हो गई थी। रात बहुत शांत थी। पर गर्मी अभी भी बहुत थी। हम कार में बैठ गए।

"हमें एक बहुत अच्छी कहानी मिल गई है।" मैंने उसकी तरफ देखते हुए कहा।

"मैं इन्तजार करूंगा, कम-से-कम तब तक जब तक कि उन्हें इसका पता नहीं चलता। मैं उन्हें नहीं बताऊं कि मैंने सब कुछ देखा है।"

उसने गाड़ी का इंजन स्टार्ट किया और हम जल्दी से वहां से भागे।

❖❖❖

"क्या यह ब्रोंडी का घर है?" मैंने डेविस से पूछा।

"हां!" उसने केबिन में एक गाड़ी के सामने गाड़ी रोकी।

"सड़क के पार।" डेविस ने इशारा करते हुए कहा–"मैं अब किसी भी ऐसे घर के सामने गाड़ी नहीं रोकूंगा, जिसमें मृत्यु की खबर मिले। अगर कोई सिपाही हमें बाहर आते हुए देख तो?"

"भूल जाओ।" मैंने कहा–"मुझे वह जगह दिखाओ और इतने उत्तेजित मत होओ।"

"उत्तेजना! जोर से चिल्लाने के लिए मुझे इस तरह से पीछा करना अच्छा नहीं लगता। यह बहुत खतरनाक है।"

हमने सड़क पार की और दूर कहीं एक गाड़ी के इंजन की आवाज सुनाई दी। तभी डेविस ने कहा–"यही घर है।"

"आ जाओ।" मैंने कहा और आगे बढ़ गया।

ब्रोंडी का घर बड़ा था और गली के पीछे था। उसका बगीचा बहुत अच्छा था और बगीचे को पार किए बिना घर अच्छी तरह से दिखाई नहीं देता था।

हम मुख्य दरवाजे पर पहुंचे, जो खुला था। हमने नीचे आती हुई एक कार को देखा। हम एक छाया में नीचे झुक गए। एक भूरा प्लाइमोथ उसी तरह से गली में आ गिरा और हमारे देखते-देखते ही नजर से ओझल हो गया।

मैंने कार को चलाते हुए एक आदमी की जरा-सी झलक देखी। लेकिन मैं उसे पूरी तरह से नहीं देख पाया। क्योंकि कार में पर्दे लगे हुए थे। इस तरह पता चल रहा था कि वे कुछ गलत करके आए हैं।

डेविस ने उस आदमी को नहीं देखा।

"शायद ब्रोंडी खतरे में हो।" मैंने कहा और जिधर से घर का रास्ता था उधर बढ़ चला।

डेविस मेरे पीछे था। वह यह सोचते हुए आया कि शायद ब्रोंडी को मार दिया गया है।

"ऐसा हो भी सकता है और नहीं भी। वह वही कार है, उतनी ही तेज भाग रही है। ऐसा लगता है जैसे कोई महत्वपूर्ण चीज ढूंढ़ रहा है।"

"यदि उन्होंने ब्रोंडी को मार दिया होगा तो यह बहुत बुरा होगा।" डेविस ने कहा।

"वे तब तक यह सब कुछ करेंगे जब तक कि मुझे नहीं मारेंगे और वे मुझे मारने की पूरी कोशिश करेंगे।" मैंने कहा।

"तब तो मैं तुम्हारे साथ घूम रहा हूं। यदि तुम हत्यारे हो तो मैं क्या हूं?"

"यह जार्ज से पूछना, वह बतायेगा।"

मैंने दरवाजे को धक्का दिया और वह एकदम खुल गया। मैंने कहा-"कुछ गलत लगता है।"

मैं अन्दर नहीं जाऊंगा। डेविस ने कहा-"मुझे डर लग रहा है। मेरे लिए यह बहुत बड़ी बात है कि इतनी दूर तक तुम्हारे साथ आ गया-बस और नहीं आऊंगा।"

"ठीक है।" मैंने कहा-"वहीं कहीं बाहर रहो और अब भागो नहीं।"

"मैं बाहर खड़ा हूं, लेकिन अन्दर नहीं आऊंगा।"

"क्या पता, यह तुम्हारे मुख-पृष्ठ की खबर हो सकती है।" मैंने कहा।

"मैं उस खबर को बिना तुम्हारे साथ होकर भी बना सकता हूं।" डेविस ने कहा-"यदि वे लोग तुम्हारे ऊपर इल्जाम लगाना चाहते हैं तो वे मुझे भी बहुत बड़े हथियार के रूप में पालना चाहते होंगे।"

मैंने उसे वहीं छोड़ दिया और एक अन्धेरे बरामदे के अन्दर आ गया। अब की बार मैं कार से एक फ्लैशलाइट भी ले आया था। मैंने रोशनी से कई कमरों को देखा, वे बिल्कुल ठीक थे। लेकिन जैसे ही मैं अन्तिम दरवाजे पर पहुंचा, मुझे यकायक वहीं मिल गया जो मैं चाहता था। यह ब्रोंडी का पढ़ने का कमरा था। वह बहुत बड़ा था और चारों तरफ किताबें थीं। इससे पहले ही वहां कुछ ढूंढ़ा जा चुका था। डेस्क की दराजें खाली थीं और कागज बिखरे हुए थे। लेकिन ऐसा दृश्य वहां नहीं था जैसा कि हैरिक के घर में हुआ था। कुर्सियां ठीक थीं। कमरे में कोई नहीं था और एक क्षण को यह सोचते हुए मैं वहां खड़ा रहा कि अब क्या करूं। यह एक बहुत बड़ा घर था। यह नहीं मालूम चल सकता था कि कितने नौकर ऊपर सोये हुए हैं। लेकिन मुझे यह तो जानना था कि ब्रोंडी की क्या हालत है।

जैसे ही मैं दरवाजे की तरफ घूमा, मुझे कुछ ऐसा महसूस हुआ कि मैं अकेला नहीं हूं। मैंने अपनी फ्लैश लाइट धीरे से बन्द कर दी। अपनी पिस्तौल बाहर निकाली पर दूसरी तरफ से कोई भी आवाज नहीं आई। मैं बहुत सतर्कता से दरवाजे के पास आ गया। अभी तक कुछ नहीं हुआ था। कोई आवाज नहीं।

अंधेरे में खामोशाी के सिवा वहां कुछ नहीं था। मैं वहां काफी देर खड़ा रहा। आवाज न कमरे में थी न बाहर गली में। लेकिन मुझे लग रहा था कि मैं अकेला नहीं हूं। मुझे किसी की उपस्थिति का आभास हो रहा था और यह भी कि जो व्यक्ति बाहर है वह मुझसे दूर नहीं है।

इन्तजार करते मैंने महसूस किया कि उपस्थिति व्यक्ति बहुत कमजोर है। यह एक बहुत बेकार बात थी कि कमरे के आधे अन्दर और आधे बाहर रहा जाए और किसी को महसूस किया जाए।

अब मैंने कुछ सुना, यह एक बहुत पतली आवाज थी और मैंने पहली बार महसूस किया कि वह मेरे बिल्कुल पास में है। इस जानकारी ने मुझे थोड़ी-सी हिम्मत दी।

धीरे से मैंने फ्लैश को छुआ और अंधेरे में ही उसकी दिशा में किया-जहां से मुझे सांस चलने की आवाज आ रही थी। जब मैंने बटन दबाया तभी कूदने के लिए तैयार हो गया कि कोई भी आदमी मेरे ऊपर फायर करे तो बच जाऊं।

मेरी फ्लैश की रोशनी एक गलियारे में गई जहां मैंने एक भयानक

माहौल अनुभव किया। मैंने देखा कि गलियारे के दूसरी तरफ एक लड़की खड़ी है। वह लगभग अट्ठारह साल की रही होगी। भूरी आंखों वाली एक लड़की ने काली और सुनहरी कमीज पहन रखी थी और नीले रंगा का पायजामा।

वह बगैर हिले-डुले खड़ी थी। उसकी आंखें खाली और डर से भरी हुई थीं।

मैंने अनुमान लगाया कि यह ब्रोंडी की लड़की होगी।

"मिस ब्रोंडी!" मैंने तेजी से कहा-"क्या तुम ठीक हो? मुझे अफसोस है, अगर मैंने तुम्हें डराया। मैं तुम्हारे पिता को खोज रहा हूं।"

उसने अपनी आंखें घुमाई और इससे पहले कि मैं छू लूं वह फर्श पर गिर पड़ी। मैं उसके ऊपर झुका और देखा वह एकदम ठंडी पड़ गई थी। मैंने पिस्तौल फिर से जेब में रखी और उसे उठाया। वह बहुत हलकी और पतली थी।

मैं उसे स्टडी रूम में ले आया और कुर्सी पर बिठा दिया।

सारे घर में चुप्पी का साम्राज्य था। शायद वहां कोई दूसरा नहीं था।

मैं मुख्य दरवाजे तक गया, लेकिन वहां डेविस न था। मैंने देखा कि वह कार में बैठा है और व्हिस्की पी रहा है।

मैं बहुत धीरे-धीरे उसके पास गया और उसके कंधे को थपथपाया।

"तुम्हें पकड़ लिया।" मैंने बनावटी आवाज में कहा।

वह अपनी जगह से एक-दो इंच उछला और धीरे से ई...की आवाज निकली। वह लगभग सारी बोतल पी गया था। मैंने उसके मुंह से बोतल हटाई और दूसरे हाथ से उसकी पीठ थपथपाई। एक क्षण के बाद ही वह अपने डर को भूल गया था।

"धूर्त! तुमने तो मुझे डरा दिया।"

"कम ऑन!" मैंने कहा-"मेरे साथ आओ।"

"क्या है, क्या अब आगे किसी और की लाश पड़ी हुई है।"

"नहीं, अभी नहीं, लेकिन ब्रोंडी की लड़की थोड़ी-सी बेहोशी में है और उसने रात के कपड़े पहने हुए थे।"

उसने कहा-"चलो, ऊपर चलते हैं।"

मिस ब्रोंडी वहीं पर थी जहां मैंने उसे छोड़ा था। वह बहुत उदास और डरी हुई लग रही थी।

"इसे थोड़ी-सी स्कॉच दो, जिससे गर्मी आए। यहां कहीं कोई बोतल अवश्य होगी।" मैंने कहा।

थोड़ी-बहुत खोजने के बाद मिल गई। डेविस ने सबसे पहले खुद एक लम्बा घूंट पिया।

"बुरी नहीं है-वकील लोग अपनी बहुत देख-रेख करते हैं।" उसने कहा।

मैंने भी थोड़े घूंट पिए। लगा कि उसने ठीक ही कहा था। यह अच्छी शराब थी।

"चलो, जरा उस लड़की को होश में लाएं।"

उसके दांत भिंचे हुए थे और बहुत मुश्किल से उनके बीच में थोड़ी-सी व्हिस्की डाली।

उससे वह थोड़ी देर में ही होश में आ गई और उसने मेरी तरफ देखा। उसने कुछ नहीं पूछा और सिर्फ हमारी तरफ देखती रही।

"तुम इससे पूछो।" मैंने कहा-"क्या चक्कर है?"

"मुझे देखने दो।" डेविस ने कहा-"वह मुझे जानती है।"

डेविस लड़की की तरफ बढ़ा। उसके चेहरे पर दया के भाव थे। उसने मिस ब्रोंडी को कहा-"हे! मुझे देखो, मैं डेविस हूं। हमने सुना था कि यहां कुछ मुसीबत है। क्या हुआ बेबी?"

उसने उसकी तरफ देखा और बोलने की कोशिश की।

"डरो मत, आओ बैठो और सारी बात बताओ।"

"वे पापा को पकड़ कर ले गए हैं। वे पापा को जबरदस्ती ले गए हैं।"

डेविस ने उसे फिर कुर्सी पर बिठा दिया। बोला-"ठीक है, हम देख लेंगे। तुम यह बताओ कि क्या-क्या हुआ?"

मैंने उसे गौर से देखा। डेविस उसका हाथ थपथपाता रहा था। हमने मिस ब्रोंडी से सारी कहानी सुन ली। उसने बताया कि जब वह सो रही थी तो बाहर से कुछ आवाजें आई और मैं जाग गई। वह नीचे गई और उसने जैसे ही झांका तो पाया कि ब्रोंडी दीवार से सट कर खड़ा हुआ था। उसके हाथ ऊपर थे और एक आदमी जिसने ब्राउन शर्ट पहना हुआ था, उसे पिस्तौल से डरा रहा था और कह रहा था-ओ. के., यदि तुम यही चाहते हो तो आओ हम बाहर चलेंगे। वह उसकी मदद करना चाहती थी, लेकिन नहीं कर पाई और इस तरह से वे लोग ब्रोंडी को अंधेरी गली में से होकर गुजारते हुए ले गए। कुछ मिनट के बाद ही एक कार के तेजी से जाने की आवाज आई।

"क्या उस आदमी को तुमने कभी देखा था?" डेविस ने पूछा।

उसने नहीं में सिर हिलाया।

डेविस ने उसे एक और ड्रिंक देना चाहा, लेकिन उसने नहीं लिया और वह यही कहती रही," तुम यहां मत रुको, प्लीज! मेरे पापा को वापस ले आओ।"

"हम उन्हें ले आएंगे, लेकिन यह तो बताओ कि उन्हें कौन ले गया है।"

"वह छोटा और बड़ा भयानक-सा दिखने वाला आदमी था।"

"क्या उसके चेहरे के ऊपर का भाग कटा हुआ था?" डेविस ने पूछा।

उसने स्वीकृति में सिर हिलाया और कहा-"तुम उसे जानते हो?"

उसने कहा-"शायद, वह थामसन होगा, किलयानो का दायां हाथ।"

"तुम जानते हो, वह कहां गया है?"

"मैं जानता हूं, लेकिन उसे इस वक्त छोड़ देना ही ठीक होगा।"

"वह कहां रहता है?"

"सनसोरा के जुआघर में। ओ. के.।" उसने कहा-"चलेंगे।"

मिस ब्रोंडी चिल्लाई-"आप मेरे पापा को ले आओ, प्लीज, आप मेरे पापा को ढूंढ़ लाइए।"

मैंने उसकी पीठ थपथपाई और कहा-"मैं तुम्हारे पापा को जल्दी वापस ले आऊंगा।"

❖❖❖

सनसोरा का जुआघर पैराडाइज पाम से बाहर जाने वाली सड़क पर काफी दूर था। यह एक तिमंजिला बिल्डिंग थी। इसके चारों तरफ एक बहुत चौड़ा बरामदा था, जिसमें कई कुर्सियां और मेजें लगी हुई थीं। दो बड़े-बड़े शीशों के दरवाजे थे जिनसे होकर मेन हॉल में जाया जाता था।

यद्यपि रात का एक बज चुका था फिर भी पूरी बिल्डिंग रोशनी से जगमगा रही थी। अनेक लोग बरामदे में बैठे थे और अन्दर नृत्य चल रहा था।

डेविस ने सड़क के दूसरी छोर पर कार पार्क की। स्कॉच की बोतल उठाई, पर और खाली करके सैंड बीच पर फेंक दी।

"मुझे शराब की जरूरत तुमसे ज्यादा है।" उसने कहा।

मैं उस जगह के भूगोल को पढ़ रहा था।

"क्या तुम समझते हो कि तुम अन्दर चले जाओगे और ब्रोंडी को बाहर

ले आओगे।" डेविस ने रूमाल से मुंह पोंछते हुए कहा।

"यह बात ठीक है।" मैंने कहा।

"देखो भाई, मैं तो यहीं बैठकर दृश्य का मजा लूंगा। मैं तुम्हारे ऊपर एक खूबसूरत कहानी लिखूंगा, जब वे तुम्हें बाहर निकाल देंगे। बाई-द-वे तुम कौन-सा फूल पसंद करते हो।"

"तुम अन्दर आओगे। मैं यहां कुछ नहीं जानता। तुम ही मुझे सारी जगह दिखा रहे हो। किसी भी तरह तुम मुझे ऊपर पहुंचा दो। ब्रोंडी वहीं है।"

"ओह नो।" डेविस ने जोर देकर कहा-"मैं यहीं ठहरूंगा। मैं आसानी से डरता नहीं, पर वह आदमी मुझे चींटी बना देगा।"

मैंने अपनी पिस्तौल उसकी कलाई पर तानते हुए कहा-"तुम मेरे साथ चलोगे, नहीं तो मैं यहां एक बड़ा छेद बना दूंगा।"

उसने मेरी तरफ देखा कि मैं गम्भीर था।

"अच्छा, मैं वहां एक ड्रिंक लेने पर जाऊंगा।" उसने कार का दरवाजा खोला और हम चल दिए।

थोड़े ही आगे जाकर हम एक जगमगाते हॉल में पहुंच गए। किसी ने भी हमारी तरफ ध्यान नहीं दिया। हम बार काउन्टर पर गए। बारमैन ने डेविस को देखा और एक बोतल आगे कर दी। वह शायद डेविस को जानता था।

हमने एक-दो पैग ही पिये कि एक पतला-दुबला, काले बाल और काली आंखों वाली आदमी पर्दा हटाकर आया और हमारे पास आकर खड़ा हो गया।

"मिस्टर सनसोटा!" डेविस ने अपना हैट उतारते हुए कहा-"और ये हैं मेरे मित्र, जो यहां मनोरंजन के लिए आए हैं। जार्ज! ये ही सनसोटा हैं जिनका मैं जिक्र कर रहा था।" उसने परिचय कराया।

मैंने नोट किया कि वह आदमी काफी सख्त मालूम पड़ रहा था।

"ओह! आपसे मिलकर खुशी हुई।" मैंने कहा।

उसने कुछ कहा नहीं सिर्फ सिर हिला दिया।

"आपका शहर बहुत खूबसूरत है।" मैंने कहा।

"हां, बहुत अच्छा।" उसने कमरे के चारों तरफ देखते हुए कहा। उसकी आंखें लगातार कुछ ढूंढ़ रही थीं।

मैंने डेविस के जूते पर पैर मारा।

"आज क्या कोई पोकर हो रहा है। मेरा दोस्त खेलना चाहता है।"

सनसोटा ने पहले मुझे देखा, फिर डेविस को देखकर अपनी पलकें घुमा दीं।

डेविस ने जान लिया कि सब ठीक है।

"ये ऊपर जा सकते हैं, खेल कमरा नम्बर 5 में हो रहा है।" उसने बताया।

"धन्यवाद।" मैंने अपना ड्रिंक खत्म करते हुए कहा-"मैं अभी आता हूं।"

डेविस ने अपना सिर हिलाया-"मैं अभी एक-दो पैग लूंगा, फिर जाऊंगा, तुम टैक्सी से वापस आ जाना।"

"ओ. के.।" और मैं सीढ़ियां चढ़ने लगा।

आधे रास्ते में मैंने पीछे देखा, मैं थोड़ा रुका।

फ्लैगर्टी मुख्य दरवाजे से अन्दर आया। वह अभी भी अपना वही सूट पहने हुए था। वह बार काउंटर की तरफ बढ़कर डेविस के पास जाने के लिए बढ़ा।

मैं जल्दी से सीढ़ियां चढ़ गया और यह विश्वास पक्का किया कि उसने मुझे नहीं देखा। डेविस अपने बालों में कंघी कर रहा था और मैंने देखा कि फ्लैगर्टी ने अपने आप ड्रिंक खरीदा।

मैं बरामदे में से होकर कमरा नम्बर 5 की तरफ बढ़ा। कमरे में से कई व्यक्तियों की आवाजें आ रही थीं। वहां उस तरफ तीन और दरवाजे थे। मैंने उनको महत्वपूर्ण नहीं समझा और ऊपर जाने वाली सीढ़ियां चढ़ने लगा। आधे रास्ते में मैंने महसूस किया कि कोई व्यक्ति नीचे वाले रास्ते से ऊपर आ रहा है। मैंने बाकी की सीढ़ियां बड़ी जल्दी-जल्दी चढ़ीं और पाया कि मैं एक कम रोशनी वाली जगह पर आ गया हूं। मेरे सामने दो दरवाजे थे।

नीचे वाले कदम नीचे के बरामदे में रुके। एक दरवाजा खुला और बन्द हो गया।

मैंने अपने सामने वाले दरवाजे पर खड़े होकर कुछ सुनना चाहा, पर वहां चुप्पी थी। मैं दूसरे दरवाजे पर गया। आवाज आ रही थी पर शब्द नहीं सुने जा सके। पर मैंने फिर ध्यान से सुनने की कोशिश की, तो मैंने दांतों तले उंगली दबा ली। यह निश्चित ही ब्रोंडी होगा।

मुझे यह भी ध्यान आया कि यदि सनसोटा ने कमरा नम्बर 5 में मुझे नहीं पाया तो वह समझ जाएगा कि मैं किसी और काम से आया हूं।

मैंने दरवाजे का हैंडल घुमाया, वह एकदम खुल गया। मैं अन्दर आ गया।

कोने में एक सफेद बालों वाला आदमी ग्रे सूट में बिस्तर पर पड़ा था, उसके सिर और छाती पर खून बह रहा था। उसके दाएं कान के पास की खाल उखड़ गई थी, शायद वहीं से उसे मारा गया होगा। उसके हाथ पलंग की पट्टी से बंधे थे और मुंह बन्द था।

उस पड़े हुए आदमी के ऊपर एक छोटा-सा आदमी झुका हुआ था, उसके चेहरे पर क्रूरता झलकी रही थी। वह अपना एक हाथ उठा ही रहा था कि मैं अन्दर पहुंचा।

उस छोटे-से आदमी की आंखें मुझे देखकर और सख्त हो गईं। उसका दायां हाथ जरा-सा घूमा फिर मैंने उसे पिस्तौल दिखाई।

"मुझे यह नहीं करना चाहिए।" मैंने धीरे से कहा-"मैं कायन हूं।"

"हैलो।"

"दीवार से लग जाओ।" मैंने उसकी तरफ देखते हुए कहा।

"तुम मेरे शिकार हो।" उसने मेरी तरफ घूरते हुए कहा-"अभी नहीं, फिर बाद में।"

"हम बाद में ट्राई करेंगे, दीवार की तरफ हो जाओ।" मैंने कहा।

"मुझे घूरते हुए वह दीवार की तरफ हो गया।"

"मुड़ जाओ।" मैंने कहा।

वह मुड़ गया।

मैं उसके पास गया और पिस्तौल के कुन्दे से उसके सिर पर वार किया। मैंने बड़ी जोर से उस पर चोट मारी। वह अपने घुटनों के बल झुक गया पर बेहोश नहीं हुआ था। वह बिचला और मेरे पैर पकड़ने को हुआ। मैंने उसे जोर से बूट की ठोकर मारी और कुन्दे से भी वार किया। इस बार वार इतने जोर से था कि वह पीछे को लुढ़क गया और चित्त हो गया।

मैंने ब्रोंडी के बन्धन काटे और उसे बैठाया, पर वह दुबारा बिस्तर पर गिर गया। वह बेहोश हो गया था।

पर जैसे ही मैं उसे उठाने झुका, कमरे का दरवाजा खुला और सनसोटा अन्दर आया। उसने मुझे देखा, फिर उस आदमी को, फिर वह अपना हाथ पीछे की जेब में ले गया।

मैंने ब्रोंडी को छोड़ दिया, मैं सनसोटा के पैरों पर झपटा, उसने मेरे सिर पर चोट करनी चाही, पर मैंने बचा लिया और उसकी दायीं आंख पर चोट

की। उसका सिर पीछे को हो गया। पर वह अपने पैरों पर खड़ा हो गया, मैं भी खड़ा हो गया।

मेरी पिस्तौल बिस्तर पर गिर गई थी। ब्रोंडी वैसे ही मरे हुए आदमी की तरह लेटा था। सनसोटा मुझ पर झपटा। मैंने उसे पकड़ लिया और नीचे गिरा दिया। उसने मुझे दबाने की कोशिश की पर मेरा वजन कुछ भारी था। इतने में ही कुछ लोग अन्दर आए और मैंने महसूस किया कि कोई बड़ी भारी चीज मेरे सिर पर रख दी गई है।

❖❖❖

मैंने अपनी आंखें खोलीं। वह बदमाश मुझे घूर रहा था।

"क्या हाल है?"

"मैंने उंगली से सिर की वह जगह छुई जहां चोट की गई थी। मेरा सिर दु:ख रहा था।"

"ज्यादा ठीक नहीं हूं।" मैंने कहा।

यह सुनकर वह खुश हुआ और बोला-"यह तो कुछ भी नहीं है। अभी देखो, क्या होगा।"

मैंने कमरे के चारों तरफ देखा। यह काफी बड़ा कमरा था। इसमें कोई खिड़की नहीं थी। सिर्फ एक बिस्तर था जिस पर मैं लेटा हुआ था। साथ में एक कुर्सी थी जिस पर वह बैठा हुआ था और ठीक मेरे सिर के ऊपर नंगे बिजली के तार से बल्ब लटक रहा था।

"मैं कितनी देर बेहोश रहा।" मैंने पूछा।

"तीन-चार घंटे।" उसने जवाब दिया। इस समय वह शायद दुनिया का सबसे बड़ा मजाक महसूस कर रहा था। उसने मुझसे कहा कि मैं बहुत सख्त आदमी हूं। मैंने उसके सिर पर देखा जहां से थोड़ा-थोड़ा खून निकल रहा था। लेकिन उसे इसकी चिन्ता नहीं थी।

"ब्रोंडी कहां है?" मैंने पूछा।

"उसे कहीं पहुंचा दिया गया है। वह अपने अच्छे-बुरे के बारे में नहीं सोच सकता था, इसलिए परेशान हुआ।" उसने अपनी एक सिगरेट निकाली और जलाई। एक सिगरेट मुझे भी दी और कहा-"सिगरेट पी लो, अब तुम ज्यादा देर जिन्दा नहीं रहोगे।"

मैंने सिगरेट सुलगाई और पूछा-"क्यों?"

उसने सिर हिलाया–"तुम्हें जल्दी ही पता चल जाएगा। वे लोग ब्रोंडी का इन्तजाम करके आते ही होंगे।"

मुझे जैड डेविस की चिन्ता हो गई। पता नहीं उसका क्या हुआ होगा। लेकिन मैंने सोचा, उसने अपना इन्तजाम कर लिया होगा।

"अच्छा-अच्छा।" मैंने अपना धुआं उसकी ओर फेंकते हुए कहा–"मैं इन्तजार करूंगा।"

उसने मेरी तरफ घूरते हुए कहा–"कोई चालाकी मत करना। क्योंकि मैं तुमसे भी ज्यादा होशियार हूं।"

मैं उस पर हंसा और कहा–"हो सकता है। तुमने उसका सबूत दे दिया है।"

उसकी आंखों में हल्की-सी चमक आई और बोला–"क्या मतलब?"

"थामसन कायन मेरे लिए बहुत महत्वपूर्ण नहीं हो सकता, लेकिन चेस्टर कायन तुम्हारे लिए बहुत महत्वपूर्ण है। अपने आप सोचकर देखो।"

"हां!" उसने अपने लाल होते हुए चेहरे से कहा–"सुनो, मैं तुम्हारे साथ कुछ भी कर सकता हूं।"

"यह तुम कहते हो न।"

"तो देखो।" उसने खड़े होते हुए कहा और एक मिनट बाद ही उसके हाथ में पिस्तौल आ गई। मुझे बड़ा आश्चर्य हुआ।

"देखो।" उसने अपनी उंगली में पिस्तौल घुमाते हुए कहा।

"क्या तुम मेरा मुकाबला कर सकते हो? तुम मेरे सामने क्या हो। जबकि मेरे हाथ में पिस्तौल हो-तब तुम केवल एक मरियल आदमी साबित होगे।

"तुम बहुत बकवास करते हो। उसने पिस्तौल को जरा-सा दूर करते हुए कहा, लेकिन उसकी आंखों में थोड़ा-सा सन्देह उभर आया था।"

"ठीक है, मैं बहुत बोलता हूं। लेकिन मैं तुम्हें हरा सकता हूं। मैं बताऊं क्यों? क्योंकि तुम लोग अपना वक्त बर्बाद करते हो। तुम वक्त और एक्शन दोनों का मिलाप नहीं कर सकते।"

"यह कैसे?" उसकी आंखें आश्चर्य से फैल गईं।

"तुम लोग गलत तरह से काम करते हो, जरा मुझे दोबारा पिस्तौल दिखाओ।"

उसने मुझे देखा, उसकी जिज्ञासा बढ़ गई थी। उसने अपने आपको ठीक से बिठाया। उसकी पिस्तौल उछलकर एकदम से उसके हाथ में आ गई। वह

बहुत फुर्ती दिखा रहा था और मुझे उसे हराने के लिए और ज्यादा चालाकी की जरूरत थी।

"तुम्हारी पिस्तौल का बैग गलत पोजीशन में होता है।" मैंने कहा-"यहीं दिक्कत होती है। लेकिन यह तो बहुत ऊंचा है, पहले तुम इसे नीचे करते हो और इस तरह पिस्तौल निकालने में देर होती है और जब तुम तैयार होते हो तो फायर करने से पहले तुम्हें बैरल को नीचे करना पड़ता है। जानते हो-इसी में वक्त बर्बाद होता है।"

"अच्छा, मैं फिर तुम्हें करके दिखाता हूं।" उसने पिस्तौल की तरफ देखते हुए कहा।

मैंने महसूस किया कि वह मेरी बात से प्रभावित हो गया है। उसने अपनी पिस्तौल फिर खोली में डाली और फीता ढीला किया, जिससे कि पिस्तौल जरा नीचे की पोजीशन में आ जाए।

"ठीक है?" उसने पूछा।

"मैं होता तो इसको और नीचे करता, लेकिन मैं लम्बा हूं और तुम इतने लम्बे नहीं हो।"

उसने संकोच से मुझे देखा और फीते को दूसरी तरफ से बांधने लगा।

और अब वह उस स्थिति में आ गया था, जिसमें मैं चाहता था। जिससे कि मैं उसकी पिस्तौल पकड़ सकूं। पिस्तौल का खोल अब काफी ढीला हो गया था और पिस्तौल निकालने में दिक्कत होगी और इससे उसे फायर करने में वक्त लगेगा।

उसने अपने लटकते हुए पिस्तौल को देखा और कहा-"अब ठीक है?" उसने मुझे घूरा और कहा-"बहुत स्मार्ट बनने की कोशिश मत करना।"

"मुझे इसकी क्या जरूरत है। मुझे अब भी अपने ऊपर विश्वास है। मैं किसी को नहीं मारता।"

उसने मेरी तरफ देखा-"तुम्हें मुझे मारने का कोई इरादा नहीं।" मुस्कुराते हुए वह बोला-"मैं एक अच्छा आदमी हूं। ठीक है।"

"मेरे लिए तुम डिट्रोयर के नामी आदमी हो। लेकिन इतने बड़े नहीं जितना तुम समझते हो।"

वह कमरे के आर-पार घूमने लगा तभी दरवाजा खुला और किलयानो और फ्लैगर्टी अन्दर आए।

उस आदमी ने उनसे हाथ मिलाते हुए कहा-"हाय बॉस!"

किलयानो ने उसकी अपेक्षा कर दी और मेरे सामने मुझे देखते खड़ा हो गया।

"हैलो!" मैंने अपनी सिगरेट पीते हुए कहा।

फ्लैगर्टी दरवाजे पर बहुत सधा हुआ खड़ा हुआ था।

"वह लड़की कहां है?" किलयानो ने मुझे थप्पड़ मारते हुए पूछा।

"मुझे क्या मालूम! क्या मैं उसे अपनी पीठ पर रखकर चलता हूं।"

"तुम ठीक तरह से बात करो, कायन। हमें वह लड़की चाहिए और उसे पाकर ही रहेंगे।"

"इस बारे में तुम्हें मेरी तरफ से कोई मदद नहीं मिलेगी। क्या तुम मेरे से मदद चाहते हो? मैंने और सिगरेट सुलगाई।"

बोला-"अगर मैं जानता भी हूंगा तो भी नहीं बताऊंगा। वैसे पिछली रात मैंने उसे शहर से बाहर पहुंचने के लिए काफी पैसा दे दिया था।"

"उसने शहर नहीं छोड़ा है। किलयानो ने बिस्तर को थपथपाते हुए कहा-उसे इतना मौका ही नहीं मिला होगा। क्योंकि हमने रास्ते बन्द कर दिए थे।"

"तो हो सकता है वह शहर में हो। तुम उसे ढूंढ़ते क्यों नहीं?"

उस आदमी ने मुझे मुक्का मारा, लेकिन मैं पीछे हट गया तथा उसका हाथ बिस्तर की पट्टी पर पड़ा। वह गुस्से में आकर मेरे ऊपर चढ़ आया और एक क्षण के बाद ही मैंने एक पिस्तौल की नोक अपने कान के पास महसूस की। मैं किसी उत्तेजना में नहीं आया। उसने मुझसे कहा- "बिल्कुल चुपचाप रहो। नहीं तो मैं तुम्हारी कनपटी उड़ा दूंगा।"

"मैं ठीक हूं।" मैंने कहा।

वह मुझसे थोड़ा-सा दूर हो गया और मैं खड़ा हो गया।

"देखो भाई।" मैंने धूल झाड़ते हुए कहा-"इस तरह से हम किसी भी नतीजे पर नहीं पहुंचेंगे।" मैं बिस्तर पर बैठ गया और मैंने दूसरी सिगरेट सुलगाई। फिर मैंने कहा-मुझे थोड़ी-सी बात करने दो। हो सकता है, कोई रास्ता निकल आए।"

उस बदमाश आदमी ने पिस्तौल का खोल खोलना चाहा। लेकिन किलयानो ने उसे रोक दिया।

"बोलने दो।" किलयानो ने कहा और कुर्सी पर बैठ गया।

फ्लैगर्टी और वह बैट मेरे बिस्तर के नीचे खड़े हो गए, इस आशय से कि यदि मैं कुछ गड़बड़ करूं तो वे मुझे पकड़ सकें।

मैंने कई बातें सोचीं। मैंने किलयानो की तरफ देखते हुए कहा–लेकिन मैं सोचता हूं कि आप लोग शहर के बड़े आदमी हैं। यहां पर एक हैरिक ही था जो आपके लिए खतरनाक हो सकता था। आप लोग एक कैसीनो चलाते हैं जो आपकी जाली करेंसी को बदलने के काम आता है। इस तरह आप लोग जो जाली नोट बनाते हैं, उन्हें खेलने वालो के असली नोटों से बदल लेते हैं। क्या आप नहीं जानते कि मैं यह जानता हूं। आपने यह सोचा भी नहीं होगा कि मुझे यह बात पता चल सकती है, लेकिन इस एक बात को पता करने के लिए मुझे कोई ज्यादा वक्त नहीं लगाना पड़ा। बैंक और पुलिस भी आपके साथ है और आप लोग लोगों का मुंह भी बन्द कर सकते हैं। जाली नोटों का यहां इस्तेमाल होता है। लेकिन यदि कोई बाहर का आदमी शहर से बाहर ले जाता है तो तुम उसे रोकना चाहते हो। हुआ क्या कि हैरिक को सब बातें पता चल गई कि तुम जाली नोट बनाते हो और उसने खोज-बीन शुरू की। उसने पुलिस की मदद नहीं ली। क्योंकि पुलिस तुम्हारे साथ मिली हुई थी। उसने तुम्हारे बहुत सारे जाली नोट अपने कब्जे में कर लिए और वह नोट स्टेट बैंक के गवर्नर को पहुंचाना ही चाहता था कि तुमने उसे मार दिया। मैंने अपनी सिगरेट का टोटा फेंक दिया और किलयानो की तरफ देखा।

उसका चेहरा भावहीन हो गया। उसने कहा–"आगे बोलो।"

मैंने फिर बोलना शुरू किया–"हैरिक इस शहर का महत्वपूर्ण व्यक्ति था और चुनाव लड़ना चाहता था। वह ऐसा व्यक्ति नहीं था, जिसे तुम आसानी से हरा सकते थे।"

"इतने में ही तुम्हें पता चला कि मैं इस शहर में आया हूं। मैं एक ऐसा व्यक्ति हूं जिस पर हत्या का आरोप आसानी से लगाया जा सकता है। तुमने सब बातें ठीक कीं और मुझे हत्यारा व्यक्ति बनाना चाहा। लेकिन कुछ चीजें तुमसे छूट गई। तुम भूल गए कि ब्रोंडी के पास कुछ सबूत हैं और तुमने उस लड़की को भी ठीक तरह से नहीं समझा, जिसने मुझे इस कीचड़ से निकाला। तुम समझते थे कि वह तुम्हारे अनुसार काम करेगी। वह लड़की तुम्हारे सारे कारनामों पर पूरी तरह रोशनी डाल सकती है। उसके बिना तुम कोई बात नहीं छुपा सकते।"

किलयानो ने अपनी सिगरेट सुलगाई और कहा–"शट अप।"

"ओ. के.।" मैंने कहा।

अब किलयानो ने फ्लैगर्टी की ओर देखा और कहा-"इसे बहुत कुछ मालूम है। हमें दूसरी तरह से काम करना होगा। इस पर हत्या का मुकद्दमा चलाने की जगह इसकी ही हत्या करनी होगी। फिर एक क्षण रुककर उसने कहा-तुम इसे मार डालो और यह रिपोर्ट लिखो कि यह अपनी गिरफ्तारी का विरोध करते हुए मारा गया।"

फ्लैगर्टी ने कहा-"ठीक है।"

"इस काम को जल्दी शुरू करो, क्योंकि यह बड़ा खतरनाक आदमी है।"

"वह तो मैं हूं ही।" मैंने उसकी ओर देखते हुए कहा।

"और इससे निपटने के बाद हम उस लड़की को भी देख लेंगे। क्योंकि वह अभी शहर के बाहर नहीं जा सकी है।" किलयानो ने कहा।

"हां, यह आइडिया बुरा नहीं है और इस तरह इन दोनों से ही छुटकारा मिल जायेगा।"

किलयानो ने सिर हिलाया-"हमें इसके लिए एक शो करना होगा। हम उसको चुप रखेंगे और कहीं पर उसे रास्ते में बाहर कर देंगे। किलयानो ने छोटे आदमी बैठ की तरफ देख कर कहा-क्या तुम उसे सम्भाल सकते हो?"

"जरूर, क्यों नहीं।" उसने हंसते हुए कहा।

किलयानो खड़ा हो गया।

"इससे जल्दी छुटकारा पा लो।" उसने फ्लैगर्टी से कहा।

"जब तक फ्रेटसी जिन्दा है, तब तक तुम सुरक्षित नहीं हो। वह अन्त में तुम्हें पकड़ ही लेगा।"

उसने इस बात पर कोई ध्यान नहीं दिया और दरवाजा बन्द कर के धीरे से बाहर चला गया।

उसे छोटे आदमी ने फ्लैगर्टी की ओर देखा और पूछा-"अभी?"

"नहीं, यहां नहीं।" फ्लैगर्टी ने कहा-"हम इसे कुछ दूर ले जाकर मारेंगे।"

❖❖❖

फ्लैगर्टी गाड़ी चला रहा था। मैं पीछे सीट पर बैठा था।

"कैसा लग रहा है तुम्हें? तुम्हारी शायद यह अन्तिम यात्रा है।" उस मोटे आदमी ने पूछा।

"ठीक हूं। लेकिन तुम निश्चित रूप से कह सकते हो कि तुम मुझे मार दोगे?"

"जरूर, अब तुम हमारे हाथ में हो, तुम जो चाहो कर सकते हो।"

"तुम्हें किसी और को भी तो पकड़ना होगा।" मैंने कहा।

"नहीं, हमें किसी और की जरूरत नहीं है।"

"लेकिन मेरा और तुम्हारा मुकाबला होगा और तुम बिना लड़े मुझे नहीं मार सकते।"

उसने मेरे चेहरे पर गुस्से से हाथ मारते हुए कहा–"शट अप। मैं तुम्हारे टुकड़े–टुकड़े कर सकता हूं।"

"तुम्हारे में जरा भी हिम्मत नहीं है, करके तो देखो।"

फ्लैगर्टी ने बीच में टोक कर कहा–"हम तुम्हारे जैसे सांप को नहीं छोड़ सकते। फिर चाहे कुछ भी हो।"

"देखा!" मैंने उस मोटे आदमी से कहा–"तुम्हारा दोस्त भी मुझे तुमसे अच्छा आदमी समझता है।"

यह सुनकर उसने लम्बी सांस ली। बोला–"तुम इतने अच्छे नहीं हो और मैं तुम्हें हाथों पर उठा सकता हूं।"

"तुम बहुत बेवकूफ हो।" यह कह कर जैसे ही मैंने सिर कार से बाहर करना चाहा, उसने मुझे मारना चाहा, लेकिन मैंने अपना सिर हटा लिया और उसका मुक्का कार के शीशे पर लगा और कार का शीशा टूट गया।

"तुम इसे बाहर निकालो।" उसने कहा–"तुम इस रोड़े को रास्ते में ही मार डालो।"

"तुम डेट्रॉयट के इतने बड़े आदमी होकर एक छोटे–से सिपाही के हुक्म पर चल रहे हो?" मैंने धीरे से कहा।

तब तक हम समुद्र के किनारे निर्जन में आ गए।

सवेरे की रोशनी में नावों की रोशनी मन्द हो रही थी। यह बहुत अच्छी जगह थी, लेकिन मुझे फिर भी अपनी मंजिल बहुत दूर नजर आ रही थी।

"बाहर आ जाओ।" फ्लैगर्टी ने कहा।" हम बाहर आ गए।"

"मैं इसको दिखाता हूं कि मैं क्या कर सकता हूं। मैं इससे ज्यादा तेज आदमी हूं और मैं इसे यह मनवाकर रहूंगा। उस मोटे बदमाश ने कहा।"

"तुम वही करोगे जो मैं कहूंगा। इसको समुद्र में कूदने के लिए कहो।" फ्लैगर्टी ने कहा।

मैंने उस आदमी से कहा–"यह समझता है कि तुम इसके नौकर हो।"

फ्लैगर्टी का हाथ अपने कोट की जेब में जा रहा था कि उस आदमी ने रोक दिया।

"तुम इस तरह से करोगे तो मैं तुम्हें भी मारूंगा। मैं सिपाहियों को पसन्द नहीं करता और यह बात मैं इसको भी बता देना चाहता हूं।" मोटे ने मेरी ओर इशारा करके कहा।

"तुम बहुत बुरे आदमी हो। अगर वह तुम्हें पीटे और हम दोनों को मार दे तो?"

मोटे आदमी ने घूरा और कहा–"वह ऐसा नहीं कर सकता।" उसने फ्लैगर्टी की पिस्तौल ले ली और उसे खोल दिया। उसके कारतूस रेत में गिर गए।"

"देखो।" उसने कहा–"इसके पास एक खाली बन्दूक है और मेरे पास भरी हुई। वह मुझे पीट भी देगा तो मार नहीं सकता।"

"इसे उठाओ।" उसने मेरी तरफ देख कर कहा।

"श्योर!" मैंने कहा–"मैं तुम्हें तेजी दिखाने के लिए तैयार हूं।"

"अच्छा इसे ले लो।" उसने गुस्से से कहा। उसने पिस्तौल मेरी तरफ फेंक दी और यह बड़ी आसानी से मेरे हाथ में आ गई।

"कैसी है?" उसने पूछा।

"अच्छी है।" मैंने जवाब दिया और उसे घुमाया और अपनी पैंट पर रगड़ा।

"ओ. के।" उस दुष्ट आदमी ने कहा–"तुम तैयार हो?"

"जल्दी मत करो।" मैंने कहा–"मैं जरा इसको देख तो लूं।"

"अहा-हा-हा...।" वह आदमी हंसा–"तुम मुझे मारोगे?"

"उसे मार डालो।" फ्लैगर्टी गुर्राया–"जल्दी से मारो।"

"हे!" उसने कहा–"अच्छा भाई, अब तुम्हारा पर्दा गिरता है।"

वह बड़ी सावधानी से अपने पैर रेत में जमा पाया। मुझे पता था कि मेरी पिस्तौल खाली है। फिर भी वह डर रहा था।

"मैं तुम्हें अपनी पिस्तौल चलाने का वक्त दूंगा।" मैंने कहा–"कोई भी आदमी इससे पहले कि मैं उसे मारूं–पहल करता है, तभी मैं उसे मारता हूं।"

उसने मेरी तरफ घूरा–"सिर्फ इस बार मैं किसी को मारूंगा।" वह बोला।

तब हमने अपने-अपने पिस्तौल सम्भाले।

यदि उसने अपनी पिस्तौल का खोल ढीला नहीं किया होता तो वह मुझे मार देता। लेकिन जैसे ही उसने पिस्तौल पर हाथ रखा तो एक क्षण के लिए ही मुझे वक्त मिल गया और मैंने उछल कर उसके हाथ पर हाथ रख दिया।

"मैं तुम्हें मारूंगा।" मैंने कहा और उसके मुंह पर घूंसा मारा।

वह थोड़ा-सा पीछे को हटा। मैं उसके ऊपर चढ़ गया और उसकी गन लेकर पीछे को हो गया, क्योंकि फ्लैगर्टी मेरे ऊपर आना चाहता था। मैंने फ्लैगर्टी के चेहरे पर पैर मारा और फिर घूमा और पिस्तौल के घोड़े से उसके कान पर वार किया।

दोनों नीचे रेत पर गिर पड़े। उनके हाथ फैल गए और चेहरा जैसे सवेरे के आकाश को देखने लगा। इस तरह से मैंने उनसे छुटकारा पाया।

❖❖❖

सूरज की तेज रोशनी लकड़ी के दरवाजे पर पड़ रही थी और जैसे ही मैं जागा, श्रीमती डुआल मेरे सामने खड़ी थी।

मैंने अपने बालों में उंगली घुमाते हुए कहा-"क्या मैं बहुत सोया हूं।"

"हां, मैं तुम्हारे लिए कॉफी लाई हूं। डेविस तुम्हारा इन्तजार कर रहा है। क्या मैं उसे यहां भेजूं?"

"श्योर।" मैंने कहा और उसने बांस की मेज पर कॉफी की ट्रे रख दी।

मैंने समय पूछा। उसने बताया कि बारह बजे हैं और वह चली गई। मैंने प्याले में कॉफी डाली और सिगरेट सुलगा ही रहा था कि डेविस अन्दर आया।

"हैलो।" मैंने उसकी तरफ देखते हुए कहा।

उसने जवाब में ऊंचे बोलते हुए कहा-"मुझे उम्मीद नहीं थी कि तुम्हें दोबारा देख सकूंगा।"

"और न ही मुझे।" मैंने सामने पड़ी कुर्सी की ओर इशारा करते हुए कहा-"क्या तुम्हारे पास कुछ व्हिस्की होगी?"

उसने अपनी पैंट की पिछली जेब से एक व्हिस्की की आधी बोतल निकाली और मुझे दे दी।

"मैं वाकई में बहुत घबराया हुआ था।" उसने अपना चेहरा मेरी तरफ घुमाते हुए कहा।

मैंने थोड़ी-सी स्कॉच अपनी कॉफी में डाल ली और बोतल उसे वापस

कर दी। उसने भी जरा-सी स्कॉच ली और बोतल अपनी जेब में रख ली।

"अच्छा, अब जरा जल्दी चलो।" उसने बेसब्री से कहा-"तुमने अपने आपको मरा हुआ दिखाना है।"

"तुम्हें क्या हो गया। जैसे ही फ्लैगर्टी अन्दर आया मुझे बहुत बुरा लगा।" मैं हंसा और कहा-"मैंने तुम्हें देखा था, तुम एक थके हुए आदमी लग रहे थे।"

"मैं तुम्हें बताऊं।" डेविस ने कहा-"वह क्षण कितना अजीब था, जब फ्लैगर्टी और सनसोटा आपस में मिले। सनसोटा ने उसे तुम्हारे बारे में बताया कि मैं तुमको लाया हूं।"

"उसके बाद उसने तुम्हारी रूपरेखा बताई जिससे फ्लैगर्टी ने एकदम अनुमान लगा लिया कि तुम कायन हो। मैंने भी उसकी बात सुनकर आश्चर्य प्रकट किया। मैंने उसको भी कहा कि तुम पोकर खेलना चाहते थे और मुझे यहां बाथ-रूम में मिले थे। मैंने ऐसा जताने की कोशिश की कि मैं तुम्हें नहीं जानता। इसके बाद जब फ्लैगर्टी को यह विश्वास हो गया, तब वह एकदम मुझे भूल गया और तुम्हें ढूंढ़ने लगा और मैंने अब तुम्हारे बारे में एक छोटा-सा लेख लिखा है। जिसमें आशा है कि तुम मर गए होगे। लेकिन मैं आज फ्लैगर्टी से मिला, उसका आधा दिमाग काम कर रहा था। वह बहुत घबराया हुआ था, क्योंकि तुम भाग निकलें।"

"तुम फ्लैगर्टी से क्यों मिले?"

"वे लोग गिल की हत्या का आरोप तुम्हारे ऊपर लगाना चाहते हैं। मैंने तुम्हारे ऊपर जो लेख लिखा है क्या तुम उसे देखना चाहते हो।"

मैंने अपना सिर हिलाया और पूछा-"ब्रोंडी की कोई खबर?"

"सिर्फ इतना कि वह लापता है। वे सब इन सारी चीजों के बारे में तुम्हारा हाथ होना सिद्ध करना चाहते हैं।"

मैं पीछे तकिए पर लेट गया और कहा-"हमें सब कुछ मिलकर सोचना चाहिए। ये लोग ताकतवर हो सकते हैं, लेकिन एक रास्ता है, जिससे उनसे निपटा जा सकता है।"

"कौन-सा रास्ता?" उसने पूछा।

"ऐसी चाल चलो कि ये एक-दूसरे के खिलाफ हो जायें। मुझे जरा-सी प्लानिंग और सोचने की जरूरत है। मैं इस उलझन से तब तक बाहर नहीं आ सकता जब तक कि सारी बातें साफ नहीं हो जाये। किलयानो, स्प्रेट्ज़ा,

फ्लैगर्टी और यह नया बदमाश बैट। जब तक इन लोगों को नहीं लड़ाया जायेगा, तब तक इनका यह संगठन समाप्त नहीं होगा।"

"मुझे उम्मीद है यह होगा। लेकिन तुम यह कैसे करना चाहते हो?" डेविस ने पूछा।

"मुझे एक रास्ता मिला है।"

"मेरे से तुम क्या चाहते हो?" डेविस ने फिर कहा।

"तुम मेरा साथ दोगे?"

उसने मेरी तरफ देखा और कहा-"श्योर। यदि तुम चाहते हो और मेरी छिपकर मदद नहीं ले सकते हो तो मैं खुले रूप में आ जाऊंगा। जैसे तुम चाहते हो वैसा करो। मैं तैयार हूं। मुझे तुम्हारा काम करने का तरीका पसंद है।"

बहुत अच्छा। मैंने कहा-"सबसे पहले किलयानो द्वारा बनाये गए जाली नोट अपने कब्जे में करने हैं और फिर वह जगह जाननी है जहां ये नोट बनाये जाते हैं। क्योंकि ऐसी जगह आसानी से छिप जाती है। क्या तुम इसका पता कर सकते हो?"

उसने अपना सिर हिलाया और कहा-"कोशिश करूंगा?"

"और तब ब्रोंडी का पता लगाना है। मुझे उस छोटी लड़की की चिन्ता है। क्योंकि हमने उसे कहा है कि उसके पिता को हम वापस लाएंगे। तुमने इसके बारे में कुछ सोचा?"

"मुझे तो लगता है कि उसे मार दिया गया है।"

"मुझे खुद ऐसा ही लगता है। वे उसे क्यों छोड़ेंगे?"

"अब तुम क्या करोगे?"

"मैं टिम के पास जाऊंगा।"

"वह कहां है?"

"वह मिस वंडरली की देख-रेख कर रहा है।"

डेविस ने आश्चर्यचकित होकर देखा-"मुझे ऐसा ही लगता था। तुम उस लड़की की पूरी तरह देख-रेख करो, क्योंकि वे लोग उसे पकड़ना चाहते हैं।"

"वे उसे नहीं पकड़ पायेंगे। उसको छोड़ो और यह देखो कि आगे क्या कर सकते हो।"

जब वह चला गया तो मैंने अपने कपड़े पहने।

श्रीमती डुआल किचन से बाहर आई और उसने मेरी तरफ देखा। मैंने उसे बता दिया कि मैं टिम के पास जा रहा हूं।

"उसे घर आने के लिए कहना, मुझे उसकी बड़ी याद आ रही है।" वह एक स्कूली लड़की की तरह शरमा गई।

"उसको कह दूंगा।" मैंने उससे कहा और खिड़की के बाहर बोट की तरफ देखा। वहां आस-पास कोई भी नहीं था।

"मैं बाहर जाना चाहता हूं और यह देखना चाहता हूं कि सब ठीक है कि नहीं। जरा देखकर बताओ।"

वह बाहर गई और कुछ मिनट के बाद यह खबर लेकर लौट आई कि बाहर सब ठीक है।

मैंने उसे धन्यवाद दिया और बोट की तरफ चला गया। जब मैं एक तीसरा रास्ता पार कर रहा था तो देखा, सामने से एक हाथ से नाव चलाता हुआ कोई आ रहा था। उसने मेरी तरफ देखकर इशारा किया। मैंने देखा कि वह टिम था, उसके चेहरे पर पसीना आ रहा था और आंखों में ठण्डापन था। उसके हाव-भाव से मुझे पता चल गया कि वे लोग मिस वंडरली को उठाकर ले गए हैं।

(4)

जब मैंने हॉल में प्रवेश किया तो छोटे-छोटे स्टूल्स पर कई लोग बैठे थे, लेकिन उन्होंने मेरी तरफ कोई ध्यान नहीं दिया। वे आपस में बात कर रहे थे और यह जताने की कोशिश कर रहे थे कि वे फ्रैंक सिनाटी को कितना प्यार करते हैं।

मैंने किलयानो के घर पर टेलीफोन किया। वहां मुझे पता चला कि वह सिटी हॉल में है। मैंने सिटी हॉल को कॉल मिलाई। उधर से एक लड़की की आवाज आई, जो यह जानना चाहती थी कि मैं कौन बोल रहा हूं।

"यह तुमको किलयानो ही बताएंगे, यदि वे चाहें तो।" मैंने कहा।

एक क्षण के बाद किलयानो की आवाज आई।

"मैं कायन बोल रहा।" मैंने तेज आवाज में कहा-"वंडरली को मुझे वापस कर दो। नहीं तो मैं शहर में कुछ ऐसा करूंगा जो इतिहास में याद रखा जाने लायक होगा। मैं आसानी से हार जाने वाला आदमी नहीं हूं। मुझे वह सब कुछ मिल गया है जो मुझे तुमसे चाहिए था। अब मैं अपना काम करूंगा !"

"तुम जो कुछ करना चाहो, करो।" किलयानो हंसा-"वंडरली ने उस कागज पर दस्तखत कर दिये हैं। उसने यह मान लिया है कि तुमने हैरिक का खून कर दिया है, कहो कैसी रही। हमें यह केस एक खुले हुए केस के रूप में मिल गया है और मैं तो खुद ही तुम्हें ढूंढ़ रहा था। मैंने ऑर्डर कर दिया है कि तुम्हें जिन्दा या मुर्दा पकड़ लिया जाए।"

"ओ. के. किलयानो!" मैंने कहा-"अब के बाद हमारी कोई बात नहीं होगी। मैं इस बात का बदला लूंगा। कोई गलती मत करना, क्योंकि मुझे कोई नहीं रोक सकता। मैंने रिसीवर नीचे रख दिया और टिम के साथ मरकरी पोर्टेबल में आ गया। वह बाहर मेरा इन्तजार कर रहा था।

"वंडरली जेल में है।" मैंने कहा और दरवाजा खोलकर अन्दर आ

गया–"किलयानो कहता है कि उसने यह मान लिया है कि हैरिक को मैंने मारा है।"

टिम ने प्रश्नवाचक दृष्टि से मेरी तरफ देखा। उसने पूछा–"मैं जानना चाहता हूं कि अब क्या होगा?"

"हम वापस तुम्हारे घर जाएंगे और इस बारे में प्लान बनाएंगे। मुझे उसे उन लोगों के कब्जे से बाहर करना होगा। यह काम चाहे जितना मुश्किल हो, लेकिन मैं यह अवश्य करूंगा।"

"तुम ऐसा नहीं कर सकते, क्योंकि उन्हें पता है कि तुम उसकी गिरफ्तारी के बाद क्या करना चाहोगे। उन्होंने इन सब बातों का इन्तजाम कर लिया होगा।"

"लेकिन मैं उस लड़की को उन लोगों के हाथों में नहीं छोड़ सकता, मुझे उसको बाहर करना ही होगा। मैंने उसकी तरफ देखते हुए कहा।

उसने अपना सिर हिलाया और कहा–"यह मैं जानता हूं, लेकिन मैं यह नहीं सोच पा रहा हूं कि तुम यह काम कैसे करोगे?"

मैंने अपनी उंगलियां मरोड़ीं और पूछा–"क्या तुम किसी वकील को जानते हो?"

"जेड जानता होगा।"

"हमें एक वकील चाहिए, जल्दी ही जैड से उसका पता करो।"

जैसे ही हम टिम के घर पहुंचे। मैंने डेविस को फोन किया। वह भी हमारा इन्तजार कर रहा था।

डेविस बहुत जल्दी लाइन पर आ गया।

"उन्होंने वंडरली को कब्जे में कर लिया है।" मैंने डेविस को बताया–"एक बदमाश ने उनकी सहायता की। उन लोगों ने उसे डरा-धमकाकर किसी एक दस्तावेज पर दस्तखत करा लिए हैं। उसके लिए एक वकील चाहिए।"

"हां।" डेविस ने कहा–"कोपिंजर इस काम को कर सकता है। उसका किलयानो से कोई रिश्ता नहीं है, लेकिन वंडरली है कहां?"

"जेल में। और सुनो, पैसे की चिन्ता मत करना, वकील से कहो कि सब काम ठीक तरह से करे। वकील से बात करने के बाद तुम यहां आ जाओ, मैं फिर तुमसे बात करूंगा।"

टिम मेरी तरफ देख रहा था। उसने पूछा–"डेविस यह काम करेगा?"

मैंने सिर हिलाया और कहा कि वो जैसे ही वकील से मिलेगा यहां आएगा।

मैं उठ खड़ा हुआ और खिड़की के पास आ गया। मुझे कुछ नहीं पता चल रहा था कि मुझे क्या हो रहा है। इससे पहले मैंने कभी ऐसा महसूस नहीं किया था। एक उदासी मेरे मन में छाई हुई थी। मैं पीला पड़ रहा था। मुझे लगा जैसे मैं बीमार पड़ रहा हूं। मैं चाहता था कि मैं जेल में पहुंच जाऊं और फायर करना शुरू कर दूं। मुझे इस बात की जरा भी परवाह नहीं थी कि मेरा क्या होगा? लेकिन मैं उस चूहे को मारना चाहता था जिसकी वजह से वह उन बदमाशों के चंगुल में फंसी थी।

"मुझे एक ड्रिंक दो।" मैंने कहा। टिम ने मुझे व्हिस्की का एक गिलास दिया। फिर मैंने उसकी तरफ देखा और कहा-"तुम अपने आपको इस मामले से बाहर कर लो। मैं न जाने अभी शहर में क्या करूंगा।"

"बैठ जाओ और शांति रखो।" टिम ने कहा।

"शांति की ऐसी की तैसी। मैंने अभी तक यह अनुभव ही नहीं किया था कि वह मेरे लिए क्या है। यदि मुझे वंडरली वापस नहीं मिली तो या तो किलयानी रहेगा या मैं और मैं उससे पहले यह लड़ाई खत्म नहीं करूंगा। मैं उसे वापस लाना चाहूंगा और जो भी मेरे रास्ते में आएगा, बचेगा नहीं।"

"शांति से काम लो, धीरज रखो। टिम ने कहा और मुझे एक कुर्सी पर बैठा दिया। वह बोला-मैं जानता हूं तुम क्या महसूस कर रहे हो, लेकिन इसमें जल्दबाजी करना अच्छा नहीं। इसके लिए एक ही रास्ता है कि अक्ल से काम लो। अगर तुम दोनों पैरों से कूद जाओगे तो किलयानो की साजिश का शिकार हो जाओगे।"

मैंने एक गहरी सांस ली-"तुम ठीक कहते हो, टिम। हालांकि मैं पागल हो रहा हूं, लेकिन यह भी ठीक है कि मुसीबत का सामना ऐसे नहीं किया जाता। लेकिन किसी भी तरह से उसे जल्दी से निकालने के लिए मुझे उस जेल को देखना जरूरी है।"

"तुम जैड का इन्तजार करो।" टिम ने सलाह दी-"वह जेल के बारे में जानता है। मैं नहीं चाहता कि तुम्हें भी उठा लिया जाए।"

"ठीक है। हम जैड का इन्तजार करेंगे।"

हमें जैड का दो-तीन घंटे इन्तजार करना पड़ा। मेरे जीवन में इतने लम्बे

घंटे कभी नहीं आए और मैं ऐसा समय दोबारा कभी नहीं जीना चाहता।

डेविस तीन बजे के लगभग आया। गर्मी बहुत हो रही थी। उसने दरवाजे के बीच में खड़े होकर हमारी तरफ देखा।

"मैंने कोपिंजर को नियुक्त कर लिया है। उसने कहा–और वह उसे देखने के लिए गया है। जैसे ही वह उससे बात करेगा वह यहां आ जाएगा।"

"बैठ जाओ, क्या यह सच है कि उसने किसी स्टेटमेंट पर हस्ताक्षर किए हैं।" मैंने पूछा।

"हां और उन्होंने उस बयान को प्रेस में दे दिया है। यह शाम के पेपर में आएगा। उन्होंने कम-से-कम छः घंटे लगाए और जब जाकर कहीं उससे यह काम करवा सके।"

उसकी बात सुनकर मेरा चेहरा सफेद हो गया। मुझे यह नहीं मालूम कि वे लोग उसका क्या करेंगे। हो सकता है वे उसे इसकी कीमत दें। मैंने एक सिगरेट सुलगाई और एकदम डेविस से पूछा–"उसे वहां से बाहर कैसे लाया जा सकता है?"

उसने बड़ी अविश्वास-भरी नजर से मुझे देखा। बोला–"उसे वहां से बाहर निकालना असम्भव है। उसे बाहर निकालने का कोई भी रास्ता नहीं है। वह जेल किले की तरह है और फ्लैगर्टी ने अपने बीस आदमी जेल के बाहर तैनात किए हुए हैं। मैं कोपिंजर के साथ वहां गया था और उन्होंने मुझे अन्दर नहीं जाने दिया। उन्हें यह भी आशा है कि तुम अन्दर जाने की कोशिश करोगे। इसलिए उन्होंने कई तरह की सर्चलाइट्स-छत पर लगा रखी हैं और वहां का हर एक सिपाही थामसन की तरह से ताकतवर है। वहां खोजी कुत्ते भी लगा रखे हैं। कायन, कोई चांस नहीं।"

उसकी यह बात सुनकर मुझे बहुत अच्छा लगा। मैंने उसकी तरफ देखकर कहा–"मैं उसे जेल से बाहर लाऊंगा।"

"जरा बताओ तो क्या करोगे?" डेविस ने पूछा।

"क्या वह जगह सड़क के किनारे है?"

उसने स्वीकृति में सिर हिलाया–"वह जगह सड़क से चौथाई मील दूर है और चौथे हाई-वे के ऊपर। शहर छोड़ते ही इस स्थान को देखा जा सकता है।"

"मैं अभी बाहर जाऊंगा और इसे देख लूंगा। कोपिंजर कब तक यहां आएगा?"

लगभग एक घंटे के बाद। डेविस ने कहा–"मैं तुम्हें जेल तक ले जाऊंगा और रास्ते में कोपिंजर को ले लूंगा। फिर तुम वहां अकेले किसी तरह से चले जाना, जैसे रात को गए थे।"

"ओ. के.।" मैंने कहा और पुलिस की स्पेशल गन 38 मैंने ले ली। यह एक अच्छी गन थी, लेकिन फिर भी मैं सोचता था कि मेरा पिस्तौल होता तो अच्छा था। मैंने इसको चेक किया और फिर अपनी पैंट में छिपा लिया।

"क्या तुम अब भी मेरा साथ दोगे?" मैंने डेविस से पूछा।

"श्योर, क्यों नहीं।"

"मैं इसलिए पूछ रहा था कि मैं अब वापस नहीं लौटूंगा और अपनी अन्तिम सांस तक लड़ूंगा।"

उसने अपना सिर हिला दिया और कहा–"मैं अपनी बात पर दृढ़ हूं।"

मैंने टिम की तरफ देखा और कहा–"तुम?"

उसने भी हामी में सिर हिलाया।

मैं दरवाजे की तरफ आ गया और डेविस मेरे पीछे-पीछे आया।

❖❖❖

कोपिंजर एक छोटे कद का आदमी था। उम्र लगभग चालीस साल, चेहरा बड़ा और मूंछें काली। उसकी नीली आंखें तेज और ठंडी थीं। लेकिन उससे बात करने पर पता चला कि वह बहुत जानता है।

"वह लड़की उसी जगह है, जहां वे उसे ले जाना चाहते थे। मुझे नहीं मालूम, उन्होंने उसके साथ क्या किया। लेकिन वह अच्छा सलूक नहीं था। उसने एक सिगरेट सुलगाई और ऐसा जैसे कि वह कहना चाहता हो कि मिस वंडरली ने अपने आपको ऐसे दिखाया जैसे कि वह मर गई हो।"

"उसने तुमसे क्या कहा?" मैंने पूछा।

उसने सिगरेट के धुएं को फेंका और कहा–"उसने बयान दिया है हैरिक को उसने मारा है। बस, उसने यही कहा। मैंने उसे समझाया कि वह मुझे सच बता दे, लेकिन उसने कुछ नहीं कहा, वह सिर्फ यही कहती रही कि उसने हत्या की है। मुझे अकेले छोड़ दो। कोपिंजर ने फिर सिर हिलाया और कहा–यह केस हाथ से निकल गया है और अब कुछ नहीं हो सकता। मैं उसके लिए कुछ नहीं कर सकता।"

"ओ. के.।" मैंने कहा–"लेकिन उससे जितनी बार मिल सको, मिलो

और उसके लिए काम करते रहो। अब मैं समझ गया हूं कि मुझे क्या करना है।"

उसने मेरी तरफ गम्भीर मुद्रा में देखा और कहा–"मैं तुम्हारे बारे में सुन चुका हूं। तुम्हारी प्रसिद्धि बहुत है। यदि तुम कानून अपने हाथ में लोगे और हिंसा पर उतर आओगे तो उस लड़की की कोई रक्षा नहीं कर सकता। वे उस पर मुकद्दमा चलायेंगे और या फिर वे उसका कोई एक्सीडेंट करा देंगे। मैं किलयानो और फ्लैगर्टी दोनों को जानता हूं। वे लोग कहीं नहीं रुकेंगे। चुनाव भी बहुत पास आ रहे हैं और वे चाहेंगे कि हैरिक की हत्या की बात सुधर जाए। इसलिए बहुत सोच–समझकर कदम उठाओ।"

"मैं सावधान रहूंगा।" मैंने कहा।

एक क्षण रुककर उसने पूछा–"क्या तुम उसे जेल से निकालने की सोच रहे हो?"

मैंने डेविस की तरफ नजर की, उसने हामी में सिर हिलाया।

"मेरा यही विचार है कि आज दोपहर को वहां जाऊंगा और वह जगह देखूंगा।" मैंने कहा।

"तुम उसे जिन्दा बाहर नहीं निकाल सकते।"

"लेकिन यही हमारा आखिरी चांस है।"

"मैं जानता हूं, लेकिन अगर तुम्हें अन्दर से भी कोई मदद मिली तो भी यह काम असम्भव है।"

"अन्दर की मदद से क्या मतलब?"

उसने अपने कंधे उचकाए और कहा–"अन्दर एक सिपाही है, जिसे मैं जानता हूं। पता नहीं, वो कुछ कर सकता है या नहीं।"

"यह काम तो होगा ही।" मैंने जोर देकर कहा "जरा उस सिपाही के बारे में बताओ।"

"उसका नाम टॉम मिशेल है। फ्लैगर्टी उसकी पत्नी को फंसाना चाहता था। वह सब जानता था, लेकिन कुछ कर नहीं सकता था। तुम उससे बात करके देख लेना।"

"मुझे इस बात के लिए बहुत सावधानी बरतनी होगी कि मैं किससे बात करूं?" मैंने कहा।

"मिशेल एतबार का आदमी है और वह फ्लैगर्टी के खिलाफ कुछ भी करने में मदद कर सकता है। लेकिन इस वक्त वह तुम्हें जेल के भूगोल

के अलावा कुछ नहीं बता सकता और उसे सारी बात भी बताई नहीं जा सकती।"

"इस सिपाही को बुलाओ और शाम के अन्धेरे में इससे घाट पर बात करेंगे। मैंने डेविस से कहा और फिर वकील को कुछ पैसा देना चाहा।

कोपिंजर ने पैसा नहीं लिया और कहा-"मैं यह काम खुशी से कर रहा हूं। मुझे आशा है कि कोई तेज आदमी कुछ करेगा और किलयानो की बदमाशी कम होगी। मुझे लगता है कि तुम किलयानो के षड्यंत्र को समाप्त करोगे।"

"मैं सोचता हूं, ऐसा ही होगा।"

उसके चले जाने के बाद मैं खिड़की से बाहर देखने लगा। कुछ मल्लाह शाम को मछली पकड़ने की तैयारी कर रहे थे। मैंने मिस वंडरली के बारे में सोचा और जितना सोचा उतना ही उदास हो गया। मुझे याद आया कि वह डाइडन बीच में कैसे बैठी थी और यह भी कि रेत पर वह किस तरह से चल रही थी। मुझे ऐसा लगता था जैसे साथ-साथ रहते हुए बहुत दिन हो गए हैं, इसके साथ ही मुझे कई बातें याद आईं।

तीन घंटे बीत जाने के बाद जब अंधेरा हुआ तो टिम ने मुझे शाम का पेपर लाकर दिया। उस समय आठ बजे थे। हैरिक की हत्या की सूचना मुख्य पृष्ठ पर थी। मिस वंडरली का फोटो भी छपा था। वह बहुत खूबसूरत लग रही थी और उन्होंने उसे हत्यारे के रूप में पेश किया था। उन्होंने उसका बयान पूरा छापा था। यह बिल्कुल सच लग रहा था मिस वंडरली ने लिखा था कि हैरिक और कायन पाम-बीच होटल लौटे। कायन ने बहुत शराब पी ली थी। हैरिक कायन को शहर से निकालना चाहता था और कायन ने कहा कि वह ऐसा नहीं कर सकता। मिस वंडरली ने यह भी स्वीकार किया कि कायन ने हैरिक को बुलाया था। जब हैरिक आया तब कायन बहुत पिये हुए था। वे लोग आपस में लड़े। हैरिक नाराज हो गया और मिस वंडरली ने कायन के पिस्तौल से हैरिक के सिर पर चोट की। हैरिक गिर गया और बेहोश हो गया। सवेरे जब हम उठे तो हैरिक को मरा हुआ पाया।

यही कहानी छपी थी। नीचे हस्ताक्षर थे, लेकिन बहुत साफ नहीं थे। थोड़ी देर बाद टिम वापस आया और उसने कहा कि-"डेविस, मिशेल के साथ घाट पर मेरी प्रतीक्षा कर रहा है।"

काफी अंधेरा था और तारे टिमटिमा रहे थे। चारों तरफ कोई नहीं था। मैंने देखा कि एक मजबूत सिपाही डेविस के साथ खड़ा है।

"यह है मिशेल।" डेविस ने परिचय कराया।

मैंने उसे ध्यान से देखा। मुझे लगा कि वह मुझे कोई तकलीफ नहीं देगा। उसने भी मुझे ध्यान से देखा।

उसने डेविस की तरफ देखा, फिर मेरी तरफ। मैंने कहा–"तुम्हें यह सब कैसा लगा। अच्छा लगा?"

"इसमें अच्छे या बुरे लगने की क्या बात है।" उसने कंधे तक हाथ उठाते हुए कहा–"ओ. के.।"

"घबराओ मत।" मैंने कहा–"मुझसे डरने की कोई जरूरत नहीं, लेकिन अगर तुम कुछ बुरा करोगे तो फिर ठीक नहीं होगा।"

उसने कहा–"ठीक है। और फिर समझौते के लिए डेविस की तरफ देखा।"

"तुम्हें डरने या घबराने की जरूरत नहीं।" डेविस ने उत्तेजित होते हुए कहा–"तुम्हें दुःख नहीं होगा। हम तुम्हारे साथ कुछ बुरा नहीं करेंगे।"

"तुम्हें फ्लैगर्टी को वहां से हटाने में हमारी मदद करनी होगी?"

मिशेल ने मेरी तरफ देखा–"बताओ, क्या करना होगा?"

फिर मैंने पूछा–"वह कहां रहता है।"

उसने मुझे जगह बताई।

मैंने फिर पूछा–"क्या वह दूर है?"

पता चला कि यह पांच मिनट का रास्ता है।

"हम वहां जाएंगे और देखो मिशेल, कोई गलत बात न होने पाये।" मैंने कहा।

"नहीं होगी।"

हम डेविस की कार में बैठ गए और मिशेल के घर पहुंचे। उसका कमरा अच्छी तरह से सजा हुआ था।

"तुम अकेले रहते हो?" मैंने पूछा।

"हां।" उसने जवाब दिया।

"हमारा मतलब है, तुम्हारी पत्नी को फ्लैगर्टी ने कोई काम दिया हुआ है।"

उसने अपनी मुट्ठियां भींच लीं, लेकिन उसका चेहरा पीला हो गया। मैं

बोला–"हम जानते हैं, क्या हो रहा है और अब कुछ करना है। इसीलिए मैं यहां आया हूं।"

वह अन्दर गया और एक स्कॉच की बोतल ले आया। उसने गोल मेज पर तीन गिलास रख दिए और हम वहां पर बैठ गए।

मिशेल के चेहरे पर कुछ झुर्रियां उभर आई थीं।

"जेल में तुम क्या काम करते हो?" मैंने सैटल होते ही पूछा।

"मैं डी फ्लोर पर काम करता हूं।"

"मिस वंडरली किस फ्लोर में है?"

उसने मेरी बात सुनकर डेविस की तरफ देखा और फिर मेरी तरफ सहजता से देखने लगा।

"तुम फाइव–सी के बारे कुछ कह रहे थे"– उसने सतर्कता से पूछा।

"हां, मैं कुछ कह रहा था।" और उसकी तरफ सौ का नोट बढ़ा दिया–फिलहाल यही और बाकी तुम्हें तब मिलेंगे जब तुम मुझे सब कुछ बता दोगे, जो मैं जानना चाहता हूं।

उसने सौ की नोट की तरफ देखा। उसने सौ का नोट ले लिया और कहा–"वह ए–फ्लोर पर है।"

"कहां है वह?"

"सबसे ऊपर वाला।"

"एक कागज और पेंसिल उठाओ और मुझे जरा जेल का नक्शा समझाने की कोशिश करो।"

उसने कागज पेंसिल लिए और नक्शा बनाने लगा। जब तक उसने नक्शा पूरा किया, हम सिगरेट और शराब पीते रहे।

"यह ऐसा है।" उसने कहा–"यहां से आप अन्दर जाएंगे। वहां दरवाजों के दो सेट हैं, हर दरवाजे की चाबी और सिपाही अलग हैं। इस स्थान पर आप कैदी जमा कराते हैं। स्त्रियां बाएं दरवाजे पर पहुंचाई जाती हैं।"

"ठहरो।" मैंने कहा–"मुझे केवल स्त्रियों का पक्ष ही बताओ।"

"ओ. के.!" उसने कहा–"स्त्रियां इस दरवाजे से जाती हैं और इस रास्ते से उन्हें अन्दर लिवाया जाता है।"

"यह चौकोर चीज क्या है?"

"यह संरक्षक का दफ्तर है। इसके बाद पुलिस सर्जन का दफ्तर है और इसके बाद पी. एम. का कमरा है। ये सब एक साथ इसलिए हैं कि फ्लैगर्टी

जेल को भी अपना हैडक्वाटर्स समझता है।"

"ठीक है, ए. फ्लोर कहां है?"

"ए. फ्लोर पर आप इस लिफ्ट से पहुंचेंगे। स्त्रियों को सीढ़ियों से जाने की मनाही है, क्योंकि वह औरों के लिए हैं।"

"इस समय वहां कितनी स्त्री कैदी हैं?"

"चार.....नहीं, तीन.....उनमें से एक आज सुबह मर गई।"

"मिस वंडरली का सैल कहां है?"

उसने मुझे नक्शे में यह सैल दिखाया। मैंने उस स्थान को क्रास के निशान से चिन्हित कर दिया।

"ऊपर कितने संरक्षक हैं?"

"तीन और एक प्रत्येक घंटे के बाद राउण्ड पर जाती हैं। यद्यपि वे ए. फ्लोर पर नहीं जातीं पर आस-पास चक्कर लगाती रहती हैं।"

"पूरी जेल में कितनी गाड्र्स हैं?"

"दस हमेशा ड्यूटी पर रहती हैं, दस छुट्टी पर, जबसे यह लड़की आई है, फ्लैगर्टी ने हैडक्वाटर्स से बीस गाड्र्स और वहां तैनात कर दी हैं। ये सब जेल के बाहर रहती हैं। वहां की सुरक्षा इस समय काफी कड़ी है।"

मैंने नक्शे को कई मिनट ध्यान से देखा, पढ़ा। फिर पूछा-"यदि तुम किसी को जेल से बाहर निकालना चाहो तो किस तरह करते हो?"

"यह बताना मुश्किल है।" उसने कहा।

मैंने उसे चार शिलिंग दिए और फिर जेब से एक हजार डालर का नोट निकालकर उसे दिखाया। तब तक वह चार शिलिंग जेब में रख चुका था।

"ऐसा नोट कभी देखा है?"

उसकी आंखें चौड़ी हो गई।

"मैं यह नोट उसको दूंगा जो यह बतायेगा कि उस लड़की को कैसे बाहर निकाला जा सकता है।"

पहले वह झिझका, फिर बोला-"अच्छा होता कि मैं बता पाता। पर यह असम्भव है। बात यह है कि पहले आपको अन्दर जाना होगा। यह पहला कदम है। उनके पास कुत्ते हैं, सर्चलाइट्स हैं और संतरी भी। हो सकता है, तुमने जगह देखी हो। जेल के पांच सौ गज तक बिल्कुल मैदान पड़ती रहती है और कोई भी बिना दिखे गेट तक नहीं जा सकता।"

"ठीक है, पर यह मानकर कि हम गेट पर पहुंच गये, फिर क्या?"

"पर ऐसा नहीं हो सकता?"

"मान लो हम पहुंच जायें तो फिर कैसे?"

"गेट पर गार्ड आपको चौक करेगा और डाक्टर तथा पुलिस के कर्मचारी के अतिरिक्त और कोई भी उस जगह नहीं जा सकता, जहां वह कैद है। उन्हें आपकी चालाकी का ज्ञान है, अतः वे कोई गलती नहीं करना चाहते। कोपिंजर को वहां तक जाने में बड़ी मुश्किल पड़ी थी!"

"अच्छा चलो, हम समझते हैं कि डाक्टर वहां तक पहुंच गया। वह अन्दर भी चला गया, फिर क्या?"

"पहला गार्ड डाक्टर को दूसरे गार्ड को सौंप देगा, जो दूसरे दरवाजे का ताला खोलेगा, डाक्टर संरक्षकों के साथ ऑफिस तक जायेगा। वह जेल में और कहीं नहीं जा सकता। यदि कोई बीमार हो तो बात दूसरी है। आज ही सवेरे जब वह औरत मरी तो गार्ड के साथ डाक्टर को उसके सैल तक ले जाया गया।"

"पर तुमने कहा कि पुरुष किसी भी रूप में स्त्रियों के वार्ड में नहीं जा सकता।"

"हां, जब तक कि उनका कोई विशेष सम्बन्ध न हो। कोपिंजर के साथ तो गार्ड गए थे।"

मैंने टेबल पर हाथ मारा–"तो यह हो सकता है?"

उसने इंकारी में सिर हिलाया–"यह नहीं हो सकता। मैं आपका ग्रांड ले सकता था, पर मैं जानता हूं यह मुश्किल है। न कोई अन्दर जा सकता है, न कोई बाहर आ सकता है। कोई भी कोशिश कर सकता है, पर उसका कीमा बना दिया जाएगा। मैं आपसे कहता हूं कि फ्लैगर्टी इसकी आशा लगाये हुए है कि आप जेल तक पहुंचने की कोशिश करोगे। अतः उसने सब इन्तजाम किया हुआ है।"

मैं उठ खड़ा हुआ बोला–"ओ. के. मिशेल, इस भेंट के बारे में अपना मुंह बन्द रखना। तुम अब भी यह एक ग्रांड कमा सकते हो। अब तुम ड्यूटी पर कब जाओगे?"

"कल सुबह सात बजे।"

"तुम्हारा पहला काम क्या होता है?"

"पहले सैल्स का मुआयना, फिर पी. एम. (प्रोविंशियल मजिस्ट्रेट) दफ्तर के सामने सफाई करना।"

"पी. एम. क्या करता है?"

"वह पता लगा रहा है कि उस स्त्री की मृत्यु कैसे और क्यों हुई।"

"ठीक है, मैं तुमसे फिर मिलूंगा।"

उसी अन्धेरे में डेविस ने पूछा-"अब हम क्या करने जा रहे हैं?"

"उस लड़की को बाहर निकालने।" मैंने कहा।

"अकल की बात करो, तुमने सब सुना, जो इस आदमी ने कहा।"

"जी हां, मैंने सुना। मैं कहता हूं, मैं यह करूंगा। मैं हर हालत में उसे कल रात तक वहां से लाऊंगा।"

"तुम बस एक ही सनकी हो। मिशेल ने कार में बैठते हुए कहा-पर मैं तुम्हारा पैसा ले लूंगा।"

"मैं सनकी नहीं हूं। मैंने कार में बैठते हुए कहा-मुझे एक आइडिया सूझा है।"

❖❖❖

आधे घंटे के बाद मैं फिर से डेविस के साथ कार में था। डेविस गाड़ी चला रहा था और टिम मेरे पीछे बैठा था।

"देखो यह है।" टिम ने खिड़की से बाहर इशारा करते हुए कहा।

डेविस ने गाड़ी को मोड़ा और एक खूबसूरत बिल्डिंग के पास रोक दी। उस दुकान के सामने एक बोर्ड टंगा था-"मैक्सी सन्स शवदाह स्थान।"

"मैं समझता हूं कि तुम जानते हो, तुम क्या करने जा रहे हो।" डेविस ने कहा।

"ठीक तरह से।" टिम ने मेरे बोलने से पहले ही कहा-"मैं अपनी बात अपने आप समझता हूं और तुम्हें घबराने की जरूरत नहीं।"

"सिर्फ इसलिए कि तुम एक गैर जिम्मेदार नागरिक हो। तुम अपने भविष्य के विषय में कुछ नहीं सोचते। मैं सोचता हूं, इसलिए पूछता हूं कि अब कौन-सी मुसीबत में डालोगे।"

"तुम जान जाओगे।" मैंने कहा-"मैं जेल में जाने का एक मौका ले सकता हूं और वही कर रहा हूं।"

"तुम तब यहां आओगे, जब जेल भुगत चुके होगे। मैक्सीसन तुम्हारा संस्कार अच्छी तरह से करेगा।"

"छोड़ो।" मैंने टिम से कहा-"क्या मैक्सीसन यहीं रहता है?"

"हां, वह यहां चार साल से रह रहा है।"

"ठीक-ठीक बताओ क्या करना है। पहेलियां मत बुझाओ। मैं सब कुछ जानना चाहता हूं।" डेविस बोला।

"एक मौका है।" यह कहकर मैंने सिगरेट का एक पैकेट निकाला, एक-एक उन्हें दी और सिगरेट सुलगाई-"तुमने सुना था कि मिशेल ने कहा था, कोई भी ऑफिसर के सिवाय जेल के पास नहीं जा सकता। उसने यह भी कहा कि एक स्त्री कैदी आज की सुबह ही मरी है और उसका संस्कार कल होगा। कल ही उसको दफनाया जाएगा। इस शहर में मैक्सीसन ही इस काम को करता है। मैं उसका सहयोगी बनकर जाऊंगा और इस तरह मैं जेल में अन्दर जाने की उम्मीद करता हूं।"

डेविस का मुंह खुला रह गया।

"और इसी को मैंने अभी थोड़ी देर पहले कहा था कि मुझे एक आइडिया सूझा है। कैसा लगा?"

उसने अपना कंघा निकाला और बालों में फिराने लगा। वह बोला-"एक मिनट। तुम्हें कैसे विश्वास है कि मैक्सीसन यह बात मान लेगा और अगर जेल में किसी ने पहचान लिया तो।"

"मान लेगा।" मैंने एकदम कहा-"उसकी एक लड़की है। हम उसको बंधक बना लेंगे और कहेंगे कि वह यह काम करे। मैं यह नहीं करना चाहता, पर करना पड़ेगा। उससे कहा जाएगा कि यदि उसने जरा भी गड़बड़ी की तो उसकी लड़की को....।"

डेविस की छोटी-सी आंखों में हरकत हुई। बोला-"हम भी एक गैंग बन गए हैं। पर मुझे यह पसंद नहीं।"

"तुम जब चाहो, छोड़ सकते हो।" मैंने कहा-"हैटी उस लड़की की देखभाल करेगा, यह सिर्फ उसे डराने के लिए होगा। उसके ऊपर कुछ तो दबाव हो।"

"बेकार परेशान मत हो, वैसे भी तुम हमें गैंग ही लगते रहे हो।" डेविस से टिम ने कहा-"यही समय है कि गैंग की तरह काम हो।"

"ओ. के.।" डेविस ने कहा-"किसी को उठाने की सजा इन दिनों मौत है, पर कौन परवाह करता है।"

मैंने दरवाजा खोला और बाहर आ गया।

"हे!" उसने कहा-"यदि उन्होंने पहचान लिया तो।"

"तब देखेंगे।" मैंने कहा–"तुम बाहर रहना, टिम और मैं बात करेंगे। कोई सिपाही तुम्हें देखकर पीछा करे, यह हम नहीं चाहते।"

"अच्छा, काम शुरू करो, मैं यहां तुम्हारे लिए प्रार्थना करूंगा।"

टिम और मैं शो विण्डो के पास पहुंचे और बैल बजाई। हमने कुछ देर प्रतीक्षा की।

थोड़ी देर के बाद हमें कोई भीतर के रास्ते से आता हुआ अनुभव हुआ। दरवाजा खुला और एक पतली–दुबली लड़की खिड़की के पास आकर खड़ी हो गई।

मैंने अपना हैट उतारा और कहा–"मैं मैक्सीसन से मिलना चाहता हूं।"

उसने पहले मेरी तरफ, फिर टिम की तरफ देखा और कहा–"बहुत देर हो गई है। क्या आप कल नहीं मिल सकते?"

"नहीं, बहुत जरूरी है।"

वह थोड़ा झिझकी फिर हामी में सिर हिला दिया। हमें इन्तजार करने के लिए कहकर वह उसी रास्ते से चली गई, पर आधे ही रास्ते से लौट कर आई और मेरा नाम पूछा।

"वह मेरा नाम नहीं जानते।" मैंने कहा।

उसने फिर मेरी तरफ देखा और कहा–"ओह! फिर वह चली गई।"

टिम ने मुझे बताया कि मैक्सीसन अपनी बेटी के विषय में काफी चिन्तित है, वह उसे बहुत प्यार करता है।

"तुम्हारी लड़की होती तो तुम भी ऐसा ही सोचते।" मैंने कहा।

थोड़ी देर में ही दरवाजा खुला और एक प्रौढ़ पतला–सा व्यक्ति सामने आया। उसने हमें देखा नमस्ते की और पूछा कि क्या काम है?

मैंने उसे देखा और कहा–"क्या हम अन्दर आ सकते हैं?"

"हां, आ सकते हैं।" उसने संशय की दृष्टि से देखा और कहा–"पर व्यापार के लिए बहुत देर हो गई है।"

"कभी कुछ न होने से तो देर से होना ही ठीक है।" टिम ने कहा।

हम रास्ते से थोड़ा चलकर मैक्सीसन के स्वागत कार्यालय में पहुंचे। हवा कुछ भारी थी। फर्श तथा दीवारों के नए रोगन की गंध की आ रही थी।

मैक्सीसन ने बत्तियां जला दीं और एक बड़े शीशे की अलमारी की तरफ हाथ का इशारा किया, जिसमें कई ताबूत रखे हुए थे।

"अब बताइए महोदय! मैं आपके लिए क्या कर सकता हूं।" उसकी

आंखों में संदेह अभी भी था।

"मैं चेस्टर कायन हूं।" मैंने कहा।

वह एकदम पीछे को हो गया, उसके हाथ उठे और मुंह पर चिपक गए। डर के मारे वह सफेद पड़ गया था।

"तुम किसी बात की चिन्ता मत करो।" मैंने कहा–"मैं यहां एक लाभदायक व्यापारिक समझौते के लिए आया हूं।"

उसके दांत भिंच गए। उसने कहा–"मेहरबानी करके आप यहां मत रुकिए, मैं आपके साथ कोई बिजनिस नहीं कर सकता।"

मैंने एक कुर्सी उसके पास सरकाई और कहा–"बैठ जाओ।"

उसे कुछ तसल्ली हुई।

"हम व्यापार तो करेंगे ही, चाहे तुम्हें पसंद हो या नहीं। मैं कुछ सवाल पूछता हूं और यदि अपना भला चाहते हो तो जवाब जरूर दोगे। तुम कल किसी स्त्री कैदी को जेल में दफनाने जा रहे हो न, यह सच है?"

उसकी उंगलियां परस्पर गुंथ गईं। उसके पैर कांपने लगे। पर उसने अपना सिर हिलाते हुए कहा–मैं तुमसे बात नहीं कर सकता। मैं जेल में एक अधिकारी के रूप में जाता हूं और कुछ भी बताना विश्वासघात होगा।

"तुम्हें बताना होगा।" मैं लगभग उसके ऊपर चढ़ गया था–"नहीं तो मैं तुम्हें उठाकर ले जाऊंगा।" मैंने पिस्तौल उसके सीने पर रखते हुए कहा।

एक क्षण के लिए मुझे लगा कि वह बेहोश हो जाएगा, पर उसने अपने को सम्भाल लिया।

"नहीं।" उसने धीरे से कहा।

"तुम बताओगे।"

"अच्छा, बताता हूं।"

मैंने पिस्तौल उसके सीने से हटा ली। बोला–"ओ. के.!" मैं फिर पूछता हूं–"तुम कल एक स्त्री को दफना रहे हो न?"

"हां।" उसने कहा।

"किस समय?"

"दस बजे सवेरे।"

"तुम कब पहुंचोगे वहां?"

"नौ बजकर पचपन मिनट पर।"

"उसकी प्रक्रिया क्या है?"

थोड़ा हिचकिचाकर उसने कहा–"मैं और मेरा सहयोगी पोस्टमार्टम के बाद लाश को ठीक करेंगे। उसे ताबूत में रखेंगे और यहां वापस लाएंगे कि रिश्तेदारों में कोई उसे लेता है या नहीं।"

"तुम लाश को पी. एम. कमरे में रखोगे या स्त्रियों के सैल में?"

"पी. एम. के कमरे में।"

मुझे इसी बात की आशा थी। पर मैं यह सुनना नहीं चाहता था। इसका मतलब यह हुआ कि मुझे मिस वंडरली को उसके सैल से पी. एम. के कमरे तक लाना होगा। यह आसान काम नहीं था।

"ताबूत तैयार है?"

उसने सिर हिलाया–"हां।"

"उसे दिखाओ।"

जैसे ही वह उठा कहीं पर कोई टेलीफोन बजा। मुझे लगा किसी ने दरवाजे पर दस्तक दी है। पर देखा तो मैक्सीसन की लड़की टेलीफोन का डायल घुमा रही थी। मैं उसकी तरफ तेजी से दौड़ा और टेलीफोन का तार उखाड़ दिया।

लूरा टेलीफोन करना चाहती थी कि मैंने प्रवेश किया। जैसे ही उसने मुझे देखा, वह थोड़ा घबराई। तार उखाड़ने के बाद मैंने उसके हाथ से चोंगा ले लिया और रख दिया।

"मैं तुम्हारे बारे में तो भूल गया था, क्या पुलिस को बुला रही थीं?"

वह एकदम दीवार से सट गई। उसका चेहरा पीला हो गया और उसने अपने दोनों हाथ अपने वक्ष पर रख लिए।

"ऐसा मत करो, मैं तुमसे बात करना चाहता हूं।" मैं बोला।

वह वहां से हिली नहीं, उसका मुंह बंद होता रहा, खुलता रहा, उसकी आंखों में डर झलक रहा था।

"तुम जानती हो मैं कौन हूं? नहीं जानती?"

उसका गला भर आया, पर उसने सिर हिला दिया।

"मैं तुम्हें कोई नुकसान नहीं पहुंचाऊंगा। मैं चाहता हूं कि तुम मेरी मदद करो, मुझसे डरो नहीं, मैं मुसीबत में हूं और तुम्हारी मदद चाहता हूं।"

वह परेशान दिखाई दी, पर कुछ बोली नहीं।

"मेरी तरफ देखो, क्या मैं खतरनाक दिखाई देता हूं? नहीं न?"

"नहीं।" उसने कहा।

"मैं खतरनाक नहीं हूं। मैं विश्वास दिलाता हूं। तुमने मेरे बारे में अखबारों में पढ़ा होगा?"

"हां।" उसने कहा।

"तुम जानती हो, उन्होंने मिस वंडरली को कैद कर लिया है और उन्होंने उस पर कत्ल का आरोप लगाया है।"

"हां।" उसने सिर हिलाया। अब डर की जगह कौतूहल ने ले ली थी।

मैंने अखबार में छपी वंडरली की फोटो दिखाते हुए पूछा-"क्या तुमको यह लड़की कातिल लगती है?"

उसने ध्यान से फोटो को देखा और कहा-"नहीं।"

"न तो उसने हैरिक को मारा है, न मैंने। यह एक राजनैतिक हत्या है और उन लोगों ने इसे मेरे ऊपर डाल दिया है, क्योंकि मैं इस शहर में नया आया हूं।"

उसने अपने हाथों की तरफ देखा, वे बिल्कुल सफेद लग रहे थे।

"तुमने कभी प्यार किया है, लूरा?" मैंने मुलायम आवाज में कहा।

वह झिझकी पर कुछ बोली नहीं।

"मेरे पिता....।" और वह चुप हो गई।

"ठीक हैं!" मैंने कहा-"मुझे इससे कोई मतलब नहीं। लेकिन यदि तुमने प्यार किया हो तो तुम्हें अहसास होगा कि वह लड़की मेरे लिए क्या है? मैं उससे प्यार करता हूं और मैं उसे जेल से निकालना चाहता हूं। इसमें चाहे मेरी जान ही चली जाए। मुझे तुम्हारी मदद की जरूरत है।"

"पर मैं कैसे मदद कर सकती हूं?" उसने कहा।

"बिना कोई शोर किए। मैं बताता हूं मैं क्या करना चाहता हूं। मैं यह करना नहीं चाहता, पर मजबूर हूं। मैं किसी भी कीमत पर उसे जेल से निकालना चाहता हूं। मैं तुम्हें यहां से ले जाना चाहता हूं और तब तक अपने पास रखूंगा जब तक वह आजाद नहीं हो जाती। यही एक रास्ता है जिससे तुम्हारे पिता के साथ मैं काम कर सकूंगा। मैं वादा करता हूं, तुम्हें कुछ नुकसान नहीं होगा। तुम एक-दो दिन में ही यहां आ जाओगी।"

"ओह नहीं, मुझे कहीं मत ले जाओ।"

मैं उसके पास तक गया, उसके गले की चेन पकड़कर कहा-"अब भी मुझसे डरती हो।"

"नहीं।"

"आओ, मेरे साथ आओ। मैं तुम्हारे पिता से बात करता हूं, तुम मेरी मदद करोगी।"

वह मेरे साथ बाहर के कमरे में आई। मैक्सीसन कुर्सी पर बैठा था, टिम उसकी देख-भाल कर रहा था। इस समय टिम शिकागो के किसी खूंखार दल का सदस्य लग रहा था।

"तुम्हारी बेटी काफी बहादुर है।" मैंने मैक्सीसन से कहा-"हां, जरा वह ताबूत दिखाओ।"

वह हमें एक पिछले वाले कमरे में ले गया। ताबूत फर्श पर रखा था।

मैक्सीसन से ताबूत की तरफ इशारा किया। मैं ताबूत के पास गया, उसे देखा। वह अहुत अच्छा बना था।

"यह तो काफी कीमती है। इसका भुगतान कौन करेगा?"

"उसका पति!" यह बताते हुए उसने लूरा की तरफ विवशता से देखा और मेरी तरफ भी।

मैंने ताबूत में बिछी चटाई हटाई और नीचे धरातल को देखने लगा, वह काफी मजबूत था। मैंने उसमें एक पेंच देखा। फिर टूल रैक से एक पेचकस लाकर धरातल के खोल को हटा दिया। मैंने देखा कि चटाई और धरातल के अलावा ताबूत की गहराई बारह इंच रही होगी।

मैंने थोड़ी नाप की और पीछे खड़ा हो गया।

"क्या तुम ताबूत में कच्चा धरातल लगा सकते हो?" मैंने पूछा।

"हां, पर क्यों?"

"छोडो!" मैंने लूरा की तरफ देखकर कहा-"तुम मेरा एक काम करोगी।" मैंने ताबूत का ढक्कन हटाया और कहा-"जरा अन्दर आओ।"

"ओह नो। मैं यह नहीं कर सकती।"

"प्लीज!" मैंने कहा।

मैक्सीसन आगे बढ़ने को हुआ, पर टिम ने उसकी तरफ पिस्तौल तान दी। वह वहीं रुक गया।

"लूरा वहीं खड़ी रहो।" मैक्सीसन ने कहा।

लूरा को थोड़ा संकोच हुआ, उसने मेरी तरफ देखा फिर ताबूत में दाखिल हो गई। मैंने उसे उठाया और ताबूत में लिटा दिया।

उसको लिटाने के बाद मैंने फिर नाप-जोख की।

"बहुत अच्छा।" मैंने कहा और उसे बाहर खींच लिया। जब वह बाहर

आ गई तो मैं मैक्सीसन की तरफ मुड़ा–"मैं यह देखना चाहता था कि यह ताबूत दो व्यक्तियों को उठा सकता है या नहीं, मैं और तुम उस स्त्री की लाश इसमें रखेंगे, उसके नीचे मिस वंडरली लेटी होगी, इस तरह मैं उसे जेल से बाहर निकालूंगा।"

❖❖❖

मैं मैक्सीसन के यहां सवेरे नौ बजे पहुंच गया। वहां पर एक पुराने मॉडल की कार खड़ी थी। मैंने जल्दी से इधर-उधर देखा और शीशे वाला दरवाजा खोला तथा अन्दर आ गया।

मैक्सीसन मेरा इन्तजार कर रहा था। उसने एक लम्बा काला कोट पहन रखा था। उसकी दृष्टि उदास थी और वह थोड़ा परेशान भी लग रहा था।

"मेरी बेटी ठीक है?" मुझे देखते ही उसने पूछा।

"श्योर! जब तक तुम मेरे साथ ठीक तरह से चलते रहोगे, उसे कुछ नहीं होगा। लूरा बिल्कुल नहीं घबरा रही। उसके पास एक स्त्री भी है जो उसकी देखभाल कर रही है। लेकिन यदि तुम जरा-सा भी धोखा दोगे तो वह ठीक नहीं रहेगी।"

उसकी आंखें चौड़ी हुई, उसने दूर देखा।

"क्या तुमने अपने सहयोगी की छुट्टी कर दी है, जैसा मैंने कहा था?"

"हां, वह अपनी पत्नी के साथ अपनी मां से मिलना चाहता था, मैंने इजाजत दे दी।

"ओ. के.!" मैंने कहा–"सब ठीक है।"

"जी हां!" उसने हामी भरी।

"चलो, पिछले वाले कमरे में चलें।"

ताबूत को सीधा खड़ा किया हुआ था। मैंने ढक्कन उठाया और नकली धरातल का मुआयना किया। वह ठीक था। हवा पहुंचाने वाले छेद भी देखे। मैक्सीसन ने सारा काम चतुराई से किया था।

"क्या एक दो छेद और बना दिए जाएं। यह टाइट है और मैं यह नहीं चाहता कि उसको तकलीफ हो।" मैंने कहा।

जब वह छेद कर रहा था, तब मैंने अपने साथ लाए हुए एक पैकेट को खोला। क्योंकि हम रात भर इसी योजना में लगे हुए थे, हममें से कोई भी सोया नहीं था। पर अब मैं सन्तुष्ट था कि सारे काम ठीक हो रहे हैं। हम

मिशेल से दुबारा मिले थे और मैं उसके लिए एक ग्रांड लाया था। जेल में उसकी भूमिका महत्वपूर्ण थी। उसने भी कोई परवाह नहीं की और मदद की।

मैंने जेल के वार्ड की वर्दी पहनी। यह वर्दी मुझे मिशेल ने दी थी। वर्दी पहनकर मैंने शीशे में देखा, बिल्कुल ठीक लग रही थी।

मैक्सीसन मुझे देख रहा था, पर कुछ बोला नहीं। फिर मैंने एक लम्बा काला कोट निकाला और पहन लिया। कोट इस तरह बना था कि गार्ड की वर्दी छिप गई। इसके बाद मैंने अपने मुंह पर दो छोटे रबर के पैड चिपकाएं। इन्हें टिम लाया था। इनका असर बहुत अच्छा हुआ। इनसे मेरा हुलिया बिल्कुल बदल गया और इनके साथ एक चश्मे ने तो मुझे बिल्कुल ही बदल दिया था।

"तुम्हें अपना नया सहयोगी कैसा लगा?" मैंने पूछा।

"मैं तुम्हें नहीं पहचान सकता।" उसने कहा।

"फ्लैगर्टी मुझे जानता है, पर मैं उसे बेवकूफ बनाऊंगा।"

मैक्सीसन ने ताबूत का नकली तला फिट कर दिया। अब हम चलने के लिए तैयार थे।

"ठीक है!" मैंने उससे कहा–"हम असफल नहीं होंगे। चीजें कुछ मुश्किल हो सकती हैं। पर हम अपना काम कर लेंगे। बस, तुम अकल से काम लेना। मेरा नाम जार्ज मैकन है। मैं अरीजोन से आया हूं और मैं तुम्हारे दोस्त का लड़का हूं। मुझे आशा नहीं कि वे चौक करेंगे। पर, यदि उन्होंने किया तो बिना डरे जवाब देना। यदि मैं पकड़ा गया तो लूरा के साथ बहुत बुरा होगा।"

"ठीक है!" उसने कहा।

मैंने अपना हैट पहना और चल दिए।

गाड़ी मैंने चलाई। हालांकि इंजन पुराना था पर ठीक था। जेल से एक मील इधर मैंने स्पीड कम की और धीरे-धीरे चलने लगे।

थोड़ी दूर बाद ही, जैसे ही जेल की छत दिखाई देने लगी, दो सिपाही सड़क पर सामने आये और हमें रोका। उनके कंधे पर बन्दूकें लटकी हुई थीं।

"तुम बात करो मैं।" मैंने मैक्सीसन से कहा–"यह केवल रिहर्सल है। इनसे कोई खतरा नहीं।"

"कहां जा रहे हो?" एक ने पूछा।

"जेल!" उसने निर्भय होकर कहा और दफनाने की आज्ञा का प्रमाण-पत्र दिखा दिया। साथ में अदालत का आज्ञा पत्र भी।

दोनों सिपाहियों ने कागज पढ़े और लौटा दिए।

"ओ. के.! कागज ठीक हैं।" उसने एक पीला स्टिकर निकाला और ताबूत पर चिपका दिया, फिर कहा–"जाओ, अब कोई नहीं रोकेगा, पर यदि सिग्नल दे तो रुक जाना।"

मैक्सीसन ने उन्हें धन्यवाद दिया और मैं भी तनाव-मुक्त हो गया।

"ये लोग जरा-सा मौका भी नहीं चूकने वाले!" मैंने कहा।

"अब तुम क्या उम्मीद करते हो?" उसने पूछा।

रेतीले पठार की तरफ मैंने चार सिपाहियों को मशीनगन लिए देखा। उनकी गन के सामने मेरी सड़क की निगरानी हो रही थी। उनमें से एक के पास रेडियो भी था। उन्होंने पीले स्टिकर को देखा और हाथ हिला दिए। मुझे अब ठीक लगा कि मिशेल सही था, कि जेल में सामान्य रूप से जाना मुश्किल है।

जेल के चार सौ गज की दूरी पर एक छोटी-सी चौकी थी। यहां पर मैंने गाड़ी रोक ली। तुरन्त ही तीन सिपाही चौकी के पीछे से आए हमें घेर कर खड़े हो गए।

उनमें से एक ने मैक्सीसन को पहचान कर कहा–"हाय मैक्स! क्या माहौल बना रखा है। यह लड़ाई कब तब चलेगी। वह फ्लैगर्टी पता नहीं, क्या चाहता है। हम रात भर यहां रहे, दिन में भी यहीं रहेंगे। जेल जा रहे हो?"

"हां।" उसने कहा।

सिपाही ने मुझे देखकर कहा–"इसको पहले नहीं देखा। यह कौन है?"

"जार्ज मैसन।" मैक्सीसन ने कहा–"मेरा नया सहयोगी, ओ. नील छुट्टियों पर गया है।"

"वह बड़ा सुस्त है, हमेशा छुट्टी पर रहता है।" फिर उसने मुझे देखा–"तुमसे मिलकर खुशी हुई जार्ज, मैं क्लेंसी हूं। तुम्हें यह काम कैसा लगा?"

"अच्छा है। इस काम की खूबसूरती यह है कि हमारे ग्राहक जवाब नहीं दे सकते।"

वह जोर से हंसा और बोला–"मुझे नहीं मालूम था कि तुम्हारे काम में भी लोग इतना मजाक कर लेते हैं।"

"और यही तो हमारे पास है। यहां बहुत पहरा है। मैंने तो कभी जेल देखी नहीं, पर इतना कड़ा पहरा?"

"हां, यहां वंडरली कैद है न। हमारा मुख्य शिकार कायन उसे निकालने

की कोशिश करेगा। पर ये लोग बेकार में ही घबरा रहे हैं। वह तो अब तक शहर से भाग गया होगा। वह उस लड़की की चिन्ता क्यों करेगा, जिसे उसने सिर्फ एक रात के लिए नियुक्त किया था।"

"वह अच्छी लड़की है।" दूसरे ने कहा–"मैं उसे अपनी पत्नी बना सकता हूं।"

"मैं भी।" क्लेंसी ने कहा–"पर मैं उसके लिए अपनी जान खतरे में नहीं डालूंगा।"

"लेकिन यह कायन बड़ा चालाक होगा, जिसके कारण फ्लैगर्टी ने इतना प्रबन्ध किया है।" मैंने कहा।

"हां, यदि वह लड़की भाग गई तो फ्लैगर्टी की नौकरी चली जाएगी। यह किलयानो ने कहा था।"

"पर वह तो कहीं ठंडे में बैठा होगा, तुम लोग धूप में क्यों परेशान हो रहे हो।" मैंने कहा।

"यह ठीक है, उसने जेल के टाप फ्लोर पर अपना एयर कंडीशंड ऑफिस बनाया हुआ है जिससे वह हम सब पर नजर रख सके कि हम ठीक तरह से काम कर रहे हैं या नहीं।...पता नहीं इस जेल में क्या हो जाए। कल एक स्त्री कैदी मर गई।...पर जब तुम जेल में जाओगे तो फ्लैटगटी की हंसी सुनोगे। एक भयंकर कैदी भी आज ही गई है।"

"वे उसे कहीं और ले जाएंगे?" मैंने पूछा।

"हां, एक–दो दिन में। अभी वह वंडरली के पास वाले सैल में है।"

मेरा चेहरा सफेद पड़ गया, पर मैंने उसे अनुभव नहीं होने दिया।

"अच्छा क्लैंसी, चलें। हमें दस बजे यह काम करना है।"

"श्योर।" उसने कहा– "ये ठीक हैं, इन्हें जाने दो।" उसने औरों से कहा।

मैंने गाड़ी आगे चलाई तो आवाज आई कि–"कायन मिले तो कहना–हम इन्तजार कर रहे हैं।"

"हां, मैं भी उसे बक्सा दिखाऊंगा।" मैंने कहा। "सब लोग हंस पड़े।"

"अब कैसे होगा?" मैंने मैक्सीसन से पूछा।

उसने रूमाल से पसीना पोंछा और मुझे लगा कि वह बहुत घबराया हुआ है। मैंने कहा–"तुमने गौर किया उस लड़की के विषय में, जो वंडरली के पास वाले सैल में लाई गई है। इसका मतलब जानते हो?"

"हां।"

"नहीं, तुम नहीं जानते। अगर वंडरली की जगह लूरा होती हो....?"

उसका चेहरा तन गया.....।

हम जेल के पास आ गये थे। मैंने दो बड़े दरवाजों के पास आकर गाड़ी रोक दी। दो सिपाही हमारे पास आये।

"हैलो मैक्सीसन!" एक ने कहा–"हम तुम्हारा इन्तजार कर रहे थे।"

"क्या हम अन्दर आ सकते हैं फ्रेंकलिन। ये नए नियम मुझे उलझा रहे हैं।"

"ठीक है, कुछ विशेष नहीं, मैं तुम्हारे लिए दरवाजा खोलता हूं। पर जैसे ही वह गेट की तरफ मुड़ा, उसने मुझे देखा तो वापस आ गया।"

"यह कौन है?" उसने पूछा।

"यह मेरा सहयोगी है। ओ. नील छुट्टी पर गया है।"

"लेकिन मुझे उन्हीं आदमियों को जाने देने की इजाजत है, जिन्हें मैं जानता हूं। मैं समझता हूं मुझे सार्जेण्ट को बुला लेना चाहिए।"

"छोड़ो, सार्जेन्ट ब्रेकफास्ट कर रहा है। उसे पूरे दिन के लिए तंग मत करो।" एक ने लापरवाही से कहा।

"हमें जल्दी है।" मैक्सीसन ने कहा–"हम पहले ही लेट हो चुके हैं।"

फ्रेंकलिन ने मुझे संदेह की दृष्टि से देखा। मैंने कार की खिड़की से अपना सिर निकाला और उससे कहा–"यदि सारा काम इन्होंने किया तो मुझे नुकसान होगा।"

"मैं इस बात का क्या करूं? तुम इससे बाहर आ जाओ।" पर उसकी त्यौरी उतर गई थी।

मैंने अपनी पिस्तौल निकाल ली थी और उसे मैक्सीसन को दिखाया, फिर उसे सीट पर रख दिया। मैक्सीसन उस पर बैठ गया। मैं गाड़ी से बाहर आ गया।

"तुम्हारे पास कुछ है तो नहीं, यह तय हो जाने पर तुम अन्दर जा सकते हो।" उसने मेरे शरीर पर अपना हाथ फिराया। यदि वह मुझे कोट उतारने के लिए कहता तो मैं मुश्किल में पड़ सकता था, पर उसने ऐसा नहीं किया।

"ओ. के., अन्दर जाओ।" वह पीछे हट गया।

मैं अन्दर आ गया था। हमने दरवाजा पार किया। मैंने मैक्सीसन के कब्जे से अपनी पिस्तौल ले ली और राहत की सांस ली।

फिर एक मैदान से होकर हम सामने की तरफ पहुंचे। वहां पर कुत्ते थे। वे भयंकर रूप से हमें देखकर उछलने लगे, पर भौंका कोई नहीं। उन्हें पार करके मुझे खुशी हुई।

हम एक लोहे की ग्रिल के पास आकर रुके। चार-पांच सिपाही वहां तैनात थे। उनमें से एक ने हमारे लिए ग्रिल खोली।

"ओ. के. मैक्सीसन! अन्दर जाओ, डाक्टर ने अभी अपना काम खत्म किया है।"

अब हम अन्दर आ गए थे। सफेदी से पुता हुआ पोस्टमार्टम कमरा काफी साफ था। एंटी-सैप्टिक रसायन की गंध चारों तरफ से आ रही थीं। उस स्त्री की लाश एक मेज पर लिटाई गई थी। उसका गंजा सिर एक लकड़ी के खांचे में फिट किया हुआ था। वह बड़ी भयानक लग रही थी।

डाक्टर अपना काम खत्म करके वास-बेशिन में हाथ धो रहा था। गर्म पानी की भाप से उसके ऊपर का शीशा धुंधला हो गया था।

"अब आप इसे ले जा सकते हैं।" उसने चारों तरफ देखते हुए कहा-"बेचारी ने पिसा हुआ शीशा खाकर आत्महत्या की है। मैं यह जानना चाहता हूं कि उसे शीशा कहां से मिला?"

जेल में कहीं पर एक स्त्री चिल्लाई। ऐसा लगा जैसे उस पर अत्याचार किया जा रहा है। यह ऐसी आवाज थी जैसे कोई स्लेट पर पेंसिल रगड़ रहा हो।

डाक्टर हमारी तरफ आया। बोला-"मैं उस स्त्री के बारे में रिपोर्ट करने जा रहा हूं। उसे यहां से हटाना चाहिए।"

"एडिना रोबिंस को यहां से हटाना चाहिए। वह सेडिस्ट औरत है। मैं यह नहीं कहता कि उसने इस स्त्री को पागल बनाया पर वह उसकी मदद कर सकती थी।"

"यह एडिना रोबिंस कौन है?"

"हेड वार्डन। पर बहुत बुरी है। तुम नए हो यहां, कोई बात नहीं, मैं तुम्हें डैथ सर्टीफिकेट दे दूंगा। तुम इसे मेरे दफ्तर से ले लो।"

मैक्सीसन ने कहा-"वह ले लेगा।"

जैसे ही डाक्टर कमरे से बाहर जाने लगा कि एक स्त्री आई और उसने कहा-"खत्म हो गया।"

"हां।" और उसे देखे बगैर बाहर चला गया।

उसने डाक्टर को जाते हुए देखा फिर मैक्सीसन की तरफ होकर कहने लगी-"जितनी जल्दी हो सके इस लाश को ले जाओ और तब मिशेल यह स्थान साफ करेगा।"

"अच्छा।" मैक्सीसन ने कहा। उसने ताबूत को उसी तरह रहने दिया, जैसा होना चाहिए था।

वह स्त्री अपने पूरे व्यक्तित्व में एक डरावनी स्त्री लग रही थी। उसने डाक्टर की शीट उठाई और पढ़ने लगी। मैं उसे देख रहा था, उसने भी अचानक मेरी तरफ देखा जैसे कपड़ों के भीतर देखना चाहती हो।

"तुम नये हो यहां?" उसने कहा।

"जी हां," मैंने कहा और मैक्सीसन के थैले को खोलने के लिए उधर बढ़ा। मैंने टूल का छोटा थैला निकाल लिया।

"तुम्हारे मुह पर क्या हुआ है। सूजन आ रही है।" उसने कहा।

"एक मिरड़ ने काट लिया।" मैंने उसकी तरफ से मुंह घुमा लिया।

"अच्छा, जल्दी करो।" और वह बाहर चली गई।

मैंने उसे देखा और लगा कि वह अच्छी लगती है।

"वह खतरनाक औरत है।" मैक्सीसन ने कहा।

मैंने कमरा पार कर सामने वाले गलियारे में देखा, वहां कोई नहीं था। मैंने अपना काला लम्बा कोट उतार दिया और उसे एक तौलिए में छिपा लिया। मैंने अपने रबड़ के स्टिकर उतार दिये और चश्मा भी।

"तुम जानते हो अब क्या करना है?" मैंने मैक्स से कहा–"नकली ध रातल को हटा लो और उसे बॉक्स में छिपा दो और लाश को तैयार करने के लिए काफी समय लो, पर उस वक्त बहुत जल्दी करनी है, जब मैं वापस आ जाऊं।"

ऊपर की पागल स्त्री ने फिर से शोर करना शुरू कर दिया था। मैंने गलियारे में देखा, मिशेल मेरा इन्तजार कर रहा था।

"ओ. के.।" मैंने कहा।

"अभी तक सब ठीक है।" उसकी आंखें चमक रही थीं–"भगवान के लिए होशियारी से काम करना।"

मैंने मुस्कराकर सिर हिलाया।

वह बोला–"कोने के पास ही सीढ़ियां हैं। सवेरे का इन्स्पेक्शन हो चुका है। रास्ता साफ है। अब तुम्हारे पास एक घंटा है। अब रोबिंस ही देखने आयेगी।"

"क्या करना है, मैं जानता हूं, पर शायद जरूरत न पड़े।"

सीढ़ियों के पास जाकर मैंने चारों तरफ देखा, कोई नहीं था। पास के

कमरे से कुछ आवाजें आ रही थीं पर मैंने ध्यान नहीं दिया। इन सीढ़ियों से सीधे ऊपर के फ्लोर पर जाया जा सकता था। मैं चढ़ने लगा और दूसरी मंजिल पर पहुंचा। मैंने वह गोलाकार ग्रिल भी पार की जहां सिपाही तैनात थे। रास्ते में एक कैदी साफ करता हुआ मिला, पर वह मेरे रास्ते से हट गया और मैं आगे बढ़ गया। मैं टॉप फ्लोर पर पहुंच गया।

अब मैं मिस वंडरली से कुछ ही गज की दूरी पर था। यह भाव मेरे में एक अद्‌भुत भावना भर रहा था। ऊपर पहुंचते ही सामने एक जाली का दरवाजा था पर उसकी चाबी मेरे पास थी।

जैसे ही मैं ग्रिल के पास पहुंचा, वह पागल फिर बड़े जोर से चिल्लाई। वह इतने जोर से चीखी कि एक क्षण को तो मैं जम गया। पर फिर से ठीक होकर मैं आगे बढ़ा। मैं जैसे ही ताली निकालने वाला था कि मुझे लगा, कोई देख रहा है।

एडिना रोबिंस आधे दरवाजे पर खड़ी थी। पर उसका सख्त चेहरा भावना शून्य था।

हम दोनों परस्पर देखते काफी समय तक खड़े रहे। उसे कुछ संदेह हो रहा था, पर मेरी वर्दी से वह शान्त थी। मैं धीरे से उसकी तरफ बढ़ा।

"ऊपर कोई तकलीफ है।" मैंने पूछा। मैं उससे छः फीट के फासले पर था।

"तुमने ऐसा क्यों सोचा?"

"मैंने यह चीख सुनी, मैं दूसरे फ्लोर पर था, अतः ऊपर आ गया।"

"पर तुम्हें ऊपर नहीं आना चाहिए।"

"ओ. के।" मैंने कहा–"तुम्हें मेरे विषय में चिन्ता नहीं करनी चाहिए। मैंने उसे ऊपर से नीचे तक देखा और कहा–मैं नहीं चाहता कि तुम्हारी जैसे सुन्दर स्त्री को कोई कष्ट हो।"

"अच्छा अन्दर आओ और बताओ क्यों?"

मैं झिझककर फिर उसके कमरे में चला गया। कमरा साफ था, वह एक डैस्क के सहारे खड़ी हो गई और अपने हाथ बांधकर पूछा–पहले तुम्हें नहीं देखा।

"मैं स्टेशन हैडक्वाटर्स से नया आया हूं। और डैस्क के दूसरी तरफ उससे सटकर खड़ा हो गया। हम काफी पास–पास थे। उसे मुझे देखने के लिए गर्दन घुमानी पड़ती थी।"

"मैंने पहले कभी देखा है तुम्हें।"

"मैंने तुम्हें कल देखा था, मैं पी. एम. के कमरे में काम कर रहा था, जब तुम उधर से गुजरी।"

"और तुम उस नए सिपाही जैसे लगते हो।"

"वह मेरा भाई है। पर वह चेहरे से जरा मोटा है और वह स्त्रियों से बात नहीं करता है।"

"तुम पसन्द करते हो।"

"हां, मैं उन्हें पसन्द करता हूं और वे मुझे।" मैंने कहा।

"इसीलिए तुम स्त्रियों के वार्ड में आये हो?"

"उस औरत की चीख ने मुझे डरा दिया, मुझे लगा उसने तुम पर हमला किया है। पर वे मुझ पर हमला नहीं कर सकतीं, वे जानती हैं।"

मैंने महसूस किया वह स्त्री सख्त है।

मैंने कहा-"क्या मैं तुमसे दोस्ती कर सकता हूं?"

वह खड़ी हो गई।

"मूर्ख।" उसने कहा-"फिर कभी ऊपर मत आना, यहां ऐसा कुछ नहीं, जिसकी मैं देखभाल न कर सकूं। तुम कुछ भी सुनो, उसे भूल जाना।"

"मैं जानता हूं।" मैं दरवाजे की तरफ बढ़ा और कहा-"किसी बात की जरूरत हो तो बताना, मैं दूसरे फ्लोर पर ही हूं।"

उसने अजीब नजरों से देखा और तब तक दरवाजे पर खड़ी रही जब तक उसने मुझे नीचे आते हुए नहीं देख लिया। मैं बी. फ्लोर पर इसी रास्ते से उतरा। मैंने प्रतीक्षा की और उसको वापस जाते सुना, फिर दरवाजा बन्द करने की आवाज आई।

कुछ क्षण बाद मैं फिर ऊपर सीढ़ियां चढ़ने लगा। ग्रिल खोली और जल्दी से उसे बन्द किया और धड़कते दिल से मैं उस छोटी गैलरी में आ गया था जहां से वंडरली के सैल में रास्ता जाता था।

❖❖❖

पहले तीन सैल खाली थे और कई तरह की गंध आ रही थी। मैंने रबड़ के फर्श पर बिना आवाज किए आगे बढ़ना शुरू किया। एक तरफ और कई सैल थे, सामने से कैदियों की कुछ आवाजें आ रही थीं।

चौथे सैल में कुछ हरकत महसूस हो रही थी। मैं रुका और देखा कि

एक मोटी बूढ़ी औरत मेरी तरफ देख रही थी।

हैलो खूबसूरत लड़के। उसने लोहे के दरवाजे पर आते हुए कहा–"मैंने दस साल से कोई पुरुष नहीं देखा, क्या तुम मुझे देखने आये हो?"

मैंने अपना सिर हिलाया, थोड़ा-सा उसकी तरफ रुका और बहुत ध्यान से दरवाजे के पार देखा।

"तुम जवान औरत चाहते होगे, तुम उन्हीं को पसन्द करते हे, वह दूसरे सैल में है। उसका चेहरा घृणा से बेतुका हो गया था।"

जैसे ही मैं छठे सैल में आया वैसे ही किसी हाथ ने जाली से निकलकर मेरी कलाई पकड़ ली। वह हाथ भयानक रूप से मजबूत लग रहा था।

मेरा चेहरा पसीने से भीग गया। मैंने अपने आपको दरवाजे की तरफ जाने दिया और जब वो ठण्डा चेहरा मेरे सामने आया तो मैं बड़े गौर से उसे देखने लगा।

"हैलो।" उसने कहा–"मैं तुम्हारा इन्तजार कर रही थी, मैं तुम्हें मार दूंगी।"

"नहीं, तुम मुझे नहीं मार सकती। मैं तुम्हें यहां से बाहर निकालने के लिए आया हूं।"

वह जोर से हंसी और अपने पैरों पर उछलने लगी।

"वे मुझे बाहर नहीं निकलने देंगे, वे जानते हैं कि मैं उनके साथ क्या करूंगी? मैं तुम्हारा गला दबा दूंगी।"

मैंने बहुत जल्दी ताकत लगाकर अपने आपको छुड़ाना चाहा और जैसे ही मैंने अपने आपको उससे खींचा, मैं दूसरी तरफ गिर गया।

मैं उठने के लिए कोशिश कर ही रहा था कि उसने अपने घुटनों पर बैठकर सींखचों से बाहर हाथ निकाल कर मेरे गले में हार की तरह डाल दिए। मैंने उसे अपने बूट की नोक से चोट मारी, लेकिन सींखचों के कारण उसे चोट लगी नहीं। उसने मेरे पैर पकड़ लिए और कोशिश करने के बाद भी मैं अपना पैर नहीं छुड़ा पाया। दूसरे सैल से वह मोटी औरत यह सब देख रही थी।

"वह तुम्हारा कलेजा निकाल देगी।" उसने मुझसे कहा।

मेरे पूरे चेहरे पर पसीना फैल गया था। मैं बहुत परेशान हो उठा था। उस औरत के चेहरे पर कुछ ऐसा था जो उसे पागल समझने में मदद नहीं कर रहा था।

उसने मेरे पैर छोड़ दिए थे, लेकिन मेरी कमीज को पकड़ लिया। मैंने उससे पूछा–"तुम्हें क्या हो गया? मैं तुम्हें यहां से बाहर निकालने आया हूं। तुम्हारे साथ पास वाली लड़की को भी निकालूंगा।"

"नहीं, तुम उसे नहीं छू सकते। उन लोगों ने उसे बहुत तंग किया है। जरा पास आओ। मैं तुम्हारी गर्दन दबाना चाहती हूं। तुम लोग बहुत गन्दे होते हो।

मैंने अपने आपको अलग हटाने की कोशिश की, उसने अपने पास खींच लिया और उसकी उंगलियों के कुछ निशान मेरे गले पर भी पड़े। वह मेरे चेहरे पर उस तरह से देख रही थी कि मैंने अपने पैर हटा लिए। यह उसे नहीं मालूम पड़ा। मैंने उसे पीछे धकेल दिया और अपने आपको काफी हद तक उससे मुक्त किया। अब कहीं मैं ठीक तरह से खड़ा हो सकता था। एक क्षण बाद मैंने देखा कि एडीना सैल के अन्दर खड़ी है। उसकी आंखों में खतरा झलक रहा था। दूसरी औरत कमरे में कहीं पीछे छिप गई थी और वह पागल फर्श पर लेट गई। मुझे थोड़ी देर के लिए अपनी श्वास रुकती हुई नजर आई।

एडीना गैलरी में आ गई थी। उसने मुझसे कहा–"तुम यहां से गये नहीं, अब तुम्हें वार्डन के सामने चलना पड़ेगा।"

मैं जरा-सा पीछे को हो गया और दूसरे सैल में देखा कि एक औरत पीठ किए हुए लेटी है। उसके सुनहरे बाल अच्छे लग रहे थे और मैं महसूस कर सकता था कि वह कौन है।

"पागल मत बनो। मैं किसी को नुकसान नहीं पहुंचा रहा मैं यही देखने आया था कि यह कैसी लग रही है।"

एडीना ने मुस्कराते हुए कहा–"तुमने अपना काम नहीं किया और तुम्हें वार्डन से डांट खानी पड़ेगी।"

मैंने एडीना को देखा और महसूस किया कि मैं उसे संभाल लूंगा।

मैं उसके और करीब पहुंचा और कहा–"तुम मेरी मदद कर सकती हो।"

"तुम्हें मुझसे कोई मदद नहीं मिलेगी।"

मैंने अपने हाथ उसका गला पकड़ने के लिए उठाए और तब मुझे अपने जीवन का सबसे बड़ा आश्चर्य अनुभव हुआ, उसने छिपकली की तरह से मेरी कलाई पकड़ ली और मुझे अपनी तरफ खींचा, झुकाया और ऐसा लगा जैसे कि मैं हवा में फेंक दिया गया हूं और मैं लोहे के सींखचों से टकरा गया।

"मैंने तुमसे कहा था कि इस फ्लोर पर मैं सब कुछ ठीक कर सकती हूं और उसमें तुम भी शामिल हो। उसने अपना पैर मेरे ऊपर से हटाया और मेरे चेहरे पर किक किया। कहा-"खड़े हो जाओ। चुपचाप मेरे पास आओ, वरना मैं तुम्हारी गर्दन दबा दूंगी।"

गुस्से में मेरे दांत भिंच गए और मेरे पैर कांपने लगे। मैंने उसके पैरों को पकड़ लिया, उसने जोर से झटका दिया। वह अलग हो गई। लेकिन ऐसा करते हुए वह मेरे ऊपर गिर पड़ी। मैंने उसके शरीर को अपने हाथों से पकड़ने की कोशिश की, वह बहुत सख्त लग रही थी। उसने एकदम पल्टा खाया और मुझे पकड़ती हुई बोली-"मैं तुम्हें लड़ना सिखाऊंगी।"

इसी तरह से मैं उसे लिए फर्श पर रोल करने लगा। उसने मुझे एक बुलडौग की तरह से पकड़ रखा था और मुझे अपनी कलाई पर लगी खरोंच में दर्द भी होने लगा था।

मैंने एक जगह उसके सिर में जरा-सा खून देखा और वहीं एक चोट और मार दी। फिर उसे गर्दन से पकड़ लिया, तब वह फर्श पर चित हो गई।

मैं अपने घुटनों के बल ऊपर उठा, मेरा दायां हाथ जैसे बेजान हो गया था। वह फिर दुबारा मेरे ऊपर झपटी, लेकिन मैं तैयार था, मैंने उसकी कलाई पकड़ी और मरोड़ दी। वह किसी भी ताकतवर आदमी की तरह सख्त और मजबूत थी।

लेकिन इस समय वह मेरे ऊपर नहीं झपटी और ग्रिल वाले गेट की तरफ भागी। मुझे मालूम था कि चाहे जो कुछ हो, वह खतरे की घंटी बजाने की स्थिति में नहीं आनी चाहिए। मैंने उसे पकड़ लिया और इससे पहले कि उसकी उंगली अलार्म बजाए, मैंने उसे पीछे खींच लिया।

उसने मुझे पीछे से धक्का दिया और अपने पैर मेरे पेट पर मारे, लेकिन मैं उठा और उसे ग्रिल के सामने ही दबा दिया। वह फिर घंटी बजाने की कोशिश करने लगी। लेकिन मैंने उसे फर्श पर घुमाते हुए घंटी से थोड़ा दूर लाकर रोक लिया। उसकी आंखें जल रही थीं। अब मैंने उसके गले पर अपना कब्जा कर लिया था। उसने अपना अंगूठा मेरी आंखों में मारने की कोशिश की। लेकिन इस सारी कशमकश में मैंने उसके गले पर वार किया। उसका मुंह खुल गया, हल्की-सी आवाज आई और वह उस पागल औरत के सामने गिर पड़ी।

एक क्षण के लिए जैसे सब कुछ रुक गया। मैं अपने घुटनों के बल था और देखा कि वह सींखचों के सामने लेटी हुई है। उसके दोनों हाथ सींखचों के पास तक पहुंचे हुए हैं और शायद वह बेहोश हो गई है।

वह पागल औरत सब कुछ बड़े अचम्भे से देख रही थी। वह पीछे को घूमी। सींखचों में और एडीना के सिर के बीच बहुत तंग जगह थी और वहां से गुजरना आसान नहीं था। वह पागल औरत एडीना के गले पर चोट करती हुई उछलने-कूदने लगी। उसका एक पैर मेरे ऊपर भी लगा था।

एडीना अपने हाथ सेल के अन्दर पहुंचाना चाहती थी, लेकिन उसके हाथ इतने लम्बे नहीं थे। उसने मेरी तरफ देखा। उसकी जीभ दांतों से भिंची रह गई। तब अचानक उस पागल औरत ने झटका दिया। एक भयानक आवाज एडीना के मुंह से निकली और मैंने देखा कि उसके चेहरे के एक तरफ खून का एक बहुत बड़ा चकता निकल आया था।

मैंने उसे ठीक कर दिया। उस पागल औरत ने कहा-"यह समझती थी कि वह सब कुछ कर सकती है।"

उसने अपने हाथों से एडीना के बले को दबा दिया और उसी तरह से बैठी रही। दूसरी औरत ने भी यह सब देखना चाहती थी, लेकिन नहीं देख पाई और अपना सिर दरवाजे पर पीटती रही।

पागल औरत के हाथ ग्रिप से ढीली होती हुई एडीना जरा पीछे को हुई, उसकी हील रबड़ के फ्लोर पर पीछे दिखाई दे रही थी और उसका सिर दरवाजे के सींखचों की तरफ था। उसने सहारे के लिए सींखचों को पकड़ा लेकिन उठ नहीं पाई। उसके चेहरे पर फर्श पर बहुत सारा खून गिर रहा था।

वह पागल औरत मेरी तरफ देख रही थी और उसके चेहरे पर बहुत सारा पसीना झलक रहा था।

एडीना के चेहरे का दूसरा भाग काफी लाल हो रहा था। उसकी आंखें बन्द थीं। उसके होंठों से बाहर निकली हुई जीभ नीली लग रही थी। उसने अपने एक हाथ से सींखचों को खींचना शुरू किया। कुछ देर बार एडीना के हाथों ने सींखचों पर चोट मारनी बन्द कर दी।

मैंने उसके पैरों को घसीट कर दूसरे सेल तक लाकर छोड़ दिया था। उस पागल औरत ने उसका गला भी छोड़ दिया। मैंने अपनी पिस्तौल निकाली और उसके हाथ पर चोट मारी। वह पीछे को घूम गई।

इस भयानक वातावरण में भी मैं सिर्फ वंडरली के बारे में सोच रहा था। जैसे ही मैंने देखा, वह चुपचाप लेटी हुई थी, उसकी आंखें बन्द थीं, उसके बाल बिखरे हुए शहद की तरह तकिए पर फैले हुए थे।

मैंने सैल का ताला खोला और अन्दर गया। पागल औरत अभी भी मेरा हाथ पकड़ने की कोशिश कर रही थी। मैंने अपनी पिस्तौल से उसके हाथ पर चोट की और वह पीछे को हो गई।

मैंने मिस वंडरली को उठाया और सैल से बाहर आ गया।

❖❖❖

मैंने लिफ्ट का दरवाजा खोला और दूर तक गलियारे में देखा, सामने मिशेल आंखों में आश्चर्य भरे हुए दूर किनारे पर खड़ा था, उसने मुझे देखकर हाथ हिलाया। ऊपर फ्लोर पर बूढ़ी औरत अभी भी चीख रही थी।

मैं फिर से लिफ्ट में आ गया। मिस वंडरली को उठाया और गलियारे में निकल आया। जैसे ही मैंने ऐसा किया, मिशेल वहां आया और उसने सीढ़ियों के दरवाजे का ताला बन्द कर दिया।

मैंने उसे बताया कि मैंने मिस वंडरली को फ्लोर पर लिटाया हुआ है और अपनी पिस्तौल हाथ में ले ली। इतने पर ही एक गार्ड ऑटोमेटिक राइफल से मिशेल के पीठ पर निशाना लगा कर कुछ करना चाहता था, लेकिन मैंने कोई मौका नहीं दिया और उस पर चोट की। गार्ड जमीन पर गिर गया। उसकी रायफल भी उसके हाथ से छूट गई और उसमें से गोली छूटने की आवाज आई। मैं एकदम पीछे को घूमा। मिस वंडरली को अपने कंधे पर डाला और उसे कस कर पकड़कर भागने लगा।

जेल में कहीं पर खतरे की घंटी बजी। यह इस बात का प्रतीक थी कि कैदियों में कुछ गड़बड़ हो गई है और इसके साथ उस बूढ़ी औरत की चीख आती रही।

आधे रास्ते में एक दरवाजा खुला और दो सिपाही बाहर आए। मैंने उनके एक पांव पर चोट मारी, यह देखकर दूसरा एकदम अन्दर चला गया और उसने दरवाजा बन्द कर दिया।

अब मैं थोड़ा धीरे चलने लगा था और एक-एक कदम पीछे घूम कर देख लेता था। मैं इस वक्त लड़ाई के पागलपन पर बहुत दूर तक सफल हो

गया था और यह नहीं चाहता था कि इतनी दूर आने के बाद मुझे पराजय मिले।

मैंने भारी कदमों की आवाज अपने पीछे महसूस की। मैं दौड़ने लगा। पी. एम. का कमरा अब भी बहुत दूर था। मुझे मालूम था कि समय से वहां नहीं पहुंचा सकता, इसलिए भागते-भागते जो भी पहला दरवाजा आया, मैंने उसे खोला और उसके अन्दर घुस गया। मैंने महसूस किया कि वह एक दफ्तर था। मैंने मिस वंडरली को फर्श पर लिटा दिया। उसने उठने की कोशिश की, लेकिन मैंने फिर पीछे कर दिया।

"ठहरो माई डियर!" मैंने कहा-"मैं तुम्हें यहां से बाहर निकालने आया हूं।"

यह मेरे लिए बड़ा अजीब अनुभव था, तब उसने मुझे पहचान कर मेरी तरफ देखा। वह अभी भी घबराई हुई थी, लेकिन मुझे देखते हुए लेटी रही।

मैंने दरवाजा खोला और बाहर गलियारे की तरफ देखा। चार सिपाही जिनमें से एक के पास मशीनगन थी, गलियारे में घूम रहे थे। मैंने मशीनगन वाले सिपाही को मारा तो बाकी सिपाही सीढ़ियों में छिप गए।

मैंने मिस वंडरली को उठाया और चूमा, फिर गलियारे में उसके साथ चलने लगा। थोड़ी देर बाद ही मैं पी. एम. के कमरे के सामने आ गया था। कमरे में आते ही मैंने दरवाजा बन्द कर दिया।

मैक्सीसन दीवार से लगा हुआ खड़ा था। उसके चेहरे पर डर था। जब उसने मुझे देखा तो बड़ा आश्चर्यचकित हुआ, लेकिन मैं कुछ बोला नहीं।

मैं ताबूत की तरफ बढ़ा और मिस वंडरली को अपने कन्धे से उतारा। मैंने उसे बॉक्स में लिटा दिया। एक क्षण में ही वह उठी और मेरी तरफ देखने लगी।

"चुपचाप लेट जाओ और बिल्कुल आवाज मत करो।"

उसने ताबूत की तरफ देखा और जैसे ही चिल्लाने के लिए उसने मुंह खोला वैसे ही मैंने अपना हाथ रख दिया, लेकिन वह डर गई।

मुझे ऐसा करने में बहुत बुरा लगा, लेकिन इसके अलावा और कोई रास्ता नहीं था। मैंने अपनी मुट्ठी को आधा बन्द किया और उसके गले के पास हल्की-सी चोट मारी। उसका सिर पीछे की ओर हो गया और वह बेहोश हो गई।

उसके बाद मैंने उसे बॉक्स में लिटा दिया और ऊपर से नकली धरातल लगा दिया, फिर पेच कसे। मैंने लम्बा काला कोट पहन लिया, उसी तरह से चश्मा लगा लिया, अपने मुंह पर पैड बांधा और मैक्सीसन से कहा-"अपना काम करो। उस लाश को अन्दर लिटा दो। "मैंने उसकी तरफ देखते हुए कहा।

किसी तरह से उसने अपने को हिलाया और आगे आकर काम शुरू कर दिया। हमने लाश को ताबूत में रख दिया, जरा-सा फिट किया। जैसे ही मैंने ताबूत के हुक को बन्द किया, वैसे ही दरवाजा खुला।

फ्लैगर्टी और तीन दूसरे सिपाही दरवाजे पर खड़े थे, मैंने एक डरे हुए आदमी की तरह से व्यवहार किया। मैक्सीसन ने समझा कि उसकी जिन्दगी का अन्तिम समय आ गया है।

फ्लैगर्टी ने कमरे में चारों तरफ देखा और पूछा-"कोई यहां आया था?"

मैक्सीसन ने अपना सिर हिला दिया, वह इतना डरा हुआ था कि उससे बोला नहीं गया।

"इधर आओ।" फ्लैगर्टी ने अपने सिपाहियों से कहा और अन्दर आ गए।

अन्दर आकर वे ताबूत की तरफ गए और उसका ढक्कन खोला। उन्होंने उस लाश की तरफ ध्यान से देखा। उसकी आंखें छोटी हो आई और वह बड़बड़ाता हुआ कमरे से बाहर हो गया।

मैंने अपने चेहरे को पोंछा और ठीक तरह से सांस लेने की कोशिश की। मैंने मैक्सीसन से कहा-"चिन्ता मत करो, हिम्मत से काम लो, अभी हम आधे रास्ते पर हैं।"

मैंने एक पेचकस लिया और ताबूत का ढक्कन कस दिया। मैंने यह काम खत्म ही किया था कि दरवाजा एकदम खुला और क्लैंसी अन्दर आया। उसका चेहरा उत्तेजना से लाल हो रहा था।

उसने मुझे ध्यान से देखा और कहा-"बदमाश कायन जेल में घुस आया है और उसने अपनी महबूबा को छुड़ा लिया है।"

"ऐसा मत कहो।" मैंने तौलिए से अपने चेहरे को पोंछते हुए कहा।

"वह भाग नहीं सकता।" क्लैंसी ने कहा-"फिर मेरी तरफ देखते हुए कहा-तुम्हारे चेहरे पर क्या हो गया है?"

"एक सिपाही ने मुझे कायन समझ लिया था और उसने मुझे मारा। लेकिन फिर फ्लैगर्टी ने उसे रोक दिया।"

"वे लोग बहुत पागल हो रहे हैं। मैंने इतने सिपाही कभी एक जगह नहीं देखे, लेकिन वह कायन को पकड़ लेंगे, वह बाहर नहीं जा सकता।"

"श्योर! वह कैसे जा सकता है।" मैंने कहा।

"मैं भी यही समझता हूं, यह कैसे हो सकता है?"

"लेकिन वह अन्दर कैसे आया?" मैंने पूछा।

"पता नहीं, वह बहुत चालाक है, मालूम नहीं कैसे आ गया।"

"हम यहां से कितनी जल्दी जा सकते हैं। मुझे यह लड़ाई-झगड़ा पसन्द नहीं।"

"अब यहीं ठहरो। जेल से कोई भी आदमी कायन के पकड़े जाने से पहले नहीं जा सकता।" क्लैंसी ने मुझे बताया।

मैंने एक सिगरेट जलाई और सोचा कि मिस वंडरली कितनी देर तक बेहोश रह सकती है और अगर उसने चीखना शुरू किया तो क्या होगा?

हम इसी तरह दस मिनट बैठे रहे, तब सुना कि बाहर गोलियां चलनी शुरू हो गई हैं।

क्लैंसी ने दरवाजे से झांककर देखा।

"ऐसा लग रहा है कि सिपाहियों ने कायन को घेर लिया है।" उसने कहा-"बी. फ्लोर पर झगड़ा हो रहा है।"

तभी खतरे की घंटी बजी।

"अब क्या हो गया?" क्लैंसी बोला-"अब क्या चाहते हैं?"

तब अचानक मिशेल आया और कहा-"हमें जेल को ठीक तरह से रखना है, कैदी इधर-उधर घूम रहे हैं।"

क्लैंसी ने अपनी रायफल उठाई और पूछा-"उनको किसने कमरों से बाहर आने दिया।" वह दरवाजे की तरफ बढ़ा।

"शायद कायन ने।" मिशेल ने कहा और क्लैंसी को आगे को धकेल दिया। फिर उसने मेरी तरफ देखकर कहा-"जल्दी आओ, इस वक्त हर आदमी बी. फ्लोर पर भाग रहा है।"

सब लोग गलियारे में दौड़कर ऊपर जाने लगे।

मैंने मैक्सीसन की तरफ देखा और कहा-"जल्दी आओ, मिशेल ने यह

काम किया है, उसकी चिन्ता मत करो, वह ठीक होगा, जल्दी आओ, हमें जाना है।"

हमने ताबूत को अपने कंधे पर उठाया और बाहर निकलने लगे। ताबूत का बोझ बहुत अधिक था और वह महसूस हो रहा था। जब तक हम कैदियों के ब्लाक तक पहुंचे तब तक काफी थक चुके थे।

एक सिपाही ने हमारी तरफ रायफल उठाई और हमें रोका। हम रुक गए।

"सब कुछ ठीक है, तुम चिन्ता न करो, मेरे पास बाहर निकलने की इजाजत है। मुझे इस ताबूत को गाड़ी पर रखने दो, मैं तुम्हें दिखाता हूं।"

वह थोड़ा-सा हिचका, लेकिन मैंने कोर्टयार्ड को पार कर लिया, जहां हमारी गाड़ी खड़ी थी। वह सिपाही भी हमारे पीछे-पीछे आया। मैक्सीसन ने और मैंने ताबूत को गाड़ी में रख दिया और दरवाजा बन्द कर दिया। वह सिपाही अभी भी हमें रायफल से डरा रहा था।

उसने कहा-"फ्लैगर्टी की इजाजत के बिना कोई बाहर नहीं जा सकता। तुम बाहर नहीं जा सकते, क्या तुम जानते नहीं हो?"

"मैंने कहा न कि फ्लैगर्टी ने हमें इजाजत दे दी है।" मैंने सिपाही से गुस्से में कहा-फिर मैक्सीसन की तरफ इशारा करके फिर कहा-"इनको दे दो इजाजत का कागज, तुम्हारी जेब में रखा है।"

अपने चेहरे पर एक अजीब भाव लिए मैक्सीसन ने अपना हाथ जेब में डाला। इसी समय सिपाही ने अपनी बन्दूक मेरी तरफ से जरा हटाई और मैक्सीसन की तरफ घुमा दी। मैक्सीसन को बड़ा आश्चर्य हो रहा था कि यह क्या हो रहा है।

जैसे ही बन्दूक मेरी तरफ से हटी, वैसे ही मैं उस सिपाही के ऊपर कूदा और उसकी गर्दन पर वार किया। वह गिर गया और मैंने उसकी रायफल छीन ली। फिर मैंने उसके सिर पर गहरा वार किया।

"आओ चलें।" मैंने मैक्सीसन से कहा, और उसको गाड़ी में धकेल दिया।

मैंने बड़ी तेजी से गाड़ी चलाई और कोर्टयार्ड पार किया। पहला गेट खुला था, लेकिन बाहर वाले गेट के पास हमें रुकना पड़ा, क्योंकि वह बन्द था।

फ्रेंकलिन बाहर आया और उसने हमें घूर कर देखा।

"तुम लोग बाहर जा रहे हो, जबकि अन्दर इतनी गड़बड़ हो रही है।" उसने पूछा।

"श्योर।" मैंने कहा-"हमने जेल से निकलने की इजाजत मेन ब्लाक पर सिपाही को दे दी है, अन्दर जेल में कुछ कैदियों में गड़बड़ हो रही है।"

उसने अपना सिर हिलाया-"मैं इन सब झंझटों से दूर रहता हूं, मैं एक शांतिप्रिय आदमी हूं।" यह कहकर वह दरवाजे की तरफ गया और दरवाजा खोल दिया।

मैंने उसकी तरफ सिर हिलाया और गाड़ी बाहर निकाल ली।

अब सिर्फ एक ही रुकावट रह गई थी और वह थी बाहर की चौकी। मैंने अपनी पिस्तौल अपने हाथ में ले ली और बहुत ध्यान से रेतीले रास्ते पर गाड़ी चलने लगा। वहां पर कोई सिपाही नहीं दिखा। असलियत में वहां कोई सिपाही ही नहीं था और हम तेजी से निकल गए।

(5)

पश्चिमी खाड़ी प्रदेश का यह मार्टलो होटल अटलांटिक सागर से दूर स्थित था। अपनी बाल्कनी से खड़े होकर हम रूजवेल्ट को देख सकते थे। यह स्थान लगभग निर्जन था।

दोपहर का समय था। मैं गर्मी का आनन्द ले रहा था। मिस वंडरली मेरे साथ बैठी थी। इस समय वह काफी सुन्दर लग रही थी। मैंने सिगरेट उठाने के लिए हाथ बढ़ाया तो उसने मेरा हाथ पकड़ लिया, मैं उसे देखकर हंसने लगा।

"खूबसूरत लड़की! हो न?" मैंने कहा।

उसने सिर हिलाया। अपना हैट उतारकर रखा। उसके कोमल रेशमी बाल कंधे पर बिखर गए और वह भी खूबसूरत लगने लगी।

हम इस होटल में पांच दिन से थे। जेल हादसा अब एक बीती हुई बात बन गया था। हमने पहले दो-तीन उसके विषय में बात नहीं की। इन दिनों मैं वंडरली की तबियत ठीक करने में लगा रहा। उसे रात को नींद नहीं आती थी, नींद आती तो बुरे सपने आते थे। पर दो-तीन दिन बाद में वह धीरे-धीरे ठीक होने लगी। अब वह लगभग ठीक थी। उसकी देख-भाल के लिए हैटी हमारे साथ थी।

हुआ यह कि मिस वंडरली को जेल से लेकर हम सीधे टिम के घर आ गए थे। सीधे उसकी बोट में, हैटी, टिम और मैं किसी तरह वहां से निकलने में समर्थ हो गए। किलयानो ने इस पश्चिमी खाड़ी में भी हमारी खोज करवाई। पर हम उसके घेरे में नहीं आ पाए। वह शायद अब भी इधर-उधर दौड़-धूप कर रहा था...आज ही सवेरे टिम अपनी बोट में पैराडाइज पाम लौट गया।

पश्चिमी तट मछली पकड़ने के लिए प्रसिद्ध है और भी उस उत्तर-पश्चिमी धारा में अनेक जहाज आते-जाते रहते हैं। यह हमेशा का काम है। शायद शताब्दियों से हो रहा है।

मिस वंडरली की तबियत आशा के विपरीत जल्दी ठीक हो गई। अब वह सामान्य लग रही थी।

"सब ठीक है।" मैंने मुस्कराते हुए पूछा।

"हां।" उसने कहा-"और तुम।"

"बिल्कुल ठीक....यहां छुट्टियों जैसा आनन्द आ रहा है, जैसा कि मैं पैराडाइज पाम में चाहता था।"

"हम कब तक यहां ठहरेंगे?" उसने पूछा।

"कोई जल्दी नहीं है। पहले तुम ठीक हो जाओ, यहां जब तक चाहो हम ठहर सकते हैं।"

उसने अपना चेहरा मेरी तरफ घुमाया और गम्भीरता से देखते हुए पूछा-"हमारा क्या होगा अब? उसने अपना हाथ मेरे हाथ में दे दिया।"

मैं नाराज-सा हो गया और कहा-"क्या होना है? क्या होना चाहिए?"

"डार्लिंग, यह सवाल मुझे नहीं पूछना चाहिए था शायद। पर यह हमारे बीच की बात है। उसके चेहरे पर चमक आ गई।"

"क्या तुम ऐसा ही चलने देना चाहती हो?" मैंने मुस्कराते हुए पूछा-"मैं ऐसा नहीं हूं जो जगह-जगह भटकूं।"

"मैं जानती हूं, तुम ऐसे होते तो...।"

"मैं तुम्हें प्यार करने लगा हूं। पर यह नहीं जानता कि तुम मेरे जीवन में किस तरह सैटल हो सकोगी। मैंने अभी तक सैटल होने के बारे में नहीं सोचा, शायद मेरा जीवन तुम्हारे लायक न हो।"

उसने हमारे गुंथे हुए हाथों की तरफ देखा।

"तुम वहां वापस जाना चाहते हो।" उसने कहा।

"कहां?" मैंने पूछा।

"प्लीज डार्लिंग, ऐसे मत कहो, बताओ, क्या तुम वहीं वापस जाने के लिए उत्सुक हो?"

"तुम चिन्ता मत करो, पर मैं कह नहीं सकता कि मैं क्या करूंगा।"

"पर जैसे ही टिम आएगा, तुम जाओगे। तुम केवल टिम की प्रतीक्षा कर रहे हो। है न?"

"हां, यह तो ठीक है। मैं उसकी प्रतीक्षा कर रहा हूं।"

"और उसके आने पर तुम उसके साथ चले जाओगे?"

"हो सकता है।"

"क्या यही जरूरी है?"

"हो सकता है। मैंने कहा न, यह इस पर निर्भर करता है कि वहां क्या होगा, क्या हो रहा है।"

उसने मेरा हाथ कस कर पकड़ लिया।

"डार्लिंग, वापस मत जाओ। वहां हम सुरक्षित नहीं रह सकेंगे। जेल में सोचती थी कि अब मैं तुम से नहीं मिल सकूंगी। मैंने सोचा वे तुम्हें पकड़ लेंगे और मार देंगे। पर हम बच गए। मैं भी तुम्हारे साथ हूं। अब दुबारा खतरा लेने से क्या फायदा?"

"चिन्ता मत करो, मुझे एक काम पूरा करना है। मैं बहुत कठोर व्यक्ति हूं, उनसे कुछ नहीं होगा।"

"नहीं, अब ऐसा मत करो। कोई भी आदमी लोहे का नहीं होता।"

"मैं हूं, मैं लोहे से ही बना हूं।"

"ओह!" उसके हाथ कांपने लगे, उसने फिर कहा–"प्लीज ऐसा मत करो, अब छोड़ो यह सब कुछ।"

मैंने अस्वीकृति में सिर हिलाया।

उसने अपना हाथ हटा लिया–"तुम और तुम्हारा घमंड।" उसकी आवाज कड़ी और नाराजगी से भर गई थी–"तुम्हें किसी की परवाह नहीं, तुम्हें हमारी चिन्ता नहीं, तुमने काफी खतरनाक खेल खेल लिए हैं, अब क्या परेशानी है?"

"नहीं, ऐसी बात नहीं।"

"हां, यही बात है। तुम बदला लेना चाहते हो। तुम समझते हो कि किलयानो ने तुम्हें घेरा है, फंसाया है, परेशान किया है। तुम उसे अपनी ताकत दिखाना चाहते हो। क्या यह ठीक होगा कि उन लोगों की भीड़ में तुम फिर जाओ। सिर्फ इसलिए कि बोगर्ट और काग्ने ऐसा करते हैं, तो तुम भी ऐसा ही करो।"

एक क्षण चुप रह कर वह फिर बोली–"मैं यह नहीं कहती कि वे तुम्हें पकड़ लेंगे या सारे कैदियों और संतरियों के सामने सजा देंगे। पर यह भी तो सच है कि तुम्हारे यहां वे कभी नहीं आये। क्या वे आएंगे। तुम्हारे पास अब कोई ऐसी स्त्री नहीं, जो सींखचों के घेरे से तुम्हें कुछ कहे या जिसका जीवन खतरे में हो।"

"ओह, डार्लिंग!"

"और, अब केवल मैं ही नुकसान झेलूंगी। मैं बदला नहीं चाहती, मैं

तुम्हें चाहती हूं। मुझे कुछ नहीं चाहिए। मैं उस खतरे से बाहर आ गई हूं। अब बाहर ही रहना चाहती हूं। तुम उनसे लड़ना चाहते हो, तुम उनसे मेरा बदला लेना चाहते हो। पर मैं नहीं चाहती। उसकी आवाज यकायक टूट गई। वह बोली–प्लीज! डार्लिंग! क्या तुम मेरे बारे में कुछ नहीं सोचते। क्या अब वहां जाने का इरादा नहीं बदल सकते। मेरे लिए। हमारे लिए।"

मैंने उसका हाथ थपथपाया और खड़ा हो गया।

उसके बाद काफी देर चुप्पी रही। तब मैंने उसे उठते हुए सुना, वह मेरे पास आई और अपनी बांहों में लपेट लिया।

"क्या यही कहना चाहते थे कि मैं तुम्हारे जीवन में फिट हो पाऊंगी या नहीं।" उसने पूछा।

मैंने उसकी तरफ देखा, उसे अपनी बांहों में ले लिया और अपनी तरफ खींचा–"हां, मैं इस तरह डर कर नहीं जा सकता। मैं किलयानो को सबक सिखाऊंगा। मैं वापस जरूर आऊंगा। मैं ठीक तरह से जी नहीं सकता, अगर वे इसी तरह खुले रहे।"

"ओ. के. डार्लिंग, मैं पहले नहीं समझी थी। मुझे माफ करना।"

मैंने उसे चूम लिया।

उसने पूछा–"डार्लिंग! क्या तुम चाहते हो कि मैं तुम्हारा इंतजार करूं।"

मैंने उसकी तरफ देखा और कहा–"हां, तुम निश्चित रूप से मेरा इंतजार करोगी।"

उसने अपना सिर हिलाया–"निश्चित रूप से नहीं, एक शर्त पर, नहीं तो जब तुम आओगे, मैं यहां नहीं मिलूंगी।"

"क्या शर्त है?"

"तुम किलयानो को नहीं मारोगे। अब तक तुम अपने बचाव में सब कुछ करते रहे हो। यदि तुम उसे मारोगे तो यह हत्या होगी। ऐसा मत करना, वचन दो।"

"नहीं, अभी यह वचन नहीं दे सकता, वह मुझे किसी भी बात में फंसा सकता है, क्या यह तुम नहीं जानतीं?"

"यह दूसरी बात है, पर पहले तुम आक्रमण नहीं करोगे, यदि वह तुम्हें मारना चाहेगा तो दूसरी बात है। पर तुम उसे खुद शूट नहीं करोगे, जैसा कि तुम्हारी योजना है।"

"ओ. के., मैं वचन देता हूं।"

मैंने उसे और अपने करीब ले लिया। तब अकस्मात् मैंने महसूस किया कि उसकी पीठ सख्त हो गई है। मैंने कंधे उचकाकर देखा कि टिम की बोट कोई एक मील दूर होगी, वह तेजी से हमारी तरफ आ रहा था।

❖❖❖

डेविस, टिम और मैं टिम के घर एक गोल मेज के चारों तरफ बैठे थे। हमारे हाथों में गिलास थे और मेज पर स्कॉच की बोतल रखी हुई थी।

डेविस अभी-अभी आया था। सुबह का वक्त था, मैं और टिम काफी समय पहले पश्चिम की खाड़ी से आ गये थे।

"मैं व्यस्त रहा।" डेविस ने कहा-"पर वह लड़की कैसी है?"

"वह ठीक है। उसे जेल में काफी तकलीफ दी गई, पर अब उस पर उनका असर नहीं रहा, वह ठीक है।" फिर रुककर कहा-"वह यह नहीं चाहती थी कि मैं वापस यहां आऊं। पर ठीक है, वह इस बात को भी झेल लेगी।

अच्छा है कि वह ठीक है।" डेविस ने कंघा लिया और बालों में घुमाने लगा-"अब क्या मुसीबत है?"

"इस व्यक्ति के साथ मुसीबत यह है कि यह अकेला मुसीबत के पास नहीं है-वहां एक सीन बन गया, जब हैटी ने सुना कि यह वापस आ रहा है।"

"ठीक है। मैंने बीच में टोका-चलो, हम घरेलू बातें न करें कुछ नया...?"

"वह भी बहुत है, कम नहीं।" डेविस ने सिगरेट सुलगाते हुए कहा-"पहले तो यह कि फ्लैगर्टी पर गया। उसे एक कैदी ने मार डाला है। कहो, कैसी रही?"

"हां, अब सोचने के लिए एक व्यक्ति कम हो गया।" मैंने कहा।

"और एक अन्य व्यक्ति जूसी मॉरसेल ने फ्लैगर्टी का चार्ज ले लिया है, पर अभी यह खबर अखबार में नहीं आई। मैं समझता हूं कि चुनाव पास में है और किलयानो अपनी असफलता जनता पर अभिव्यक्त नहीं करना चाहेगा।"

"मिशेल का क्या हुआ?"

"वह बच निकला। मैं उससे मिला था। उसने मुझे सारी कहानी बताई थी। यही मैंने तुम्हें बताया। यह एक दिलचस्प मामला है। मैंने इस पर काफी

बड़ा लेख लिखा था। पर सम्पादक ने उसे नष्ट कर दिया। पब्लिक इसके विषय में कुछ नहीं जानती?"

"और मैक्सीसन।"

"उसने किसी तरह अपने को निरपराध सिद्ध कर लिया है। पर अभी ही, लूरा ने अचानक उसकी मदद की। किलयानो ने उसे छोड़ दिया है और वह वापस काम पर लग गया है, पर वह एक भगोड़ा लग रहा है, जो काफी कुछ कहीं पर छोड़ आया हो। पल भर रुक कर डेविस ने कहा–पर एक चीज और है, जो तुम्हें जाननी है, उन्होंने ब्रोंडी की लाश वापस कर दी है।"

"वह मर गया?"

"हां, उसकी लाश डायडन बीच पर मिली। उसके पास ही तुम्हारी पिस्तौल पड़ी थी। अब अनुमान लगाओ कि उसको किसने मारा है?"

"इसका मतलब है कि अब मेरी खोज तीन हत्याओं के लिए होगी।"

"तुम ठीक कहते हो।" डेविस ने कहा।

"बहुत बुरी बात है।" मैंने गिलास से घूंट भरते हुए कहा।

"बस, यही नई खबरें हैं।" उसने कहा और अपनी जेब से पांच डालर का नोट निकालकर दिखाया। उसने वह नोट मुझे दिया और कहा–"केसीनो से उठाया था, कुछ दिन पहले।?"

मैंने नोट को ऊपर किया और प्रकाश में देखा, मुझे नोट ठीक लग रहा था।

"तो क्या हुआ?" मैंने पूछा।

"यह नकली है।"

मैंने नोट को फिर देखा और उसे ठीक पाया।

"क्या वाकई में नकली है?"

"हां, मैंने इसे अपने बैंक से चौक करा लिया है। वे कहते हैं कि यह लगता असली है, पर है नकली।"

"हां, यह फर्स्ट क्लार नोट है, तुमने इसे कैसीनो से लिया है न?"

"हां, मैंने तीन नोट जीते थे, दो ठीक थे, यह एक नकली था।"

"यह कुछ बात हुई न।" मैंने नोट जेब में रख लिया।

"ऐ, मुझे इसके बदले में असली नोट दो।" डेविस ने कहा–"और जब हम अपना काम कर रहे थे, तब भी, उसके खर्च के कारण तुम्हें मुझे सौ डालर देने हैं।"

"हां, देने हैं।"

"मैंने और भी पैसा खर्च किया है। मैंने एक आदमी को ताबूत के पास खोदने के लिए नियुक्त किया है।"

"कुछ मिला उसे?"

"कोई खास चीज नहीं। बस एक हुक जिसे तुम लेना चाहते थे। ऐसे हुक को बिजली भी नहीं जला पाती।"

"इसका मतलब है उसमें कोई बिजली की चीज है।"

"हो सकती है। अच्छा और क्या?"

"कुछ गोमेज के विषय में जानना चाहते हो?"

"हां, जरूर, पर मैं यह नहीं समझा अभी तक कि उसे इस सारी स्थिति में कहां रखूं।"

"चलो छोड़ो, फिर उसकी बात क्या करें?"

"पर तुम्हें क्या पता चला?"

"गोमेज क्यूबा के लिए आदमियों का व्यापार करता है।"

"हां और आगे बताओ?"

"वह यह व्यापार बड़े पैमाने पर करता है। उसके पास तीन बोट हैं। युवा लड़कों का एक दल उसके लिए काम करता है और वह इससे हजारों डालर कमाता है।"

"वह किस चीज का व्यापार करता है? क्या ले जाता है?"

"क्रान्तिकारी लड़कों को। इधर क्यूबा के लिए इस तरह का आवागमन बढ़ा है। वह पिस्तौल भी सप्लाई करता है और मैंने सुना है कि पहले की तरह क्यूबा में फिर कोई विस्फोट होने वाला है।"

"लेकिन किलयानो यदि उसकी एक भी बोट ले ले तो बहुत बुरा होगा।"

"नहीं, वह ऐसा नहीं करेगा, वह तो उसकी रक्षा करेगा, वह गोमेज का संरक्षण करता है।"

"पर यदि किलयानो जरूरत के वक्त गोमेज की बोट ले ले तो जानते हो गोमेज क्या करेगा?"

"मैं अच्छी तरह जानता हूं कि वह क्या करेगा। वह उसका सिर फोड़ देगा। पर वह ऐसा क्यों करेगा?"

"किलयानो ने अभी भी पुलिस विभाग को सम्भाला हुआ है। चुनाव खत्म हो चुके हैं। यह एक अच्छा पब्लिसिटी स्टंट होगा कि चुनाव के तुरन्त

बाद इस बात को फैलाया जाए। पर यदि प्रेस सहयोग दे तब न।"

डेविस का चेहरा फक पड़ गया-"अब तुम क्या खिचड़ी पकाना चाहते हो?"

"गोमेज अपनी बोट कहां रखता है?"

"खोज करेंगे।" डेविस ने पहले टिम की तरफ देखा, फिर मेरी तरफ! देखा, फिर कहा-"एक आदमी है क्लार बोल्ड, वह अनायास ही कूड़े पर गिर पड़ा। वह लायस के कमरे में कुछ ढूंढ़ने गया था। लगता है वह उसके कमरे में कुछ पत्रों की तलाश में गया था। हम किलयानो को सूली पर चढ़ा सकते हैं, अगर उसके कुछ पत्र हमें मिल जायें। हम उन्हें छाप देंगे। क्लार बोल्ड लायस के बैड रूम में ढूंढ़ ही रहा था कि गोमेज आ गया। वह एक पर्दे के पीछे छिप गया। उसने सुना कि गोमेज क्यूबा के लिए कुछ लोग भेज रहा है, आज की रात ही और रात के बाद दूसरा जत्था वहां से वापस लाने वाला है।"

मैंने अपना सिर हिलाया, "अच्छा काम है। उसे कुछ पत्र मिले वहां।"

"नहीं, जैसे ही गोमेज वहां आया, वह वहां से भाग गया। वह अपने आपको किसी खतरे में नहीं डालना चाहता था।"

"इससे कोई बात बन सकती है। मैंने कहा-उससे मिलना चाहिए, क्या तुम उसे मिला सकते हो?"

"हां, यदि तुम चाहो तो अभी।"

"तो फिर बुलाओ, या उससे कहो कि वह गोमेज पर नजर रखे, मैं उसके बोट खड़ी करने की जगह जानना चाहता हूं और यह भी कि वह आज रात उन क्यूबन लोगों को कहां से ले जाएगा, उसे बुलाओ, हम प्रतीक्षा करेंगे।"

डेविस टेलीफोन की तरफ बढ़ गया।

टिम ने मुझसे कहा-"क्या हम उससे उसकी जगह ही नहीं मिल सकते, यह ठीक रहेगा?"

"नहीं, तुम्हें नहीं मालूम-वंडरली ने मुझसे प्रॉमिस करा लिया है कि मैं किलयानों को नहीं मारूंगा। वह सोचती थी कि मैं सीधा उसके दफ्तर में जाऊंगा और उसे मार डालूंगा।"

"क्या तुम्हारे मन में यह नहीं था?" टिम ने मेरी तरफ देखा।

"था तो, उसको कैसे पता चला।"

"इसका मतलब यह है कि तुम किलयानो को नहीं मारोगे, फिर यहां वापस क्यों आये?"

"मैंने उससे वायदा किया कि मैं उसे नहीं मारूंगा, पर इसका मतलब यह तो नहीं कि मैं उसे वैसे छोड़ दूंगा। हां, अब मैं और तरह से काम करूंगा। यह काम थोड़ा लम्बे समय तक होगा, पर होगा जरूर। मैं किसी को ढूंढूंगा कि वह यह काम मेरे लिए करे, मसलन गोमेज यह काम कर सकता है।"

डेविस टेलीफोन करके वापस आ गया। उसने कहा–"क्लार बोर्ड कहता है कि गोमेज इस समय जाइ–अलाई में है और खेल के बाद वह अपना ट्रिप शुरू करेगा।"

"ओ. के.।" मैंने कहा।

"वह गोमेज को विदा करके यहां आएगा।" डेविस ने कहा–"वह अच्छा आदमी है, तुम उसे पसन्द करोगे।"

मैंने अपने पैर मेज पर टिका दिए–"सामने बैठ जाओ।" मैंने कहा–"थोड़ी देर में हम व्यस्त हो जायेंगे।"

"मैं नहीं।" डेविस ने कहा–"मैं घर जा रहा हूं।"

"श्योर, श्योर, तुम घर जाओ। मैं हंसा, मैंने उसे एक हजार डालर का नोट और पांच का नोट दे दिया। फिर कहा–तुम्हें अपने मुख्य पृष्ठ के लिए दो–तीन दिन में अच्छी कहानी मिलेगी।"

"ऐसा मत कहो।" डेविस ने उल्लास से कहा–"इसे एक चौंका देने वाली घटना के रूप में आने दो।"

❖❖❖

क्लार बोल्ड एक सजीला नौजवान था। जब वह टिम के कमरे में दाखिल हुआ, उसने ब्राउन कलर का सूट पहना हुआ था। वह आया और उसने मेरी तरफ देखा, बिल्कुल ऐसे जैसे कोई अपरिचित सड़क पर हुई दुर्घटना को देखता है।

एक कुर्सी की तरफ इशारा करते हुए मैंने कहा–"बैठो और एक ड्रिंक लो।"

वह कुर्सी पर बैठ गया। उसने अपना हैट उतारा और घुटनों पर रख लिया।

"तुम्हें मेरा साथ देने में कैसा लगता है?" मैंने एक गिलास और स्कॉच

की बोतल उसके सामने की।

"मुझे बहुत अच्छा लगता है मिस्टर कायन।" उसने बोतल को हिलाया और कहा-"धन्यवाद, मैं नहीं पीता।"

"तुम नहीं पीते।"

"हां, काम करते वक्त नहीं पीता, अल्कोहल व्यक्ति की देखने, समझने की ताकत को कम करता है।"

मैंने समझने की कोशिश की और पूछा-"तुम इस लाइन में कब से काम कर रहे हो?"

"आपका मतलब है, मैं कब से एक प्राइवेट जासूस के रूप में का कर रहा हूं। बहुत समय नहीं हुआ। वास्तविकता यह है कि यह मेरा पहला बड़ा काम है।"

"पर तुम इसे अच्छी तरह कर रहे हो।" मैंने कहा-"तुम्हें मेरे साथ काम करने में चिन्ता नहीं करनी चाहिए। तुम्हें मालूम है, मैं तीन हत्याओं के मामले में फंसा हूं।"

उसने मेरी तरफ गौर से देखा और कहा-"मिस्टर कायन, आपको दुष्ट लोगों ने व्यर्थ में फंसाने की कोशिश की है।"

"वाकई में तुम ऐसा सोचते हो। मैंने टिम की तरफ देखा, उसका मुंह खुला रह गया था।"

"जी हां, मैंने तथ्यों को बड़ी बारीकी से जाना है। आप जानते ही हैं, मेरा नजरिया चीजों को देखने का थोड़ा अलग है अगर कोई सचमुच में हत्यारा है तो मैं उसके पक्ष में नहीं होता। पर मैं जानता हूं कि आप बेकसूर हैं।"

"तुम्हारे जैसे लोग ज्यादा नहीं हैं।" मैंने कहा-"तुम मुझे कुछ बताना चाहते थे।"

"हां, मेरे पास पूरी रिपोर्ट है।" उसने अपनी जेब से कई कागज निकालते हुए कहा।

मैंने जल्दी से उन्हें अपने से दूर करते हुए कहा-"सिर्फ मुझे बता दो। मैं पढ़ने में देर करता हूं।"

उसने अपने कंधे उचकाए और मेरे पीछे की दीवार पर आंखें टिकाकर कहा-"रात को साढ़े नौ बजे मुझे डेविस ने फोन पर गोमेज पर नजर रखने के लिए कहा। गोमेज पर इस बात का संदेह है कि वह क्यूबन क्रांतिकारियों की मदद करता है।"

"मैंने अपने को सुरक्षित स्थान पर रखते हुए गोमेज की कार्यवाहियों पर नजर रखी। वह जाइ-अलाई कोर्ट में खेल रहा था। खेल की समाप्ति पर गोमेज एकदम लायस स्पैंस के साथ आया, वे तब एक कैडीलॉक में गए।"

क्लार बोल्ड ने अपने कागजों पर नजर दौड़ाई। पर मैंने कहा-"लाइसेंस नम्बर की चिन्ता मत करो। यह बताओ कि वे कहां गए?"

उसने अपनी रिपोर्ट खिसका दी और कहा-"उन्होंने मुख्य सड़क पर चलना शुरू किया, मैंने उनका पीछा किया। ट्रैफिक ज्यादा था, पर मैंने उनके पीछे दो गाड़ियां लगा रखी थीं। डाइडन बीच के तीन मील दूर एक छोटी-सी सड़क पर आ गये। तब मैंने कार से पीछा करना बेकार समझा। मैंने कार छोड़ दी और पैदल ही उनका पीछा किया। सड़क के आखिरी छोर पर मैंने देखा कि कैडीलॉक को रोक दिया गया और गोमेज तथा स्पैंस पूर्वी दिशा में बढ़ने लगे, वहां कोई छिपने की जगह नहीं थी और बिना दिखे उनका पीछे करना सम्भव नहीं था। भाग्यवश वे ज्यादा दूर नहीं गए और मैंने कैडीलॉक के पीछे खड़े होकर उनको देखा। वे कुछ मिनटों तक रुके। तब समुद्र में एक बोट सिगनल दिया। गोमेज ने उसका जवाब अपनी फ्लैश लाइट से दिया। तब बोट आगे आ गई। वह बोट करीब तीस फीट लम्बी थी और हरे रंग से पेंट की गई थी, उसका एक थना टूटा हुआ था।"

उसने अपना गला साफ किया और अपना हाथ मुंह पर ले लिया। फिर वह बोला-"मैंने तब एक रेतीला ढलान देखा, जो समुद्र में बनाया गया था, जिससे बोट सीधे बीच में आकर रुक सकती थी। मैंने देखा कि गोमेज और मिस स्पैंस उस पर सवार होकर कहीं के लिए चल दिए। मैं जानना चाहता था कि बोट कहां जा रही है। पर वहां से कुछ जानना असम्भव था। पर मैंने उस बोट को रेंगते हुए पीछा करना चाहा। यद्यपि इसमें काफी खतरा था।"

मैंने उसकी तरफ देखा, यह समझते हुए कि चांदनी रात में रेंगना कितना अच्छा होता है। उसने मेरा मतलब समझ लिया और कहा-"वह एक कठिन काम था।"

"हां, काफी कठिन।" मैंने कहा-"ठीक है आगे बताओ।"

"मैं कंक्रीट के ढलान पर पहुंचने में सफल हो गया और मैंने अपने आपको उसके पीछे छिपा लिया। थोड़ी देर बाद गोमेज और स्पैंस डैक पर आए। गोमेज ने स्पैंस से कहा कि वह दूसरे दिन रात को नौ बजे हवाना के लिए चल देगा। अपना जहाजी सामान पिगोन खाड़ी पर उतार देगा और वापस

आ जाएगा। यह बात करके उन्होंने डैक छोड़ा और कैडीलॉक में आ गये। कुछ देर बाद एक कार वहां आई और उसमें से चार क्यूबन बोर्ड पर गए।"

"तुम इतने वक्त क्या करते रहे?" मैंने पूछा।

"मैंने अपने आपको रेत के बने घर में छिपा लिया था। उसमें थोड़ी-सी जगह बना ली थी जिससे मैं सांस ले सकूं। मैं उनकी बातें सुनता रहा।"

"मैंने देखा कि बोट हवाना के लिए चल दी थी। यह जानकर मैं यहां आया और आपको सारी रिपोर्ट दी।"

मैंने उसकी तरफ देखा।

"मुझे आशा है कि इस जानकारी से आपको संतोष होगा।"

"हां मुझे संतोष है, पर मेरे दोस्त! तुम्हें ज्यादा ध्यान रखना पड़ेगा। वे सब लोग ज्यादा होशियार हैं। तुम काफी बड़ा खतरा मोल ले रहे हो। तुमने बहुत अच्छा काम किया है और मैं भी तुम्हें खोना नहीं चाहता।"

वह मुस्कराया-"मैं अपनी देखभाल कर सकता हूं मिस्टर कायन, मैंने बॉक्सिंग भी सीख रखी है, मैं शूट करना भी जानता हूं।"

मैंने उसकी तरफ देखा, वह काफी पतला लग रहा था, उसकी मसल्स न जाने कहां छूट गई थीं-"क्या तुमने बॉक्सिंग और शूटिंग पुरुषों के साथ सीखी है?"

उसके चेहरे पर चमक आई-"जी हां, मैंने कभी किसी से लड़ाई तो नहीं की, पर मैं जानता सब हूं।"

इस समय मैंने टिम की तरफ बिना देखे उसे दो सौ डालर का बिल दे दिया-"यह तुम्हारे लिए है...आगे और भी दूंगा।"

उसकी आंखें फिर चमकीं, उसने नोट पकड़ लिया।

"आप संतुष्ट हैं, यह मेरे लिए बड़ी बात है। यदि आपके साथ सब कुछ ठीक है तो मैं और भी खोज कर सकता हूं। मैं ऐसी जगह नहीं जाना चाहता पर यह मेरे काम का हिस्सा है।"

"हां, यह तो है।" मैंने कहा।

"इसका मतलब है, मैं वहां और कुछ खोजूं।"

"हां, यह अच्छा विचार है। बस, अपना ख्याल रखना, कोई औरत कोई चालाकी न कर जाए।"

"मुझे स्त्रियों के प्रति आकर्षण नहीं है। अपने आपको इनसे बचाए रखना मेरे काम की ट्रेनिंग में आता है।"

"क्या इस बात में भी कोई विशेष बात है?"

"हां, इस बारे में एक बात यह भी सीखनी पड़ती है सैक्स और संयमी आदमी।"

"मैं इसको पढ़ना चाहूंगा। हो सकता है, मुझे भी कुछ शिक्षा मिल जाए।"

वह बाहर जाना चाहता था कि मैंने रोका और कहा-"यह मत समझना कि मैं ज्यादा आलोचना कर रहा हूं। पर तुम्हारा हैट काफी बड़ा है, यदि तुम किसी का पीछा कर रहे हो तो क्या दिख जाने का चांस नहीं होता, बेहतर है कि छोटा हैट पहनो।"

"पर यह भी एक हिस्सा है। बॉक्सिंग के कोर्स के साथ इसके रूप को भी सिखाया जाता है। वस्तुतः यह रहस्यमय है। उसने हैट को हिलाया और हाथ से झुकाया तो वह कोक रंग की जगह फोन कलर का हो गया। उसने फीते को जरा-सा ढीला किया तो वह लाल रंग का हो गया। वह बोला-"ठीक है न। मैं व्यक्ति रूप से सोचता हूं कि इससे लोग अनुमान नहीं लगा पाते होंगे।"

फिर वह चला गया। उसके जाने के बाद टिम ने जोर से स्कॉच की बोतल को हिलाया और मेरी तरफ करते हुए कहा-"लो, खुद बनाओ।"

मैंने बोतल हिलाकर रख दी और कहा-"नहीं। मैं अपनी देखने-समझने की चेतना को बरकरार रखना चाहता हूं।"

❖❖❖

दूसरे दिन सुबह टिम और पैराडाइज पाम से सत्तर मील दूर मियामी गए। वहां पहुंचने में हमें लगभग डेढ़ घंटा लगा। मैंने टिम को बाहर कार में ही बैठे रहने दिया और फैडरल फील्ड ऑफिस के अन्दर गया।

फैडरल एजेंट का नाम जैक हौविस था। मैं उसके पास पहुंचा और अपना परिचय दिया-"मैं चेस्टर कायन हूं।"

मैंने उसकी तरफ देखा और कहा-"मैं तीन व्यक्तियों का कातिल समझा जा रहा हूं। क्या तुम इस बारे में कुछ नहीं कर सकते?"

उसने अपना सिर हिलाया-"जब पैराडाइज पाम की पुलिस हमसे कहेगी तब करेंगे कुछ।" उसने मुझे सिगार आफर किया-"अभी तक यह चीज हमारे क्षेत्र से बाहर है।"

"तुम्हारा काम किसी भी तरह मुझे पकड़ना है।"

"अपने लिए मुश्किल पैदा मत करो और मुझे मेरा काम मत बताओ। हमारे विचार में इस सबके पीछे कोई और है। हम उसी की तलाश कर रहे हैं।"

"क्या किलयानो को कोई बड़ा संरक्षक मिल रहा है?"

"मुझे आश्चर्य होता है कि उसने अभी तक कोई गलती क्यों नहीं की। हम उस पर नजर रखे हुए हैं। पर अभी तक वह बचा हुआ है। मैं तो उस पर कोई चार्ज लगाना चाहता हूं।"

"मैं भी यही चाहता हूं।" मैंने कहा और वह पांच डालर का नोट उसे दिखाया–"इससे कुछ बात बन सकती है?"

वह नोट को देखने लगा। मैंने कहा–"यह जाली है।"

फिर उसने मेरे हाथ से नोट ले लिया और गौर से देखा। वह बोला–"तुम्हें यह कहां से मिला?"

"कहीं से मिला, पर पैराडाइज पाम में ऐसे नोट बाजार में बहुत हैं। कहीं भी मिल सकते हैं।"

उसने मेरे नोट को एक और नोट से मिलाया और मेरे वाला नोट भी वहीं रख दिया। फिर कहा–"हम जालीनोट बनाने वाले गैंग की तलाश कई महीनों से कर रहे हैं। पर अभी तक यह पता नहीं चला कि ये नोट कहां से आते हैं।"

"मैं इसका अन्दाजा लगा सकता हूं।" मैंने कहा।

"कहां? जब खबर सही रूप में पक्की हो जाएगी, हम कार्यवाही कर सकेंगे।"

"मैं तुमसे एक प्रस्ताव पर बात करना चाहता हूं।"

उसके चेहरे पर एक हल्की-सी मुस्कान फैल गई, "मैंने भी यही सोचा था, अच्छा बताओ।"

तब मैंने उसे पैराडाइज पाम में आने से लेकर अब तक की सारी कहानी सुना दी। इस कहानी में मैंने मिशेल और मिस वंडरली की बात अभी नहीं बताई थी। शेष बातें खोलकर उसको बता दीं।

"हैरिक मूर्ख, हमारे पास क्यों नहीं आया?" उसने कठोरता से कहा–"हम उसे सारा संरक्षण देते। उसकी मदद करते। मैं इन लोगों को बहुत स्नेह करता हूं, जो पूरी खबर देते हैं।"

"वह तुम्हारे पास नहीं आया, पर मैं तो आया हूं।"

"तो क्या किया जाए?"

"मैं एक भयानक गुंडे के रूप में काम करता हूं। पर पैराडाइज पाम में खुले में विस्फोट करना चाहता हूं। यही कहने, मैं तुम्हारे पास आया हूं।"

"तो ठीक है, करो।"

"दो चीजें हैं। दोनों ही हमारे मतलब की हैं। देश में बाहर की चीजों को स्मगल करना और बाहर भेजना।"

"लेकिन किलयानो से इसका क्या सम्बन्ध होगा?"

"यही बात तो अन्त में देखती है, मैं सारा भार तुम पर नहीं डाल रहा, बस थोड़ा-सा ही।"

"ठीक है, करो।"

"आज की रात एक बोट से कुछ क्यूबन उतरेंगे। वे पिगौन की खाड़ी में उतरेंगे और 9 बजे हवाना से चलेंगे। बोटका आकार तीस फुट का है, गहरा नीला रंग, टूटे हुए पाल के नीचे पायलट की सीट है। यह ठीक होगा, यदि तुम इसको पकड़ लो।"

"श्योर।"

"मैं समझता हूं कि यह बड़ा मामला है।"

"हां और मैं इसे देख लूंगा।"

"एक दूसरी बात यह कि मैं चाहता हूं कि इसका श्रेय किलयानो को दिया जाए और डेविस इसके प्रचार भाग को अच्छी तरह सम्भाल लेगा।"

"इसका क्या मतलब?" उसने नाराज होते हुए कहा।

"थोड़ी-सी राजनीति बस और यह काम मेरे साथ करने में तुम्हें कोई परेशानी नहीं होगी।"

"हो सकता है। लगता है तुम इस विषय में बहुत कुछ जानते हो। पर यदि तुम यह समझते हो कि हमें अपने लिए इस्तेमाल करोगे, तो यह तुम्हारी गलती होगी, मिस्टर कायन।"

"अब तुम एक पुलिसमैन की तरह बात करने लगे। देखो, मैंने तुम्हें अवांछित क्यूबन्स से भरी एक बोट के विषय में बताया है। शायद वहां से तुम यह समझ सको कि जालीनोट कहां से आते हैं। और तुम्हारा लक्ष्य क्या है?"

"ठीक है, पर ऐसी कोई बात शुरू मत करना जिसे हम पूरा न कर सकें।"

"मैं ऐसा नहीं करूंगा। तुम बृहस्पतिवार की रात पैराडाइज पाम में जाओ और मुझे छियालीस नम्बर घाट के किनारे मिलो, रात के ग्यारह बजे और किसी भी हादसे के लिए तैयार होकर आना। यदि अपने कुछ लोगों को भी अपने पास ही थोड़ी-सी दूर पर रख सको तो ठीक रहेगा-पर उनका किसी को पता नहीं चलना चाहिए, जब तक कि कोई दूसरी बात नहीं हो।"

उसने मुझे घूरकर देखा-"क्या आइडिया है? वहां तो एक वेश्यालय है। वहां क्यों मिलें?"

मैंने दरवाजे की तरफ बढ़ते हुए उसे देखा और कहा-"अब ज्यादा मत सोचो!"

❖❖❖

उसी दिन शाम को 6 बजे डेविस बहुत तेजी से मेरे बैडरूम में आया। मैं हड़बड़ाकर उठा और एकदम अपने तकिए के नीचे से पिस्तौल निकालकर तान ली, पर डेविस को देखकर उसे वहीं रख दिया और कहा-"जब किसी हादसे की आशा होती है तो मैं ऐसे ही करता हूं। क्या समय हुआ है?"

मुझे यह अच्छा लगा। डेविस ने कहा-"मैं रात भर काम करता रहा हूं और तुम्हें बताने आया हूं कि मैंने कितनी चतुराई से यह सब किया।"

मैंने अपने आपको ठीक तरह से जगाया, एक सिगरेट सुलगाई और सीधा बिस्तर पर बैठ गया। मैं बोला-"आल राइट, अब शूट करो।"

उसने मुझे मॉर्निंग स्टार की एक प्रति दी।

"इसमें सारा कुछ है।" उसने गर्व से कहा-"तुमने कितनी सावधानी से यह सारा मामला उठाया है। कागज का प्रिंट अभी तक सूखा भी नहीं। वह बिस्तर के पायताने बैठ गया। उसकी आंखों में उत्तेजना साफ झलक रही थी। वह आगे बोला-भगवान जानता है कि किलयानो जब इसे देखेगा तो सम्पादक का क्या हाल करेगा और यह भी नहीं मालूम कि सम्पादक मेरा क्या करेगा। किलयानो का भी व्यवहार क्या होगा। पर तुम यही चाहते थे न।"

"हां, मेरे दोस्त।" और मैंने हेड लाइन पढ़ी-

नागरिक प्रशासक का झपट्टा

नये पुलिस अधीक्षक का स्मगलर्स पर आक्रमण रहस्यमयी नौका सिपाहियों द्वारा डुबो दी गई। बाद का विवरण इस प्रकार था-

"नगर के नए पुलिस अधीक्षक ने एक स्मगलर्स के गिरोह पर आक्रमण करके उनका सफाया कर दिया। काफी समय से बदमाशों का यह गिरोह नगर में धूम मचाए हुए था। हम पैराडाइज पाम की जनता के प्रतिनिधि पहले नए अधीक्षक को बधाई देते हैं कि उन्होंने यह काम इतनी जल्दी और सफाई से किया, यह भी ध्यान देने की बात है कि पहले चीफ ने इस तरह की कोई कार्यवाही नहीं की थी और यह सब श्रेय किलयानो को जाता है कि उन्होंने इतना बड़ा काम किया, जबकि उन्हें चीफ बने कुछ ही समय हुआ है।"

मॉर्निंग स्टार के लिए एक इन्टरव्यू में-किलयानो ने कहा है कि "पैराडाइज पाम का प्रशासन सदा के लिए ठीक कर देगा। अब मैंने पुलिस अधीक्षक का काम सम्भाल लिया है।" उन्होंने कहा है-"मैं किसी भी गिरोह को शहर के अन्दर या बाहर नहीं पनपने दूंगा...मैं अपने समर्थकों से अपील करता हूं कि वे फिर से मुझे अपनी जगह दें जिससे मैं शुरू किया हुआ काम समाप्त करके उनकी सेवा कर सकूं।"

"एक गुप्त सूचना के आधार पर नए पुलिस अधीक्षक ने पिगौन खाड़ी में एक संदेहास्पद बोट का पीछा किया, जमकर संघर्ष हुआ और बोट पानी में डूब गई। लेकिन इस मुठभेड़ में बारह क्यूबन राष्ट्रवादियों की जान चली गई।"

उस रिपोर्ट में और भी बहुत कुछ था। बोट की फोटो भी थी जिसमें वह आधी ऊपर और आधी पानी में डूबी हुई थी। किलयानो और दूसरे सिपाहियों की फोटो भी छपी थी।

"यह बहुत अच्छी रिपोर्ट है।" मैंने कहा।

"पर ठहरो...जब तक किलनायो यह पढ़ न ले। जब वह यह सोचेगा कि किस तरह इस मामले में वह सम्मिट कर लिया गया है, यह उसके जीवन का सबसे महत्वपूर्ण झटका होगा।"

"हां, वह यही सोचेगा।" मैं बिस्तर से बाहर उछल आया-"यह उसके चुनाव अभियान का सबसे बड़ा और महत्वपूर्ण आधार होगा। वह इससे इन्कार भी नहीं कर सकता। जब तक गोमेज चित्र से बाहर है, वह इसके विरोध में भी नहीं बोल सकता, शायद गोमेज इसका विश्वास नहीं करेगा।"

मैं अपने कपड़े पहनने लगा।

"तुम इस खतरनाक मौके पर कहां जा रहे हो। मैंने तुम्हारे जैसा उत्साही व्यक्ति नहीं देखा, ओह!" वह बोला।

"इस लेख के बाद मैं तुमसे कुछ नहीं छिपाऊंगा। मैंने गोमेज से मिलने का वक्त लिया है।"

"ठीक है! पर इस वक्त वह तुम्हें कहां मिलेगा?"

"वह लायस स्पैंस के यहां होगा। यदि वह न हुआ तो मैं उस महिला से बात करूंगा। वह मुझे कुछ बताएगी। उसका इन्ट्रेस्ट मुझमें भी है, पर गोमेज को नुकसान पहुंचाकर नहीं।"

मैंने टिम की मरकरी गाड़ी ली और लैंग्सिट एवेन्यू की तरफ चल दिया। रात में सिपाही अब भी अपना काम कर रहे थे। मैं थोड़ा चलकर मुख्य स्थान पर पहुंच गया।

"हैलो डैड।" मैंने उस बूढ़े व्यक्ति को संकेत करते हुए कहा-"मुझे पहचानते हो ?"

वह मुझे अच्छी तरह पहचानता था।

"मैं आपको पहचानता हूं।" उसने कहा।

"मुझे विश्वास था कि तुम मुझे नहीं भूले होगे। मैंने चारों तरफ देखा कि कोई हमें देख तो नहीं रहा। मैंने पचास डालर का बिल अपने हाथ में लेकर उसे दिखाया। उसके हाथ में नहीं रखा, पर उसने देखा और उसकी आंखें चौड़ी हो गईं।"

"गोमेज मिस स्पैंस के साथ है?" मैंने पूछा।

उसने सिर हिला दिया, इसमें कोई नई बात नहीं थी और कहा-"दोनों साथ-साथ ऊपर गए हैं।"

"ठीक है और कोई नई बात।"

"नहीं, बस, वे ऊपर हैं और कुछ नहीं।"

"यह अच्छा है। मैं उनसे मिलना चाहता हूं और उनसे इस तरह मिलकर आश्चर्य में डालना चाहता हूं। क्या उनके दरवाजे की कोई चाबी है?"

"यह मैं नहीं कर सकता, सर। मेरी नौकरी चली जाएगी।"

मैंने उसके पीछे लगे हुकों की चाबियों की कतार देखा। मैंने सोचा कि उसके घर की चाबी कौन-सी होगी। मैंने उससे कहा-"मैं तुम्हें डालर दूंगा, यदि तुम मुझे कुछ सूचना दे दोगे।"

पचास डालर की बात ने मुश्किल आसान कर दी। उसने एक चाबी उठाई और काउंटर पर रख दी।

"मुझे माफ करें सर, मैं यह नहीं कर सकता।"

मैंने उसे पचास डालर दे दिए और कहा–"यदि तुम मेरा साथ दोगे तो तुम्हें इतना पैसा मिलेगा कि तुम अपना एक घर खरीद सकते हो।"

उसने उस बिल को ले लिया और अपने कालर में छिपा लिया और ऑफिस से बाहर आ गया। उसने कहा–"जरा ठहरिए, मैं कुछ चौक कर लूं। और वह जल्दी से बिना पीछे देखे, लॉबी के दूसरी तरफ चला गया।"

मैं जल्दी से लिफ्ट के पास आया और चौथी मंजिल के लिए बटन दबा दिया।

कमरा नं. 466 में कोई आवाज नहीं थी और आधे से ज्यादा अन्धेरा छाया हुआ था। मैंने अपनी पिस्तौल निकाली, हाथ में फिट की। मैंने सिटिंग रूम पार किया और बैड–रूम में आ गया।

गोमेज और स्पैंस बिस्तर में लेटे थे। वह पीठ के बल लेटा था, लायस स्पैंस साइड में लेटी हुई थी। दोनों में से कोई भी इस वक्त आकर्षक नहीं लग रहा था। मैं उनके बिस्तर के किनारे बैठ गया और लायस के पैरों में चुटकी काटी। लायस ने नींद में ही अपना हाथ निकाला और गोमेज की नाक पर पटक दिया। उसे झटका लगा, उसने हाथ को परे धकेल दिया।

यकायक उसने मुझे देखा और वह बिना हिले ही वैसे ही बना रहा, उसने तनी हुई पिस्तौल देख ली थी।

"हैलो खिलाड़ी।" मैंने मुस्कराते हुए कहा–"कैसे हो तुम?"

उसने एक गहरी सांस ली। वह अपने तकिए पर कमर सटाकर बैठ गया। उसकी आंखें मेरी उंगली पर जमीं थीं, जो पिस्तौल के स्ट्राइगर के साथ चिपकी थी, पर वह शांत बना रहा।

"तुम ऐसा कई बार कर चुके हो, कायन!" उसने कहा–"अब क्या विचार है?"

"कोई विचार नहीं।" मैंने कहा–"मैं इतना ही जानना चाहता हूं कि रात के हादसे के बारे में तुम क्या सोचते हो?"

"मुझे यह अच्छा नहीं लगा।" उसने कहा।

"अब तुम इस विषय में क्या करने जा रहे हो। मैं सारी बातें अत्यन्त सूक्ष्म दृष्टि से देखना चाहता हूं। मैंने उसके सामने मॉर्निंग स्टार की एक प्रति रख दी–जरा इस पर नजर डालो। हमारे प्रशासक ने अपना चुनाव प्रचार खूब किया और वह भी तुम्हें मोहरा बना कर।"

मॉर्निंग स्टार की हेड लाइन से ही गोमेज में एक विशेष प्रकार की

उत्तेजना आ गई। वह एकदम उठा और इस स्थिति में सोई हुई लायस उघड़ गई। उसने कोई भी कपड़ा नहीं पहना हुआ था। उसने एकदम चादर अपने ऊपर खींच ली और नींद में ही कुछ बोलने लगी।

वह मनोरंजन का यह क्षण खुद भी देखे, इसलिए मैंने उसके पैर में फिर चुटकी काटी।

"उसे छोड़ो।" यह कहकर वह उठी, उसने मुझे देखा तो वह कुछ सख्त हो गई, उसने गोमेज को पकड़ लिया, फिर गाउन पहना और अखबार पढ़ने लगी।

"कैसी लगी यह खबर?" मैंने मुस्कराते हुए पूछा।

उसने कोई जवाब नहीं दिया और फिर से खुद को चादर के अन्दर ढंक लिया। उसने गोमेज से पूछा-"यह क्या हो रहा है?"

"चुप रहो।" गोमेज ने अखबार पढ़ते हुए कहा।

"बीसवीं सदी का सबसे बड़ा छात्र-धर्म, पर चिन्ता मत करो, रिलेक्स। तब तक इन्तजार करो, जब तक वह बड़ा आदमी यह अखबार नहीं पढ़ लेता।"

उसने सारा अखबार पढ़कर पलंग पर रख दिया।

"चूहा!" अपनी मुट्ठी भींचते हुए उसने कहा। फिर उसे याद हो आया कि मैं भी वहां उपस्थित हूं। उसने मुझसे पूछा-"तुम क्या चाहते हो?"

"किलयानो और मैं एक साथ नहीं चल सकते। मैंने सोचा कि तुम कुछ करना चाहो, इसीलिए आया था।"

उसने मेरी तरफ देखा, फिर पीछे होकर लेट गया। उसने पूछा-"क्या कर सकते हैं हम?"

"क्या तुम कुछ करना चाहते हो?" लायस ने कहा-"तुम इस आदमी को इस तरफ बैड पर कैसे बैठने दे रहे हो? इसे हटाओ और कुछ करो।"

गोमेज ने उसे घूरकर देखा और एक थप्पड़ लगाकर मुझसे कहा-"आओ, दूसरे कमरे में बात करेंगे।"

मैंने फोन की तरफ देखा और अपना सिर हिलाया।

"मैं वहां बात करूंगा जहां आप दोनों पर नजर रख सकूं।" मैंने कहा।

गोमेज ने दीवार से फोन का प्लग निकाल लिया और फोन उठाकर कमरे के बाहर आ गया।

"मैं बात करना चाहता हूं।" उसने कहा-"और वह लड़ना चाहती है।

यदि वह बीच में हुई तो हम कोई नतीजा नहीं निकाल सकेंगे।"

"तुम्हें इसका भुगतान करना पड़ेगा।" लायस चिल्लाई-"तुम मेरे साथ ऐसे नहीं कर सकते।" वह बैड पर धंस गई।

"चुप रहो।" गोमेज ने कहा।

"अच्छा आओ! यदि बात करनी है तो करो।"

उसने लायस को घूरा, लायस बेतुकी बातें बोलती रही, फिर गोमेज ने दरवाजा बन्द कर दिया।

बाहर के कमरे में गोमेज आरामकुर्सी पर बैठ गया। उसने अपने लम्बे बालों में उंगलियां फेरीं। कहा-"तुम इस सारे मामले में किसको दोषी मानते हो?"

"किलयानो अब तुम्हारे पीछे पड़ गया है। वह जानता है कि दुबारा चुनाव जीतने के लिए उसे जनता का विश्वास पाना है। वह जनता को बताना चाहता है कि वह तुम्हारे जैसे लोगों को सबक सिखा सकता है। फ्लैगर्टी का मरना भी उसके लिए एक अच्छी बात रही-इससे उसे अपनी शक्ति दिखाने का मौका मिल गया, उसने तुम्हारा नुकासान किया। वह और लोगों का भी करेगा पर तुम चाहो तो उसे रोक सकते हो।"

"हां, मैं उसे रोक सकता हूं।" गोमेज ने मुट्ठी भींचते हुए कहा-"और मैं तुमसे कोई सलाह या सहायता नहीं चाहता।"

"तुम लोग हमेशा एक ही तरह से काम करते हो। तुम समझते हो कि तुम उसका कुछ कर सकते हो। पर तुम उसके पास तक नहीं फटक सकते। वह जानता है कि तुम लोग उस पर आक्रमण करोगे। उसने इसकी सुरक्षा का प्रबन्ध कर लिया है। मैं शर्त लगा सकता हूं कि तुम चुनाव से पहले उसके पास तक नहीं जा सकते। फिर सब कुछ ठीक होगा, क्योंकि वह जीत चुका होगा।"

गोमेज ने गुस्से से अपना निचला होंठ काटा। बोला-"तो फिर तुम्हारा विचार क्या है?"

"किलयानो को ठिकाने लगाने का आसान रास्ता है कि उसे समुद्र के किनारे 46 नम्बर में बुलाया जाए-वक्त ग्यारह और बारह के बीच रात में हो सकता है। तुम जानते हो कि वह वहां इस समय आराम करता है। एक वेश्यालय के बेसमेंट में उसका एक अपना कमरा है। उसके लोग उसके साथ जाते हैं पर वे तुम्हें कुछ नुकसान नहीं पहुंचा सकेंगे।"

वह एकदम खड़ा हो गया और कहने लगा–"यदि यही तुम्हारा विचार है तो यह काम तुम भी कर सकते हो और यदि दुबारा तुम बिना बुलाए इस घर में आए तो पहले तुम्हारा प्रबन्ध किया जाएगा।"

"मैं डर गया हूं।" मैंने कहा–"यदि तुम किलयानों को वेश्याघर में खोजोगे तो यह प्रेस के लिए अच्छी खबर होगी। जैड डेविस वह सब कुछ छापेगा जो तुम लोगों ने किया है। उसके पास प्रमाण भी है। मैं उसे दुबारा चुनाव में जीता हुआ नहीं देख सकता। यदि वह खबर चुनाव वाले दिन सवेरे छपती तो कितना अच्छा रहता। उसने तुम्हें बदनाम किया है, तुम उसे करो। क्या यह कर सकते हो?"

"बाहर निकल जाओ?" उसने कहा।

"मैं वहां से चला गया।"

❖❖❖

पैराडाइज पाम के बाहरी हिस्से में एक सड़क के किनारे कुछ झोंपड़ियां थी और उस लाइन पर केवल एक ही प्रमुख बिल्डिंग थी। मैंने अपनी मरकरी बाहर ही पार्क कर दी। मैं अत्यन्त सतर्क होकर उस बिल्डिंग की तरफ बढ़ने लगा। मैं उसमें से आ रही संगीत और नृत्य की आवाज सुन सकता था।

एक आदमी किनारे की छाया से निकल कर बाहर आया, मैं उसे देखकर रुका। मैंने अपने हाथ में पिस्तौल थाम ली। देखा कि वह हौस्किस था।

"हे मैन!" मैंने कहा–"आज का मॉर्निंग स्टार देखा।"

"अरे, यह तुम हो?" उसने कहा–"हां देखा, किलयानो कुछ काम कर रहा है।"

"तुम भी तो कुछ करो।"

"मुझे जल्दी है, पर मैं जानना चाहता हूं कि यह सब क्या पक रहा है।"

"पता चल जाएगा। बस, मुझे दूर रखना इससे। कितने लड़के हैं तुम्हारे साथ?"

"छः और वे काफी हैं।"

"उनको कहो कि अभी सामने न आएं। मैं यहां का फोन का कनक्शन काटना चाहता हूं। क्या वे बाहर से लाइन काट देंगे।"

"हां, पर क्या करना है?"

"मैं नहीं चाहता कि कुछ हादसा होने पर कोई पुलिस को बुला सके।

हमें भ्रष्टाचारी प्रशासकों से अलग रहकर खुद कुछ करना होगा।"

"क्या करना होगा, तुम जानते हो।"

"जैसे मैंने उन क्यूबन्स को तुम्हारे हवाले किया, उससे कुछ तो मुझ पर विश्वास हुआ होगा?"

"ठीक है, तुमने अच्छा काम किया।" मैं उनसे कह दूंगा।

कुछ देर बाद वह मेरे पास आया और कहा," अब अन्दर जा सकते हैं?"

हम अन्दर चले गए तो मैंने पूछा-"तुम्हारे पास पिस्तौल है?"

"हां, है और तुम्हारे पास परमिट होगा।"

अन्दर जाकर हमने देखा कि मद्धिम रोशनी में एक बार और नृत्य का मंच था। कोने में पीले और लाल कार्पेट पर आर्केस्ट्रा बज रहा था।

कई जोड़े नृत्य मंच पर धीरे-धीरे थिरक रहे थे। लड़कियां सिर्फ अंडरवीयर पहने थीं। उनकी ब्रेसरी सिल्क की थी और ऊंची एड़ी के स्लीपर पहने हुई थीं। हरेक लड़की पर ऊपर ही ऊपर से रोशनी पड़ रही थी। उसकी एक क्षीण रेखा उनके पृष्ठ भाग तक चमकती थी।

अन्दर हवा में गीलापन था। आदमियों की सांसों से भरी हवा काफी भारी लग रही थी। मैंने अपनी घड़ी देखी, ग्यारह बज कर दस मिनट हुए थे।

"हम बीस मिनट और आराम कर सकते हैं। काम साढ़े ग्यारह बजे शुरू होगा।"

"उन लड़कियों की तरफ देखो।" हौस्किस ने कहा-"तो यह है जिसे यह ग्रुप काम करना कहता है।"

उसने एक लड़की की तरफ देखा जो सिर्फ काला अंडरवीयर पहने थी और काउंटर पर झुकी हुई थी। वह बोला-"मैं नहीं समझता कि बीस मिनट कैसे काटें, चलो ड्रिंक लेते हैं। यह इस वक्त ठीक नहीं होगा।"

"ठीक है।" वह बार की तरफ चल दिया।

उस लड़की ने हमें आते हुए देखा और मुस्कराई।

"हैलो डियर!" उसने हौस्किस से कहा।

"हैलो जूसी!" हौस्किस ने कहा।

"तुम इससे सावधान रहना।" मैंने लड़की से कहा-"यह सवेरे ब्रेकफास्ट में अंगूरों का गुच्छा खा जाता है। वह क्या कुछ करेगा, कुछ पता नहीं।"

उसने सोचा हम नशे में हैं। उसने काउंटर खोला और पूछा कि हम क्या लेंगे।

"हम जनानी शराब से शुरू करें। थ्री ट्रिपल व्हिस्की।" मैंने कहा। वह निरन्तर हमें देखे जा रही थी और शायद यह तय नहीं कर पा रही थी कि हमारे में से किसकी तरफ ज्यादा देखे।

"रम चाहिए।" उसने कहा–"तुम बहुत अच्छी लग रही हो, पर मैं तुम्हारे साथ अकेला रहूंगा, क्या कोई ऐसा नहीं है जो मेरे दोस्त के साथ रहे ताकि मैं तुम्हारे साथ अकेला हो सकूं।"

"क्या वह अपने आप किसी को नहीं खोज सकता, यह स्थान लड़कियों से भरा हुआ है।"

"तुम मेरी खोज पर नजर मत रखो।" हौस्किस ने मुझसे कहा–"चारों तरफ देख लो, लड़कियां हैं यहां।"

क्यूबन ने दो ड्रिंक हमारी तरफ कर दिए, पर उनका दोगुना दाम मांगा।

"यह तुम्हारे लिए। मेरा दोस्त इसके पैसे देगा। यही कारण है कि मैं हमेशा उसके साथ ही घूमता हूं।"

मैंने उस क्यूबन को पांच का नोट दिया। फिर वह मेरी तरफ मुस्कराती हुई झुकी। पांच के नोट ने यह तय कर दिया था कि वह किसका ज्यादा महत्व दे।

"तुम गलत आदमी की तरफ झुक रही हो।" उसने कहा।

"तुम ठहरो।" उसने कहा और हौस्किस ने उपेक्षा महसूस की–"इनसे कहो कि ये हमारी पार्टी में शामिल न हों।"

"मैं समझा था तुम मेरे साथ दोस्ती करोगी।" हौस्किस ने कहा।

"यह स्त्री चाहती है कि तुम यहां नहीं रहो, क्या तुम उस पर मेहरबानी करोगे?" मैंने कहा।

उसने अपनी व्हिस्की खत्म की और कहा–"अभी नहीं। एक लाल बालों वाली लड़की मेरी तरफ आ रही है।"

इतने में एक लड़की उसकी तरफ आई। उसने गहरा पाउडर लगा रखा था और पीली लम्बी फ्राक पहन रखी थी।

"कोई मदद चाहिए।?" उसने उस लड़की से पूछा।

"इसको हमारे पास से ले जाओ।" पहली लड़की ने हौस्किस की तरफ इशारा करते हुए कहा–"इसके साथ कोई नहीं।"

"क्या वाकई में तुम्हारे साथ कोई नहीं, डार्लिंग!" नई लड़की बोली।

"तुम तो हो। ड्रिंक लोगी?"

पहली लड़की ने मुझसे डांस के लिए कहा तो हौस्किस बोला–"जाओ डांस करो। मेरे पास मेरा साथ है।"

मैंने व्हिस्की खत्म की और लड़की लेकर फ्लोर पर आ गया। मेरा दायां हाथ उसकी गर्म पीठ पर था। वह एक अच्छी नर्तकी साबित हुई। थोड़ी देर नाचने के बाद मैंने उससे पूछा–इस स्थान का मालिक कौन हैं?"

सवाल सुनकर उसकी आंखें आश्चर्य से भर गई, उसने पूछा–"तुम क्यों जानना चाहते हो?"

"देखो, प्रश्न पर प्रश्न मत करो, मैं यही जानना चाहता हूं कि इस जगह को कौन चलाता है?" मैंने फिर पूछा–"क्या तुम इस बात को रहस्य रखना चाहती हो।"

"कोई मैडम इसे चलाती है। बस, यही जानना चाहते थे न।"

"कौन मैडम?"

"डूरे ली। बस अब ठीक है।"

"मुझे तुमसे कुछ नहीं लेना। अगर तुम यह भी नहीं कर सकती तो ठीक है।"

"परेशान मत होओ, मैं चाहती हूं कि तुम्हारा समय अच्छी तरह से बीते।" उसने कहा।

"यह हम दोनों के लिए अच्छा है।" तब हम हौस्किस के पास तक आ गए। मैंने कहा–"यह इस हालत में बहुत खुश है।"

"चलो हम ऊपर चलते हैं।" लड़की ने कहा–"यहां डांस बहुत उत्तेजक हो रहा है।"

"श्योर!" मैंने कहा और हम दरवाजे की तरफ बढ़े। इसी बीच मैंने हौस्किस की तरफ देखा, उसने सहमति दे दी।

हम डांस फ्लोर से बाहर आ गए और एक गलियारा पार करके सीधी सीढ़ियों से चढ़ गए। मैं उसके साथ एक छोटे–से कमरे में आया। कमरे में एक दीवान था, कालीन बिछा था और एक अलमारी थी।

"तुम धोखा तो नहीं दोगे।" उसने कहा।

मैंने अपनी जेब से पांच डालर का नोट निकाला और उसकी तरफ बढ़ा दिया। उसकी आंखों में चमक आई।

"तुम जाओ और मैडम डूरे ली से कहो कि मैं उनसे मिलना चाहता हूं।"

"क्या बात है? क्या तुम्हें मैं पसन्द नहीं?"

"क्या तुम कुछ नहीं समझना चाहतीं, मैंने पैसे दे दिए, अब जाओ और मैडम डूरे ली को बुला लो।"

उसने पैसे ले लिए और दरवाजे की तरफ बढ़ गई। फिर कहा-"मैं उन्हें अभी बुलाती हूं।"

मैं दीवान की पट्टी पर बैठ गया, सिगरेट सुलगाई और इन्तजार करने लगा। थोड़ी ही देर बाद बाहर भारी कदमों की आहट आई और एक प्रौढ़ स्त्री ने प्रवेश किया।

"तुम क्या चाहते हो?" एक भारी-सी आवाज में उसने पूछा।

मैंने अपनी घड़ी देखी, ग्यारह बजकर पच्चीस मिनट हुए थे। फिर मैंने कहा-"पिछली रात पुलिस के नए अधीक्षक ने गोमेज की एक बोट पर छापा मारा, क्या तुमने मॉर्निंग स्टार में यह सब नहीं पढ़ा।"

"तुम कौन हो?" उसने पूछा।

"मैं कोई भी हूं, पर तुम्हारा दोस्त हूं, मेरी दोस्ती तुम्हें कैसी लगी है?"

"आगे बोलो।" उसने कहा।

"गोमेज इस बात से पागल हो रहा है और वह यहां आकर कोई मुसीबत खड़ी करना चाहता है।"

"तुम कैसे जानते हो?"

"मेरे पास ऐसे आदमी हैं जो मुझे खबर देते रहते हैं।"

"मैं तुमसे बात करने के लिए किसी को बुलाती हूं।"

वह दरवाजे की तरफ बढ़ी, तो मैंने उसका हाथ पकड़कर कहा-"मैं तुमसे बात करना चाहता हूं। यदि तुम इस बात को दोस्ताना तौर पर नहीं ले सकतीं तो कोई चिन्ता नहीं। तुम्हारे पास ज्यादा वक्त नहीं है। गोमेज कभी भी यहां आ सकता है। अच्छा हो कि तुम अपने ग्राहकों और लड़कियों को यहां से हटा दो। वह अपने साथ बहुत आदमी ला रहा है।"

"ठहरो।" कहकर वह बाहर आ गई।

मैंने दरवाजे पर रुककर कुछ सुनने की कोशिश की, फिर गलियारे में आ गया। वह एक कमरे में ओझल हो गई। मैं उसके पीछे गया और एक ऑफिसनुमा कमरे में झांका। वह टेलीफोन पर कुछ कहना चाह रही थी। पर फोन ठीक नहीं था। वह डर गई थी।

उसने मुझे धकेल दिया और सीढ़ियां उतरने लगी, मैं उससे तीन सीढ़ी पीछे था। वह सीढ़ियों के खत्म होने वाले हिस्से में एक कमरे के दरवाजे पर पहुंची।

"यहां से चले जाओ।" उसने कहा-"मेरा पीछा मत करो।"

"ठीक है, पर जानती हो क्या करना है?" मैं मुख्य हॉल में आने के लिए चल दिया, पर दरवाजे पर आकर रुक गया।

दो बड़ी कारें बाहर आकर रुकीं, उनमें से कई आदमी उतरे, मैंने अपना काम तय कर लिया, मैंने तीन फायर किए, आदमी भागने लगे। तब मैं सामने वाले दरवाजे पर आया। अपनी पिस्तौल केस में रखी और नाचने वाले मंच की तरफ बढ़ने लगा।

मैं और हौस्किस बार काउंटर पर थे। वह लाल बालों वाली लड़की हमारे साथ थी। हमने उस क्यूबन को अपनी कम्पनी से बाहर कर दिया था। हौस्किस उस लड़की को सेना के अनुभव सुना रहा था। उसने उन्हें काफी खतरनाक बनाकर पेश किया। पर शायद वह उन्हें ध्यान से नहीं सुन रही थी। उसके चेहरे पर डर था।

हौस्किस ने एक स्कॉच की बोतल ली और एक बड़ा पैग पिया। फिर कहा-"तुम भी तो कभी डरे होंगे?"

मैंने उससे बोतल ले ली और एक छोटा-सा घूंट पिया।

तभी किसी ने ऑटोमैटिक राइफल से कुछ फायर किये और मुझसे कहा-"यह अच्छा हुआ कि उसने मुझे यहां निमंत्रित किया।"

"मैं सोचता हूं कि यह काउंटर बुलेट प्रूफ है।" मैंने कहा-"जब तक वे मुझे नहीं देखते मैं सुरक्षित हूं। पर मेरे विश्वास और ताकत को कम मत समझना।"

"मैं घर जाना चाहती हूं।" उस लड़की ने कहा-"जब सो शूटिंग शुरू हुई थी उसने पहली बार मुंह खोला था।"

"यदि मैं तुम्हारी जगह होता तो यहीं रुकता। बाहर का वातावरण ठीक नहीं है। मैं तुम्हारे बिना क्या करूंगा " हौस्किस ने कहा।

मैं अपनी तरह से काम कर रहा था। डांस फ्लोर खाली था और आर्केस्ट्रा के लड़के पियानों के पास छिपे हुए थे। उनमें से एक ज्यादा डरा हुआ था। दो लड़कियां एक मेज के पीछे छिपी हुई थीं। कमरे की एक तरफ एक जोड़ा दीवार से सटा खड़ा था।

बहुत-सी लड़कियां और आदमी जा चुके थे। हो सकता है वे बिल्डिंग के पीछे छिपे हों। पिस्तौल की आवाज ने रात को जगा दिया था, पर रायफल की शूटिंग के अलावा वहां हमारे विरोध में और कुछ नहीं था।

"ये सब बड़े कमजोर लोग हैं।" मैंने कहा।

"हमारे पास काफी समय है।" उसने एक और ड्रिंक लिया और कहा–"अब क्या करना है?"

"अभी कुछ नहीं, तुम स्कॉच पियो, पर जब कुछ करना होगा तो होश ठीक रहने चाहिए।"

"मैं हमेशा ठीक रहता हूं और मेरे में बहुत ताकत है।" उसने कहा।

मैं उस ऑटोमैटिक राइफल को ढूंढ़ निकालना चाहता था। मुझे यह पता नहीं चल पाया कि उसका प्रयोग कौन कर रहा था, पर थोड़ी देर बाद मैंने देखा कि राइफल वाला आदमी काउंटर पर छिपा हुआ है।

"यह तुम क्या कर रहे हो, क्या किसी को मारना चाहते हो?" मैंने पूछा। वह एकदम राइफल को मेरी तरफ घुमाकर खड़ा होने लगा। पर मैंने उसे एक ऐसा धक्का दिया कि वह पीछे गिर गया। वह आश्चर्य से मुझे देखने लगा।

"यह व्यक्ति बिना सोचे समझे ही फायर करने लगा!" मैंने कहा–"यह चीज उत्तेजक लग रही है।"

उस लड़की ने भी हामी में सिर हिला दिया।

यह एक आश्चर्यजनक अनुभव था कि हौस्किस जैसे कठोर व्यक्ति को मुलायम होते देखा।

इतने में ही बिना किसी चेतावनी के कोई व्यक्ति मशीनगन से फायर करने लगा। लकड़ी के रैक्स चरमराये और हमारे ऊपर रखी बोतलें टूटकर गिरने लगीं। हमारे ऊपर ढेर सारी शराब गिर गई और एक कांच के टुकड़े से मेरे गाल का एक हिस्सा जरा-सा कट गया, पर मैं शान्त रहा।

"अब यदि तुम इसे किस करो तो ठीक रहेगा।" मैंने होस्किस से कहा।

"मैं क्यों न एक ड्रिंक ले लूं।"

"तुम चाहो तो अपनी पैंट चूस लो, उस पर बहुत सारी शराब गिरी हुई है।" मैंने कहा।

वह लड़की हौस्किस की बांहों में झूल गई, पर उसने उसे पीछे हटाते हुए कहा–"मैं तुम्हें अब प्यार नहीं करता।"

सामने ड्रम बजाने वाले ने मेरी तरफ देखा। मेज के पीछे अभी भी दो टांगों के जोड़े चुपचाप पड़े दिख रहे थे। एक वृद्ध-सा आदमी बार-काउंटर की तरफ गुस्से से देख रहा था। वह अचानक उठा और चलने लगा, वह बहुत पिये हुए था। जैसे ही वह काउंटर के शटर के पास पहुंचा, मशीनगन से उस पर फायर करता हुआ, वह पीछे को हुआ, पर हम सबने उसकी

पीठ पर गोली लगती देखी, क्षण-भर में ही उसकी पीठ से खून बहने लगा।

"असली राइफल है।" मैंने कहा-"उन्होंने एक शराबी को मार डाला।"

हौस्किस मेरे पास काउंटर के किनारे पर आ गया-"मैं अब अपनी पिस्तौल उठाना चाहता हूं, यह सब बचपना है।"

अचानक डांस-हॉल का दरवाजा खुला, तीन आदमी राइफल लिए अन्दर आ गये।

"यह अचानक हमला कैसे हुआ? अब कुछ जरूर होगा।" हौस्किस ने कहा।

जैसे ही मैंने उन तीनों को गौर से देखा तो उनमें से एक स्प्रेट्जा को पहचान लिया। मैंने अपने आपको पीछे खींच लिया। वह कमरे में नहीं आया, पर उसने अपने आदमियों को दरवाजों के पास खड़े होने का निर्देश दिया। वह अपने को व्यक्त नहीं करना चाहता था। मैं उसे देखकर खुश हो गया।

वे आदमी रेंगते हुए डांस फ्लोर को पार करने लगे और खिड़कियों के साथ-साथ अन्धेरे में घूरकर देखते हुए चलने लगे।

"हम जरा घूमे," मैंने कहा-"एक जगह खड़े-खड़े मैं थक गया हूं।"

"जहां हो वहीं तैयार रहो।" हौस्किस ने एक माउजर पिस्टल अपनी जेब से निकाली और सेफ्टी क्लच को खोला।

वह लड़की कहने लगी-"मुझे मत छोड़ो।"

"अलग हटो, अब मुझे अपना काम करना है।"

स्प्रेट्जा गुम हो गया था। बिल्डिंग के पिछले वाले हिस्से में शूटिंग हो रही थी। चिल्लाने की आवाजें आ रही थीं।

"तुम्हारे लड़के कोई कार्यवाही करेंगे।" मैंने पूछा।

"हां, अब वे अपना काम कर रहे हैं।" हौस्किस ने कहा-"मैं अपनी माउजर पिस्तौल की आवाज पहचानता हूं।"

"बाहर बहुत शूटिंग हो रही है।" उसने कहा।

"यह ठीक है। अपनी ऑफीशियल कैपेसिटी में तुम किसी भी दुष्ट व्यक्ति को शूट कर सकते हो। यदि वह कोई भी गड़बड़ी करता पाया जाए।"

"हां, मैं शूट कर सकता हूं।"

"इस हालत में पहले तुम बाहर जाओ, मैं तुम्हारे पीछे रह कर चलूंगा।"

"यदि तुम पहल करना चाहते हो तो पहले तुम जाओ, मैं किसी भी मृत्यु की जिम्मेवारी लेता हूं।"

मैंने मना नहीं किया और दरवाजे की तरफ बढ़ा और मेन हॉल में आ गया। एक परछाई के सिर पर शूट किया।

"तुमने देखा, यह क्या था?" मैंने हौस्किस से कहा–"लोग स्वाभाविक रूप में मुझे निशाना बनाते हैं।"

"चिन्ता मत करो।" हौस्किस ने कहा–"आगे बढ़ो, तुम शूट करने में मुझसे तेज हो। मैं अब इसे खत्म करना चाहता हूं।"

हॉल में आगे कोई रुकावट नहीं आई। मैं आगे बढ़ा और सीढ़ियों तक पहुंचा।

"इधर से दोस्त।" मैंने कहा–"अब एक्शन का वक्त आ गया है।"

मैंने खुले दरवाजे को धकेला, सामने नीचे तहखाने में जाने वाली सीढ़ियां थीं। मैं चुपचाप नीचे उतर गया। हौस्किस मेरे साथ उसी तरह उतरने लगा। हम सीढ़ियों के अन्त तक पहुंचे और एक गलियारे की तरफ मुड़े। मैंने छत के साथ-साथ दीवार पर बिजली के तारों की एक लाइन देखी। गलियारे के अन्त में एक दरवाजा था। मैं बाहर रुका, कुछ सुनने की कोशिश की, पर कुछ सुनाई नहीं दिया।

"क्या हम अन्दर चलें?" मैंने पूछा।

"हां, मैं भी यही सोचता हूं।"

मैंने दरवाजे का हैंडल घुमाया, धकेला। कमरा काफी बड़ा था और प्रिंटिंग प्रेस के सामान से भरा हुआ था। हल्की हरी रोशनी से जगमगाती मेज पर नोट पड़े हुए थे। साथ में ही फर्श पर एक मरा हुआ आदमी पड़ा था, उसके सिर में से खून निकल रहा था।

प्रशासक किलयानो सामने की दीवार से सटा पड़ा था, उसका चेहरा भय से पीला पड़ा हुआ था। उसके हाथ कंधे तक उठे हुए थे। क्लार बोल्ड अपनी पिस्तौल लिये उसके ऊपर खड़ा था।

हमें देखकर किलयानो ने कहा–"इसे ले जाओ और इसकी बन्दूक नीचे कराओ।"

मैं और हौस्किस उस तरफ बढ़े।

"हैलो स्मार्ट ब्वॉय! क्या तुम अपने और हमारे दोस्त को पसन्द नहीं करते।" मैं क्लार बोल्ड को कंधे से छुआ–"तुम क्या कर रहे हो यहां।"

"उसे अलग करो।" किलयानो चिल्लाया।

क्लार बोल्ड ने बन्दूक नीचे की और कहा–"मुझे खुशी है मिस्टर कायन,

तुम यहां आ गये। मैं सोच रहा था कि इसके साथ कैसा व्यवहार करूं।"

हौस्किस ने अपने बालों में उंगलियां फिराई, पूछा-"यह कौन है यहां?"

"फिलवैंस के बाद सबसे बड़ा प्राइवेट जासूस।"

किलयानो ने अचानक ही मेज पर छलांग मारी, पर हौस्किस ने उसे पीछे धकेल दिया। वह एक कागज को उठाना चाहता था।

"कोई बात नहीं, चुपचाप रहो।" क्लार बोल्ड ने कहा।

क्लार बोल्ड ने एक कागज उठाया और अपने पैरों पर उछलते हुए मुझ से एक कागज दिया-"यह एक वक्तव्य है, इससे सारी बात साफ हो जाएगी। इस आदमी ने स्वीकार किया है कि बैट थामसन ने हैरिक को मारा और इसके कहने पर गिल्स और ब्रोंडी को भी। वे लोग इनकी योजना के बारे में जानते थे। किलयानो ने यह भी माना है कि उसने जाली करेंसी बाजार में भेजी। मैं सोचता हूं कि यह वक्तव्य ठीक है। मैंने वक्तव्य पढ़ा। यह बड़ी खूबसूरती से की गई आत्म-स्वीकृति था। मैंने उसे हौस्किस को दिया, उसने पढ़ा और आश्चर्य प्रकट किया।"

"मैं इसके प्रत्येक शब्द से इंकार करता हूं।" किलयानो ने कहा-"वह मुझे शूट करना चाहता था, इसलिए मजबूरी में मुझे लिखना पड़ा।"

"तुमने यह सब कैसे लिख लिया?" मैंने पूछा।

"मुझे खुद इस पर अचम्भा होता है, मिस्टर कायन! वह शायद मेरी पिस्तौल से डर गया था और यह ठीक भी था, क्योंकि जब यह आदमी अन्दर आया," उसने मरे हुए आदमी की तरफ इशारा करते कहा-"तो किलयालो ने सोचा कि मैं उसे मार डालूंगा। पर वह गलती पर था, जब मैंने उसे यह लिखने को कहा, तो उसने लिख दिया।"

मैंने हौस्किस की तरफ देखा, वह जोर से हंसा।

"देखो।" मैंने क्लार बोल्ड से कहा-"तुम मुझे बताओ नहीं। तुम इतने भोले नहीं हो, जितने बनते हो। तुम्हारा भविष्य उज्ज्वल है।"

"श्रीमान् कायन, आपका धन्यवाद! जो आप यह कह रहे हैं। हमारी शिक्षा ही साधारण दिखने के लिए हुई है। हमें बताया गया था कि लोग सामान्य लगने वाले लोगों को कमजोर समझते हैं।"

मैंने हौस्किस की तरफ देखकर कहा-"तुम्हारा कैदी यहां है, तुम चाहो तो इसे यहां से ले जा सकते हो।"

"भूल जाओ।" स्प्रेट्जा ने दरवाजे से झांकते हुए कहा, उसके पास

मशीनगन थी–"अपने हाथ ऊपर उठाओ।"

हम घूमे। मैंने अपनी पिस्तौल कागज को देखते हुए मेज पर ही छोड़ दी थी, मैंने देखा कि फासला काफी था। किलयानो ने उस कागज को लेने की एक और कोशिश की, पर हौस्किस ने उसे धकेल दिया।

मेरे पास ही एक बन्दूक की आवाज आई। स्प्रेट्जा से मशीनगन गिर गई। उसके सिर के बीच एक लाल नीला निशान हो गया था। वह फर्श पर गिर गया।

पास में पड़ी बन्दूक को देखकर क्लार बोल्ड ने कहा–"पता नहीं यह ठीक भी है या नहीं।" पर उसकी आंखों में विश्वास था।

मैं हौस्किस की बाजुओं में गिर गया।

❖❖❖

ऊपर से देखने पर सारा खेल खत्म होता लगता था। मैंने हौस्किस को भी ढीला छोड़ दिया था। अब मेरी इच्छा थी कि बचा हुआ काम मैं खुद कर लूं। बैट थामसन ही अभी तक पकड़ में नहीं आया था। यद्यपि उन्होंने शहर के चारों तरफ अपना जाल बिछा दिया था।

मेरे लिए यही चिन्ता की बात थी। पर ध्यान से सोचने पर मैंने खुद पाया कि बैट उतना खतरनाक नहीं रहेगा। वह कुछ करने की नहीं सोच सकता पर मैं उसको जल्दी ही गिरफ्तार होते देखना चाहता था। लोगों का विचार था कि वह कहीं दूर भाग गया है। पर इससे उनका केस कमजोर होता है, क्योंकि असली कातिल वही था।

किलयानो को 25 साल की कैद हुई। फ्लैगर्टी और स्प्रेट्जा मारे जा चुके थे। जोन गोमेज को भी संघ के एक सिपाही ने मुठभेड़ में मार दिया था।

हम पाम बीच होटल में अपने भविष्य की योजनाओं में लीन थे। मुझे विश्वास हो गया कि बैट शहर में नहीं है। इसलिए मैंने टिम से मिस वंडरली को पश्चिम खाड़ी से लाने के लिए कहा।

मैं बाल्कनी में बैठा था। इस वक्त मेरे दिमाग में कोई भी चिन्ता नहीं थी। क्लेयर वंडरली पास में बैठी थी।

"ठीक है!" मैंने उसकी बात सुनकर कहा–"मैं कोई नौकरी कर लूंगा और सम्मानजनक जीवन बिताऊंगा। यही चाहती हो।"

उसकी आंखों में अब भी प्रश्न तो थे। बोली–"मैं तुम्हें खुश भी देखना

चाहती हूं! यदि तुम सैटल नहीं हो सकते तो मैं तुम पर कोई दबाव नहीं डालूंगी।"

मैं कोशिश करूंगा–"अभी तो बात हमारी शादी की है। तब मैं सैटल हो जाऊंगा।"

चार दिन बाद हमारी शादी हुई। डेविस, हैटी, टिम, क्लार बोल्ड और हौस्किस ने शादी में भाग लिया। हमने अपना हनीमून पैराडाइज पाम में ही मनाने का विचार किया। क्योंकि कोई भी हमें कहीं और नहीं जाने देना चाहता था। सब लोग बहुत अच्छे थे। पर एक सप्ताह के बाद ही मैंने सोचा कि यदि मुझे कोई नौकरी करनी है तो उसके लिए कोशिश की जाए। हमने अपना सामान बांधा और न्यूयार्क का हवाई टिकट ले लिया।

पैराडाइज पाम में आखिरी रात हमने एक पार्टी दी। हौस्किस अपने छः बहादुर जवानों के साथ आया था। उसने डिनर से पहले घोषणा की कि क्लार बोल्ड संघीय नौकरी में आ गया है। अब वह व्यक्तिगत रूप से छिपकर काम नहीं करेगा।

मेहमानों के चले जाने के बाद हम अपने बैड–रूम में गए। मैं कपड़े बदल ही रहा था कि फोन की घंटी बजी। घंटी के दूसरी तरफ एक औरत की आवाज आई।

"चेस्टर कायन!"

मैंने सोचा, यह आवाज पहले सुनी है।

"मैं लायस स्पैंस बोल रही हूं।"

मैंने कहा–"हैलो। वैसे मैं उसको भूल-सा गया था।"

"सुनो! तुमने गोमेह को मरवा दिया। यह मत सोचना कि तुम्हें छोड़ दिया जायेगा। मैं कर्जा चुकाऊंगी। बैट भी ऐसा ही करेगा, वह मेरे साथ ही है। हम, जहां भी तुम जाओगे, पीछा करेंगे। हम बदला लेंगे।"

फिर लाइन कट गई। मैंने रिसीवर रख दिया।

"कौन था?" क्लेयर ने पूछा।

"गलत नम्बर था!" और मैं अपने बैडरूम में आ गया।

(6)

मैं अपने तेल पम्प के ऑफिस से बाहर देख रहा था कि नीग्रो लड़का बोनस अपना काम ठीक तरह से कर रहा है या नहीं। वह अपने काम पर था। मुझे एक सर्विस स्टेशन का काम संभालते लगभग तीन महीने हो गए थे।

इस सर्विस स्टेशन पर पैसे लगाने के बाद मैंने काफी पैसे कमा भी लिए थे। क्लेयर को काफी आश्चर्य हुआ जब मैंने उससे इसकी बात की। क्योंकि वह सोचती थी कि मैं किसी बड़ी कम्पनी में नौकरी की कोशिश करूंगा। मैं भी यही सोच रहा था पर उस टेलीफोन के कारण मैंने अपना इरादा बदल दिया। मैंने सोचा कि बैट और लुइस क्लेयर को कुछ भी नुकसान पहुंचा सकते हैं इसलिए उसका मेरे साथ रहना जरूरी है। नौकरी करते हुए मैं हमेशा उसकी देखभाल नहीं कर सकता।

मैंने अपना इरादा बदल दिया और क्लेयर से कहा कि मैं मोटर का व्यापार करना चाहता हूं। अतः अपना पहले वाला इरादा बदलकर एक कार में हम कैलीफोर्निया के लिए चल दिए।

यहां एक व्यक्ति के पास चार पम्प थे। दस हजार गैलन तेल का भण्डार और साथ में दो हवा के टैंक। पास में थोड़ी-सी जमीन थी और मैंने यह बेहतर समझा कि यहीं रहा जाये। यहां से मैं क्लेयर की देखभाल ठीक तरह से कर लूंगा। सर्विस स्टेशन पम्प खरीदकर मैंने कुछ चीजें नए सिरे से जमाई। दो हवा के टैंक और खरीद लिए। काम भी काफी चल निकला था, परिणामस्वरूप हमने तीन महीने में नौ सौ डालर का शुद्ध लाभ कमा लिया, दिन का काम इतना बढ़ गया था कि मुझे दो आदमी रात के लिए भी रखने पड़े।

मैंने एक बोर्ड बनवा लिया "दि स्क्वायर सर्विस स्टेशन"। इस बोर्ड को देखकर क्लेयर बहुत हंसी थी। पर मैं जानता था कि इस तरह की चीजें लोगों को आकर्षित करती हैं।

स्टेशन पर काम करने वाले लड़कों में से एक ब्रेंडले बहुत चतुर और ईमानदार था। मैं भी कार की मशीनरी के विषय में काफी कुछ जानता था। पर अभी तक कोई बड़ा काम नहीं लेते थे। कार की छोटी-मोटी रिपेयर का काम ही करते थे।

जिस दिन मैंने हिसाब ठीक किया और पाया कि नौ सौ डालर कमा लिए हैं, मैं क्लेयर को बताने के लिए बेचौन हो गया, जब मैं घर गया तो वह किचन में थी। एक किताब की मदद से कुछ बना रही थी। उसने धीरे-धीरे अपने को एक शुद्ध घरेलू औरत के रूप में ढालना शुरू कर दिया था। वह बहुत खूबसूरत लग रही थी।

पहले दो-तीन हफ्ते मुझे कच्ची और जली हुई चीजें खाने को मिलीं; पर धीरे-धीरे उसने ठीक तरह से बनाना सीख लिया और बाद में खाना अच्छा लगने लगा।

मैंने उससे कई बार कहा कि घर के काम के लिए एक नौकर रख लेते हैं पर उसने मना कर दिया। फिर भी मैंने उसे इस बात के लिए तैयार कर लिया कि ऊपर के काम के लिए किसी को रखा जाये, बाकी वह खुद कर लिया करे।

मैंने किचन में ही उसे अपनी कमाई की सूचना दी! वह खुश हुई, मैंने उसे अपनी बांहों में कस लिया। मैं अपने को बार-बार यह विश्वास दिलाने की कोशिश कर रहा था कि स्थायी रूप से रहना इसी को कहते हैं कि आप रोज काम करें, एक घर हो, घर में पत्नी और वह भी ज्यादा देर किचन में व्यस्त रहे...मैंने अपने जीवन में इतनी मेहनत कभी नहीं की।

मैंने कहा-"आज, चाहो तो सॉन फ्रांसिस्को चलें! हम दोनें घूमने जा सकते हैं। हम तीन महीने से बिना किसी विराग के काम कर रहे हैं।"

उसकी आंखों में चमक आई! बोली-"ठीक है चलना चाहिए।"

"यदि हम सात से पहले चलें तो ठीक समय पर पहुंच जायेंगे।"

पर तभी स्टेशन की बजर बजी! इसका मतलब था कि बोनस किसी स्थिति को संभाल नहीं पा रहा है।

"कोई कठिनाई है।" मैंने उसे चूमते हुए कहा।

"तो जाओ।" उसने मुझे किचन से धकेल दिया।

मैं स्टेशन पर आया तो देखा कि दिक्कत थी ही। एक बड़ी कैडीलॉक गाड़ी सीमेंट की दीवार को चोट मारकर छोटे-से रास्ते में फंस गई थी!

उसके आगे का चिमटा मुड़ गया था। इतनी खूबसूरत गाड़ी को इस तरह देखकर मुझे बुरा लगा।

बोनस खड़ा था, पर उसके चेहरे की मुस्कुराहट गायब थी।

"इसमें मेरा कोई कसूर नहीं था, बॉस।" उसने कहा–"इस महिला ने गलत गेयर में गाड़ी चलाई।"

"ऐसी बेवकूफी की बातें मत करो, बेवकूफ!" एक तेज आवाज उस महिला के मुंह से उभरी–"तुमने मुझे गलत इशारा किया था।"

मैंने गाड़ी में झांककर देखा, हॉलीवुड की जवान स्टार की तरह वह औरत बैठी थी, उसने काले रंग की बेशकीमती ड्रेस पहन रखी थी। वह बहुत गुस्सा हो रही थी। पर उसके कपड़ों के नीचे उसका शरीर सफेद मारबल की तरह सफेद और चमकीला था।

"देखो, तुम्हारे इस लड़के ने मेरी कार की क्या हालत बना दी। मैंनेजर को बुलाकर लाओ वरना मैं बहुत बुरा सलूक करूंगी।"

"वह तो अब भी कर रही हो। मैं मैंनेजर हूं, मालिक भी, सब कुछ मैं ही हूं।" मैंने कहा–"मुझे इसकी यह हालत देखकर बहुत दुःख हो रहा है।"

उसने मुझे देखा और कहा–"अच्छा तो तुम खेद प्रकट करते हो और मैं क्या करूं, मुस्कराऊं गाड़ी ले जाऊं। पर अभी तक तुमने सॉरी नहीं कहा।"

मेरे मन में आया कि उसको चांटा मारा दूं। फिर सोचा कि ग्राहक कभी गलत नहीं होता। मैंने कहा–"आपका चिमटा ठीक कर दूं।"

"क्या? मैं इसे तुम्हें हाथ भी नहीं लगाने दूंगी। मुझे कभी छोटी जगह नहीं आना चाहिए।"

मेरा गुस्सा बढ़ने लगा था। मैंने कार का पूरी तरह से निरीक्षण किया। कार का नुकसान ज्यादा था, उसने काफी तेजी से दीवार में मारी थी।

"यह कैसे हुआ?" मैंने पूछा।

"मैं गाड़ी रिवर्स कर रही थी....मैं आगे बढ़ रही थी।"

"इस एंगिल से तुम आगे आ नहीं सकती थीं और तुमने अपने गेयर बदलने में गलती की। जरा देखो, तुम्हारे गेयर अभी भी नीचे वाले नम्बर पर है।"

वह गुस्से में नीचे उतरी–"क्या तुम यह कहना चाहते हो कि मुझे गाड़ी चलानी नहीं आती।"

उसका चेहरा गुस्से से बिगड़ गया। वह मेरे मुंह पर एक तमाचा मारना

चाहती थी, पर मैंने हवा के बीच में ही उसका हाथ रोक लिया। हम इतने पास थे कि एक-दूसरे की सांस महसूस कर सकते थे। मैंने उसके मुंह से आती शराब की गंध अनुभव की। मैं इधर-उधर देखने लगा।

"क्या देख रहे हो?" वह बोली।

तभी सामने से एक सिपाही आता हुआ दिखाई दिया। उसे देखकर वह महिला बोली-"इसे गिरफ्तार कर लो, यह मुझे छेड़ रहा था।"

"बुरी बात है।" सिपाही ने मुझसे कहा।

"हां बुरी बात है?" तभी क्लेयर भी आ गई थी और पास में खड़ी हो गई। मैंने उसकी तरफ देखा।

"यह महिला मेरे ऊपर छेड़खानी का इल्जाम लगा रही है।" मैंने कहा और हंस दिया।

क्लेयर ने मेरा हाथ पकड़ा और कुछ नहीं कहा।

सिपाही ने उस औरत से कहा-"आप इनके साथ क्यों लड़ रही हैं? मैंने आपको इनको चांटा उठाते हुए देखा है।"

यह सुनकर वह बोली-"देखो, इन्होंने मेरी कार की क्या हालत बना दी है। यह सर्विस स्टेशन है। मैं इसके ऊपर मुकद्दमा करूंगी और इसे बिजनिस से बाहर कर दूंगी।"

सिपाही ने घूम कर कार को देखा और कहा-"देखो, अभी भी कार का गेयर ठीक तरह से नहीं लगा हुआ है। उसने मेरी तरफ देखकर कहा-तुम्हारा क्या विचार है?"

"मुझे कुछ नहीं मालूम! मेरा आदमी सब कुछ जानता है।" यह कहकर मैंने बोनस को इशारा किया और उसको कहा कि ऑफीसर को वह सब कुछ बता दे जो यहां हुआ है।

"तुम मेरे खिलाफ इस आदमी का पक्ष ले रहे हो।" वह लड़की चिल्लाई।

"आप चुप रहेंगी।" और पुलिसमैन ने बोनस से बात की।

बोनस ने सिपाही को बताया कि किस तरह से यह कैडीलॉक गाड़ी बड़ी तेजी से अन्दर आई और एकदम रुक गई-"हमारा हवा का खम्भा टकराते-टकराते बच गया। उसने उसके बाद सब कुछ बता दिया और यह भी बताया कि जब मैंने गाड़ी पीछे ले जाने के लिए कहा तो गलत गेयर में होने के कारण यह नुकसान हुआ।"

"हां, मुझे भी यही सच लगता है।" उसने उस औरत से पूछा-"तुम्हारा क्या नाम है?"

उसने बताया-"मेरा नाम लीडिया हैमिल्टन है, गोल्ड फील्ड प्रोडक्शन में काम करने वाली फिल्म स्टार।"

सिपाही बोला-"फिल्म स्टार हो या जार्ज वाशिंगटन की दादी? मैं कुछ नहीं जानता। तुम्हारे ऊपर शराब पीकर कार चलने का आरोप है। हमारे साथ आओ, पुलिस स्टेशन चलना पड़ेगा।"

"तुम्हें मेरे साथ ऐसा व्यवहार करने पर अफसोस होगा, देख लो।" वह जल्दी से अपनी कैडीलॉक गाड़ी में बैठ गई।

"अरे, तुम गाड़ी चलाने लायक नहीं हो।" सिपाही ने उससे कहा फिर मुझसे कहा-"दोस्त आपकी गवाही चाहिए।"

मैं जाना नहीं चाहता था, लेकिन इसके अलावा कोई चारा नहीं था। मैंने क्लेयर की तरफ देखा और कहा-"मैं अभी आता हूं।" और ब्रेडले को स्टेशन की देखभाल करने के लिए कह कर कैडीलॉक में बैठने लगा।

"यह आदमी गाड़ी नहीं चलायेगा।" उस लड़की ने कहा।

"देखो, अगर आप चाहती हैं तो मैं आपके लिए एक गाड़ी भेज दूं, लेकिन आप गाड़ी नहीं चलाएंगी।" सिपाही ने कहा।

उसने सिपाही की तरफ देखा और कैडीलॉक में बैठ गई। उसने चाबियां मुझे दे दीं। मैंने दरवाजा खोला और पहले गेयर लीवर को ठीक किया। जैसे ही हम मेन रोड पर आए, उसने मुझे भला-बुरा कहना शुरू कर दिया। वह एक मील तक इसी तरह से कहती रही, तब मैंने उसे डांटा।

मैंने उसे चुप होने कहा तो वह बोली-"मैं चुप नहीं रहूंगी। तुम बन्दर हो, मैं तुम्हें बर्बाद कर दूंगी। मैं तुमसे बदला लूंगी तो तुम्हें अपने पैदा होने पर भी अफसोस होगा।"

मैंने उसकी बात का कोई जवाब नहीं दिया। लेकिन उसने छीना-झपटी करते हुए अपने आपको मेरे हाथ पर गिरा दिया जिससे एकदम ब्रेक लगा और गाड़ी रुक गई। उसका सर हैंडल से टकराया और वह बेहोश हो गई।

वह सिपाही मेरे पास आया और गुस्से में बोला-"क्या तुम ठीक तरह से गाड़ी नहीं चला सकते?"

तब मैंने उसे सारी बात समझाई और उसने बेहोश बैठी हुई लड़की को देखा।

"मूर्ख औरत!" उसने कहा-"मैंने इसके बारे में बहुत सारी कहानियां सुन रखी हैं। ये फिल्मी औरतें अपने ढंग से ही काम करती हैं, थोड़ा-सा भी बाहर जाने पर इनका बड़ा नुकसान हो जाता है। ठीक है, मैं इसे जल्दी ही छुट्टी दे दूंगा।"

❖❖❖

सॉन फ्रांसिस्को हम पहली बार आये थे। हम यहां पर किसी को भी नहीं जानते थे, इसलिए हमने एक पुलिस के सिपाही को रहने की किसी अच्छी जगह के बारे में पूछा। हमने कहा कि कोई ऐसी जगह बताओ जहां अच्छा खाना मिल जाए और रहने के लिए साफ जगह। उसने मेरी बात पर तो ध्यान नहीं दिया, लेकिन क्लेयर की तरफ ध्यान से और बड़े स्नेह से देखकर जवाब दिया।

"यहां पर पास में जॉय का होटल है, आप वहां चले जाइए। वह शहर का बहुत अच्छा होटल है।"

मैंने उसकी तरफ देखकर कहा-"देखो भाई, हमें कोई बहुत अच्छी जगह बताओ। हमारे लिए सब कुछ ठीक है, हम पैसा खर्चा कर सकते हैं। छोटी चीज की इच्छा नहीं है।"

"मैं अभी भी जॉय के होटल को ही अच्छा मानता हूं। वहां पर आपका समय बहुत अच्छा बीतेगा। आप बड़ी सड़क से सीधे जाकर वहां पहुंच सकते हो और नहीं तो आप कहीं भी जाइए, मेरा क्या मतलब!"

हमने उसे धन्यवाद किया और उससे रास्ता पूछ कर जॉय के होटल की तरफ चल दिए। थोड़ी देर के बाद मैंने किसी दूसरे से रास्ता पूछा तो क्लेयर ने कहा- "जोय के होटल में ही चलते हैं, अगर अच्छा नहीं होगा तो किसी दूसरे होटल में चले जाएंगे।"

जॉय का होटल गली में एक साइड पर था। यह न तो बहुत खराब था और न बहुत अच्छा। वहां पर कोई भी आदमी स्वागत करने के लिए नहीं था।

हमने दरवाजा लॉक किया तो क्लेयर ने मुझसे कहा-"जिस तरह से तुम यहां आए हो, ऐसा लगता है जैसे इससे पहले कभी किसी ऐसी जगह नहीं गए।"

"कम-से-कम टैक्सिलो में तो मैं कहीं नहीं गया।"

थोड़ी देर में दरवाजा खुला और एक आदमी बड़ी अजीब-सी शक्ल बनाता हुआ सामने खड़ा हो गया।

हमें पैट्रोलमैन ओ. ब्रायन ने भेजा है।"

"वह सबको हमारा ही होटल बताता है।" उस आदमी ने कहा-"जैसे कि हमें उसके रिकमंडेशन की हमेशा जरूरत होती है। अच्छा, आप अन्दर आ जाओ।"

"मैं अपनी कार को कहां खड़ी करूं?"

उसने कार की तरफ देखा और कहा-"मुझे नहीं मालूम। तुम चाहो तो इसे दांव पर लगाने के लिए अन्दर ला सकते हो।"

मैंने उसकी छाती पर थपथपाते हुए कहा-"सुनो मेरे दोस्त, मैंने तुम्हारे जैसे बहुत से लोगों को ठिकाने लगा दिया है और उनका टमाटो जूस बनाकर फेंक दिया है।"

यह सुनकर उसकी आंखें चौंधिया गई।

तब तक क्लेयर पास में आ चुकी थी और उसने पूछा-"क्या हो रहा है?"

तो मैंने उसे कहा-"मैं चिड़िया घर से निकले हुए इस जानवर को कुछ कह रहा था।"

"आप हमें अन्दर आने की इजाजत देंगे?" क्लेयर ने उस लड़के की तरफ देखकर कहा।

"श्योर-श्योर! आप अन्दर आइए।" फिर उसने मुझे कहा-"आप अपनी कार को सामने गलियारे में खड़ी कर दीजिएगा।"

मैंने गाड़ी गलियारे में खड़ी कर दी और वापस आकर हम साथ-साथ ऊपर की मंजिल के लिए सीढ़ियां चढ़ने लगे। वह आदमी हमारे पीछे-पीछे आने लगा। क्लेयर ने मुझे बताया कि वह बार-बार मेरे कड़ों की तरफ देख रहा था।

मैंने कहा कि अगर वह कड़ों के अलावा कुछ देखेगा तो उसे मैं पीस डालूंगा।

तभी एक महिला हमारे पास आई। उसने मेरा टोप पकड़ा और मुस्कराई।

हम उसके साथ गलियारे में थोड़ा-सा आगे आए। गलियारे में चारों तरफ पिंक कलर के पर्दे टंगे हुए थे और चारों तरफ शीशे भी इस तरह लटके हुए थे कि उनमें आपका बिम्ब ज्यादा चमकता हुए लगे। उस गलियारे के दायीं तरफ बार-काउंटर था। मैंने सोचा कि हमारे पास इतना पैसा है, वह बहुत काफी होगा और धीरे-से यही बात क्लेयर को भी कही।

"तुम चाहो तो हमेशा एक गिलास दूध का मंगा सकते हो और यह कह सकते हो कि तुम शराब नहीं पीते। मैंने चारों तरफ देखा और मैं यह अंदाजा लगा रहा था कि क्या इस वातावरण में मैं बहुत दिनों रह सकता हूं।"

सामने से गलियारे को पार करके एक लड़की आई। शायद वह कैबरे डांसर थी। उसने बहुत जरूरी कपड़ों के अलावा और कुछ नहीं पहन रखा था। जब वह मेरे पास आई, मैंने धीरे-से कहा कि बेंत की कुर्सी पर मत बैठो।

मेरा कहना उसको अच्छा लगा। वह आगे निकल गई और मैंने यह सोचा कि मुझे यह जगह पसन्द आई, तब तक क्लेयर मेरे पास आ गई थी। उसकी ड्रेस बहुत खूबसूरत लग रही थी। हम दोनों ने थोड़ी देर बातचीत की और ऐसा दिखाया कि हम बहुत खुश हैं। हमने हैड वेटर से कहा-"हम यहां पहली बार आए हैं और बहुत अच्छा समय बिताना चाहते हैं, क्या आप हमारी मदद करेंगे?"

"निश्चित रूप से।" उसने जवाब दिया और कहा-"पहले आप यह तय करें कि आप क्या खाएंगे और फिर आप हमारी कॉकटेल बार में खाना पसन्द करेंगे। कैबरे 11 बजे होगा और मैं आपके लिए फ्लोर के पास ही एक मेज रिजर्व कर दूंगा।"

मुझे महसूस हुआ कि वह बहुत ज्यादा उत्साह दिखा रहा है।

हमने तय किया कि हम खाने में क्या-क्या खाएंगे और यह भी कि खाने के बाद हमारा प्रोग्राम क्या होगा। हमने अपने खाने का आर्डर वेटर को लिखवा दिया और उसने बताया कि हमारा खाना आधे घंटे में तैयार हो जाएगा। फिर उसने व्यक्तिगत रूप से हमें कॉकटेल बार में पहुंचाया और बायीं तरफ खड़े हुए बार-मैन को बुलाया।

"सब लोग बहुत अच्छे हैं। लेकिन मुझे लगता है, जैसे सब तुम्हें प्यार करने लगे हैं।" मैंने क्लेयर को मुस्कराते हुए कहा।

उसने अपना सिर हिलाया-"यह तुम्हारी वजह से है। लेकिन वह जानती थी, वह गलत कह रही है।"

बार-मैन ने हमारा इन्तजार किया। वह भी अपनी आंखों से क्लेयर की बड़ाई कर रहा था। लेकिन मेरी तरफ देखते हुए भी उसकी आंखों में सम्मान का भाव था।

मैंने दो बड़े पैग का आर्डर दे दिया।

हम दोनों एक सोफा पर बैठ गए। मैंने सिगरेट सुलगाई और देखा कि लोग हमारी तरफ देख रहे हैं, लेकिन मैंने कोई चिन्ता नहीं की। हम अपने आप में बहुत खुश थे, थोड़ी देर बाद ही हमें गिलास दे गया। मैंने उसे टिप दी और वह वापस चला गया। हमने शराब पी और महसूस किया कि वह बहुत अच्छी थी।

बार में बैठ कर मुझे हैमिल्टन की याद आ गई और यह मैंने क्लेयर से कहा।

"उसकी बात मत करो, वह बहुत अजीब औरत है। उसने बोनस को बहुत दुःख पहुंचाया है।"

"लेकिन उतना नहीं, जितना कि जज ने उसे पहुंचाया। मैं बोनस को अब ज्यादा पैसा दूंगा और उसके लिए यूनीफार्म भी बनवा दूंगा। मैं समझता हूं कि मैं सब लड़कों के लिए वर्दी बनवा दूंगा।"

वह हंसी और उसने कहा-"डार्लिंग, मुझे खुशी है कि तुम अपनी पिछली नौकरी को नहीं भूले।"

"उसे भूल जाओ।" मैंने कहा और उसके हाथ को अपने हाथ में लेकर बोला-"मैं बहुत खुश रहना चाहता हूं। लेकिन तुम्हारे बिना यह सम्भव नहीं है।"

उसने सिर हिलाया और मेरी बात का कोई जवाब नहीं दिया।

वह बोली-"मेरे मन में एक विचार आया है कि हम एक होटल क्यों न खोल लें, जो हमारे पास जगह है, उसमें ग्राउंड फ्लोर को होटल बना देंगे और खाना बनाने का काम पिछली तरफ हो जाएगा।"

मैंने उसकी तरफ देखा और कहा-"बहुत अच्छा आइडिया है। तुम्हारे दिमाग में कैसे आया?"

उसने कहा कि मैं तुम्हारी मदद करना चाहती हूं। यह ठीक है कि मैं घर का काम करती हूं, लेकिन इस तरह से मैं भी कुछ कमा पाऊंगी।

"ठीक है। मैं कल इस बात का पता करूंगा कि इन सब बातों में कितना खर्च आएगा।" मैंने अपने चारों तरफ से बेखबर होते हुए उससे कहा।

कुछ देर के बाद ही मैंने महसूस किया कि क्लेयर मेरी बातों को ध्यान से नहीं सुन रही। मैंने देखा कि वह दूसरी तरफ देख रही है। मैंने पूछा-"क्या सोच रही हो?"

वह हंसी नहीं, उसने अपना सिर हिलाया और दूर देखा, फिर कहा-"तुम प्रॉमिज करो कि कोई हंगामा नहीं करोगे।"

"मैं कोई हंगामा नहीं करता।" मैंने उससे कहा।

"सामने एक आदमी खड़ा है, जब से वह आया है तब से मुझे घूर रहा है। उसने कहा-"इस तरह से यह मुझे बुरा लग रहा है। अब बस, कोई सीन मत बनाना।"

मैंने कमरे के पार देखा और एक सफेद जैकिट पहने हुए एक आदमी को बैठे हुए पाया। उसके बाल भूरे रंग के थे। उसके खूबसूरत चेहरे पर कोई नई बात नहीं थी। मैंने उसे घूर कर देखा और वह एकदम दूसरी तरफ देखने लगा।

"अच्छा चलो, अब उठें और खाएं। अगर वह वाकई में तुम्हें परेशान कर रहा है तो मैं उससे बात करूंगा।"

"नहीं, तुम कुछ नहीं कहोगे। अब वे लड़ाई के दिन खत्म हो गए।"

हैडवेटर ने व्यक्तिगत रूप से हमें हमारी मेज तक पहुंचाया और खाने का थोड़ा-सा सामान लाकर रख दिया।

हमने आधा खाना खाया था कि वही आदमी अन्दर आया। वह जाना-पहचाना लग रहा था और जैसे ही वह मेज के पास से गुजरता, लोग उसे नमस्ते करते। वह बिल्कुल मेरे पास आया और खड़ा हो गया। उसने क्लेयर को घूर कर देखा। क्लेयर ने उसकी तरफ नहीं देखा। वह थोड़ी ही दूर एक मेज पर बैठ गया। उसने वेटर को बुलाया और एक ड्रिंक का आर्डर दिया।

"मैं सोचता हूं मैं उससे बात करूं।" मुझे एकदम गुस्सा आ गया।

"नहीं, अभी नहीं। सारा मजा खराब हो जाएगा। तुम उसे भूल जाओ।" और तब वह रेस्टोरेंट की स्कीम के बारे में बात करने लगी। लेकिन हमारा मन इस बात में नहीं लगा। अचानक मैंने देखा कि वह कुछ सख्त हो गई है और मैंने उस तरफ देखा जिधर वह देख रही थी। मुझे अचम्भा हुआ कि लीडिया हैमिन्टन अन्दर और बिना किसी हिचक के उस आदमी के साथ मेज पर आकर बैठ गई, जो अब तक क्लेयर को घूर रहा था। उस आदमी ने फिर से वेटर को हाथ से बुलाया।

"अब शायद हमें उससे छुटकारा मिल जाएगा।" मैंने कहा-"मुझे इस औरत को यहां देखकर बहुत अफसोस हुआ है, लेकिन वह मेरा खाना खराब नहीं कर सकती।"

लेकिन एक क्षण बाद मैंने फिर देखा कि वह आदमी फिर से क्लेयर

को घूर कर देखने लगा था। मैंने लीडिया हैमिल्टन की तरफ देखा, उसके चेहरे पर सख्ती थी और वह उस आदमी की तरफ देख रही थी।

"हमारे लिए कोई मुसीबत हो सकती है।" क्लेयर से मैंने धीरे से कहा-"यह औरत किसी बात की शुरूआत भी कर सकती है।"

मैंने सोचा कि मैं इसे आगाह कर दूं। मैं यह बात कह ही रहा था कि हॅमिल्टन ने सामने बैठे आदमी के चेहरे पर बहुत जोर से मारा। वह इस बात की आशा नहीं कर सकता था। वह कुर्सी पर गिर गया और लीडिया बहुत जोर से चिल्लाई-"अब आंखें उस औरत के चेहरे से हटाओ।"

मैं खड़ा हो गया और क्लेयर मेरी बाजू पकड़ कर झुक गई।

वह आदमी उठा और उसने हैमिल्टन को धक्का दे दिया और ऐसे शब्द बोले जो शरीफ के मुंह से नहीं निकलने चाहिएं, लोग खड़े हो गए। एक औरत चिल्लाई और हैडवेटर धीरे-धीरे उस कुर्सी की तरफ आने लगा।

वह आदमी अभी भी लीडिया के पास में खड़ा उसे गालियां दे रहा था। तब उसने अपने जूते से उसे किक किया। इतने में मैंने अपनी बांह क्लेयर के हाथ से छुड़ा ली थी और उसकी तरफ कूदा। इतने में ही पिस्तौल चलने की आवाज आई और लीडिया के हाथ के पास एक धुएं की लौ दिखाई दी। वह आदमी एक-दो बार अपने घुटनों पर मुड़ा और नीचे गिर गया। मैंने एकदम लीडिया के हाथ से वह पिस्तौल ले ली। उसने अपने खाली हाथ से मेरे मुंह पर मारा। मैंने उसे पीछे धकेल दिया और पीछे खड़ा हो गया। उसने मुझे देखा और कहा-

"तुम अपनी इस लड़की को वहां क्यों नहीं रखते, जहां यह औरों को तंग न करे।"

मैंने यह सुना और नीचे पड़े हुए आदमी को देखा। मैंने सोचा, कि लीडिया इस मुसीबत से अपने को जल्दी नहीं निकाल सकेगी।

मेरे लिए यह बड़े आश्चर्य की बात थी कि एक अभिनेत्री जरा-सी बात पर अपने मित्र को गोली से मार सकती है।

जैसे ही यह पता चला कि वह आदमी मर गया है, हरेक आदमी दरवाजे की तरफ बढ़ा। लेकिन हैडवेटर उनसे पहले दरवाजे पर पहुंच गया और उसे बन्द कर दिया। एक मोटा-सा आदमी सबके सामने होकर दरवाजे पर खड़ा हो गया। किसी को भी बाहर नहीं जाने दिया गया। भीड़ ने भी सोचा कि जाने की जल्दी क्या है।

"कृपया सब अपनी सीट पर बैठ जाएं, पुलिस आ रही है और कोई भी बिना इजाजत यह जगह नहीं छोड़ेगा।"

लोग अपनी-अपनी सीट पर बैठ गए। लीडिया उस मृत व्यक्ति के पास अकेली खड़ी रह गई। उसकी नाक से अभी भी खून बह रहा था। वह अभी इतनी पिये हुए थी कि यह जान नहीं पा रही थी कि वह आदमी मर गया है। उसने उसे ठोकर मारते हुए कहा-"खड़े हो जाओ, तुम मुझे डरा नहीं सकते।" पर धीरे-धीरे शायद उसने वास्तविकता को समझना शुरू किया।

पुलिस को पहुंचने में छः मिनट लगे। तीन आदमी सादे लिबास में, चार वर्दी में थे, साथ में डाक्टर और एक फोटोग्राफर भी था। उन्होंने तेजी से अपना काम करना शुरू दिया था। लीडिया के दिमाग में असली बात तब आई, जब डाक्टर ने वर्दीधारी आदमियों को सफेद चादर से उस व्यक्ति को ढंक देने के लिए कहा। उसके मुंह से एक जबरदस्त चीख निकली।

"ओ. के., सिस्टर।" एक सिपाही ने कहा-"शान्त रहिए, चीखने से कुछ नहीं होगा अब।"

उसने कमरे के चारों तरफ देखा! और मुझे भी।

"यह सारा तुम्हारा दोष है।" उसने कहा-"तुमने ही मेरा कार खराब कर दी थी।"

लोग कुर्सी पर खड़े होकर मुझे देखने लगे। उस सिपाही ने भी मेरी तरफ सख्त नजरों से देखा। मैं बैठ गया और पीछे देखने लगा, मैं और कुछ कर भी नहीं सकता था। यह मेरे लिए परेशानी का क्षण था।

लीडिया तेजी से मेरी तरफ बढ़ी पर सिपाही ने उसे रोका-"इसे यहां से ले जाओ।"

इसके बाहर चले जाने पर कमरे में शान्ति हो गई! वह कठिन-सा लगने वाला आदमी मेरे पास आया और पूछा, इस मामले में मेरा कितना हाथ है?

"वह बहुत शराब पिये हुए थी।" मैंने कहा-"मुझे इस बारे में कुछ मालूम नहीं, मैंने सिर्फ उसकी पिस्तौल छीनी थी।"

"यह कार की बात क्या है?"

"सवेरे एक एक्सीडेंट हो गया था और कुछ नहीं।"

उसने नोट बुक निकाली। मेरा नाम पता नोट किया। मैंने उसे कैडीलॉक के विषय में विस्तार से बता दिया था। पर क्लेयर को उस आदमी के द्वारा बार-बार घूरकर देखने के बारे में कुछ नहीं बताया।

"क्या आप जानते हैं कि उसने इसे क्यों मारा?"

"नहीं, मैं उधर नहीं देख रहा था। पर इतना जरूर देखा कि अचानक उस आदमी ने उस स्त्री को नाक पर मारा और पैर से भी मारना शुरू किया, मैं उसकी मदद को गया, पर मेरे पहुंचने से पहले ही उसने उसे गोली मार दी।"

"ओ. के.! पर मुझे लगा कि वह पूरी तरह से संतुष्ट नहीं हुआ। पर काफी कुछ उसके दिमाग में स्पष्ट हो गया था-अच्छा, शायद आपकी फिर जरूरत पड़े।"

"ठीक है, क्या अब हम जा सकते हैं?"

"हां, आप जा सकते हैं।"

हम बाहर निकल कर डायनिंग रूम की तरफ चले। गलियारे में आकर अच्छा लगा। हैडवेटर ने क्लेयर का शाल तैयार रखा हुआ था, उसने उसके कंधे पर चढ़ा दिया।

क्लेयर चुप थी। वह तब तक खड़ी रही, जब तक एक लड़की मेरा टोप नहीं ले आई। सारा वातावरण तनाव से भर गया था। मैं पैट्रोलमैन को बुरा-भला कहने लगा था, जिसके कारण हम यहां आए थे।

"एक मिनट के लिए, स्वीट हार्ट!" मैंने उसका स्कार्फ लिया और उसके सिर पर बांध दिया। उसने सम्मान भरी नजरों से मुझे देखा।

"बाहर शायद प्रेसवाले आये हैं।" यह जानकर मैंने क्लेयर का हाथ पकड़ा और सीढ़िया उतरने लगा। यह शायद पहली बार था कि मैंने भुगतान करने के लिए चैक नहीं दिया और वेटर ने भी इसलिए नहीं मांगा होगा कि वह इतनी खराब शाम के पैसे मांगना उचित न समझता हो।

जैसे ही हम नीचे गली में पहुंचे, चार आदमी बड़ी तेजी से हमारी तरफ आए। उतनी ही तेजी से मैंने क्लेयर का हाथ पकड़ा और गाड़ी का दरवाजा खोल कर अन्दर बैठ गया।

एक व्यक्ति मेरे पास तक आया और रुका।

"अन्दर आओ।" मैंने क्लेयर से कहा।

इतने में एक तेज फ्लैश लाइट हमारे चेहरे पर आई, मैंने क्लेयर को कार में छोड़ा और नीचे आ गया। एक व्यक्ति के पास एक प्रेस कैमरा था। उसने पूछा-"क्या आप ही वह व्यक्ति हैं जिन्होंने पिस्तौल कब्जे में की थी जैक कायन, क्या यह सही है?"

"नहीं, वह मैं नहीं हूं। कायन अभी भी अन्दर ही है।" मैंने उसका

कैमरा छीन लिया। उसकी फिल्म निकाल ली और उसे फाड़कर उसे कैमरा वापस कर दिया।

"तुम! तुम ऐसा नहीं कर सकते।" वह गुस्से में था, पर मैंने उसे ऐसा धक्का दिया कि वह दूर गिरा और मैं गाड़ी में बैठ गया।

मैं गलियारे से बाहर आ गया।

क्लेयर इस सारी कार्यवाही के बारे में जानना चाहती थी।

अब उससे कुछ छिपाने की जरूरत नहीं थी। मैंने उसको लायस स्पैंसर के फोन की बात बता दी और उसका विचार समझाकर बताया।

मैंने कहा–"मैं अपने आप झगड़ा नहीं कर रहा हूं।"

गाड़ी चलाते हुए मैंने सड़क की तेज रोशनी से असुविधा महसूस की। मैंने कहा–"मैंने बेवकूफी की कि उन्हें वैसे ही छोड़ आया। मुझे चाहिए था कि मैं तुम्हें किसी जगह रख कर, उनसे निपट कर आता। यहां यह केस काफी गरमागरम रहेगा। मेरा फोटो पेपर में छपता और जैसे ही लायस जानती कि हम कहां हैं, वे कुछ गड़बड़ कर सकते थे। इसलिए मैंने गलत नाम दिया। और फिल्म छीन ली।"

"मैं जानती हूं कि मैं क्या करने जा रही हूं।" उसने कहा–"मैं अपना घर उनके लिए नहीं छोडूंगी, जब तक तुम मेरे साथ हो, मुझे बिल्कुल डरने की बात नहीं।

यह मैं जानता था कि वह यही कहेगी, पर असलियत यह थी कि हमारे विश्राम और शान्ति के क्षण अब समाप्त होने जा रहे थे।

❖❖❖

हमने सवेरे का अखबार देखा तो पढ़ा कि क्लम कुन्ट्ज एक बड़ा फौजदारी का वकील हैमिल्टन के बचाव पक्ष का मुकद्दमा लड़ेगा। हमने सोचा कि वह हमें बुलायेगा, पर वह खुद आया।

जैसे ही मैं काम खत्म करने लगा था कि वह पहुंचा। पहले मैंने उसे ग्राहक समझा पर बाद में सही रूप का ज्ञान हुआ।

"मैं तुमसे बात करना चाहता हूं।" उसने कहा–"मैं कुन्ट्ज हूं, आपने मेरे बारे में सुना होगा।"

मैंने उसे ध्यान से देखा, मुझे मालूम था कि वह इसके पहले भी फिल्म वालों के कई मुकद्दमे लड़ चुका है। उसकी आंखें बहुत सख्त और तेज थीं।

"ठीक है मैं कुछ समय दे सकता हूं, फिर मैंने खाना खाने जाना है।" मैंने कहा।

"कुछ समय नहीं, ज्यादा चाहिए।"

"तो बेहतर है कि घर चलें।" मैंने कहा और सोचा कि यह मुझे थोड़ी मुसीबत में डाल सकता है। फिर भी।

उसने कमरे में बैठते हुए कहा–"आप शादी-शुदा हैं?"

"हां।" मैंने कहा।

"मैं तुम्हारी पत्नी से मिलना चाहता हूं।"

"लेकिन यह बताने से पहले नहीं कि आपके दिमाग में क्या विचार है। यह मैं जानता हूं कि उसे किससे मिलना है, किससे नहीं।"

"उसे मिलाने से डरते हो?" उसने कहा।

मैं हंसा–"तुम समय बेकार कर रहे हो, जल्दी काम की बात पूछो।"

तभी दरवाजा खुला और क्लेयर अन्दर आई। उसने एक हल्के नीले रंग की फ्राक पहन रखी थी। वह लड़की लग रही थी।

"ओह, आई एम सॉरी!" वह अन्दर जाने लगी।

"आ जाओ।" मैंने कहा–"ये मिस्टर कुन्ट्ज हैं–और ये मेरी पत्नी है।"

"ठीक है।" उसने घूरकर क्लेयर को देखा।

"यह वैसी नहीं है जैसी तुमने सोचा होगा, या तुम्हारे मुवक्किल ने कहा होगा। उन्होंने कहा होगा, यह औरत सख्त और गंदी होगी।"

"मैं सिर्फ देखना चाहता था मिस्टर कायन! अच्छा होता कि उस रात तुम खुद ही हावर्ड से निपट लेते।"

"देखिए मिस्टर कुन्ट्ज। मैं समझ सकता हूं कि आप क्या सिद्ध करना चाहते होंगे। यह तुम्हारे पक्ष में जाता है यदि यह सिद्ध हो जाये कि क्लेयर हावर्ड को फंसाना चाहती थी। पर बात ऐसी नहीं थी, वैसे यह बात ज्यूरी को कभी मान्य हो ही नहीं सकती।"

"हावर्ड लगातार क्लेयर की तरफ देखता रहा था, मुझे बुरा लग रहा था, मैं तो वहीं ठीक कर देता, पर यह नहीं चाहती थी कि कोई हादसा हो। हम पिछले तीन महीनों से बड़ी मेहनत कर रहे हैं और यह हमारी घर से बाहर पहली रात थी। हैमिल्टन को भी यह बहुत बुरा लग रहा था कि हावर्ड लगातार क्लेयर को देख रहा है। उसने कुछ कहा होगा, पर इससे हत्या तो नहीं होनी चाहिए। वैसे किसी भी व्यक्ति को, किसी महिला को इस तरह

नहीं मारना चाहिए जैसे हावर्ड ने उन्हें मारा था। यह उसका हैमिल्टन के नाक पर मारना ही, उसकी मृत्यु का कारण बना।"

"मुझे आश्चर्य है कि यह हमेशा ही ऐसी लगे।" उसने कहा।

"यह कोर्ट में भी ऐसी ही लगेगी, यदि आप इसे वहां बुलाएंगे। वैसे इसका वहां बुलाना आपके केस को खराब करेगा।"

"मैं नहीं सोचता कि मैं इन्हें बुलाऊंगा। अच्छा मिस्टर कायन, वाकई में अब वक्त खराब होगा, मैंने इनके बारे में और तरीके से सोचा था। पर वैसा है नहीं।"

"वह उठा और चला गया।"

दूसरा व्यक्ति जो हमसे मिलने आया, वह शहर का कानूनी सलाहकार था। उसके पास राजकीय मार्ग के स्टेशन की वह रिपोर्ट भी थी जिसमें लीडिया पर शराब पीकर गाड़ी चलाने का आरोप था। जैसे ही उसने सुना कि लीडिया अपनी गलती को मेरे ऊपर थोपना चाहती है और सच कुछ और है तो वह एकदम नाराज हो गया। उसको विश्वास हो गया था कि लीडिया एक खतरनाक ड्रिंकर थी। यह बात ज्यूरी के सामने बड़ा प्वाइन्ट होगी। मैंने उससे इसके बाहर बात करनी चाही, पर वह माना नहीं।

दूसरे दिन सुबह प्रेस में छापा और सबको पता चल गया। सवेरे से ही लोग आने शुरू हो गए।

आने वाले लोगों में वह लड़का भी था, जिसका कैमरा लेकर मैंने फिल्म निकाल ली थी। उसने आते ही कहा-"हेलो! तो तुम प्रचार नहीं चाहते हो। मेरा सम्पादक तुम्हें ठीक करेगा कि तुमने हमारी एक फिल्म क्यों फाड़ी?"

हमारे ऊपर चारों तरफ से फ्लैश लाइट्स पड़नी शुरू हो गई। हमने बचने की बेकार कोशिश की। जब वे चले गए तो मैं ऊपर गया। मैंने बैट की पिस्तौल निकाली, साफ की और तेल दिया। गोलियां भरीं। थोड़े दिनों के बाद फिर से अपनी कमर में पिस्तौल लटकी देखकर कुछ अजीब लगा। मुझे अपनी प्रैक्टिस के काम होने का भी डर था।

क्लेयर ने मुझे अभ्यास करते देखा। मैंने उससे कहा-"मैं सोचता हूं कि तुम्हें कहीं भेज दूं। बैट मुझसे बदला लेना चाहता है, शायद इसके लिए वह तुम्हें तंग करेगा। सोचता हूं, तुम्हें कहां भेजूं।"

उसने अपना सिर हिलाया, कहा-"अब भागने से कोई फायदा नहीं। वे हमारे पीछे नहीं आएंगे। कई महीने हमें उनसे अलग हुए हो गए और वे मुझे

अदालत में भी बुलाएंगे। यदि कुछ होना होगा तो वहां भी हो सकता है। मैं तुम्हारे बिना कहीं शांति से नहीं रह सकती। मैं तुम्हें छोड़कर नहीं जाऊंगी।"

मैंने सोचा और निर्णय किया कि वह ठीक कहती है-"हम उनकी इन्तजार करेंगे।" मैंने कहा।

मुझे अखबार वालों से बुरी खबर की आशा थी, पर ऐसा कुछ नहीं हुआ। लेकिन उन्होंने पैराडाइज पाम की सारी कहानी मेरी फोटो के साथ छाप दी। उसमें किलयानी, क्लाय बोल्ड के नाम भी थे।

❖❖❖

कुछ सप्ताह कुछ नहीं हुआ तो हमारा तनाव कम होने लगा, पर हम सतर्क रहते। मैं अपने पास पिस्तौल रखता, अभ्यास भी करता, मैंने अपनी स्पीड पा ली थी। हमने अपने घर के पास ही कुछ पुलिस के कुत्ते भी रख लिए थे। पर कोई भी व्यक्ति मुसीबत की इन्तजार में ज्यादा नहीं रह सकता।

चार सप्ताह के बाद हम बिल्कुल स्वाभाविक हो गए। पहले हमें काफी घबराहट होती थी। कभी-कभी लगता था कि अजीब-सी आवाजें आ रही हैं। फोन की घंटी बजते ही बड़ी अजनबी नजरों से एक-दूसरे को देखते थे। पर धीरे-धीरे ठीक होते गए। पर मैं किसी भी कार को तब तक खुद नहीं देखता था जब तक कि उसके ड्राइवर को न देख लूं।

लीडिया हैमिल्टन का मुकद्दमा तीन साल तक गरमागरम रहा, उसके वकील ने अपराधी भाव मानकर मुकद्दमा लड़ा, लेकिन उसने कहा कि यह अपराध उत्तेजना में हुआ। उस मुकद्दमे में हमें नहीं बुलाया गया, क्योंकि हमसे कोई मदद नहीं मिलती।

मुकद्दमे के लगभग एक माह बाद, एक दिन जब मैं शाम का काम समाप्त कर चुका था कि फोन की घंटी बजी। घंटी सुनकर वेन फोन उठाने लगा तो मैंने उसे रोका। मैंने फोन उठाया, वैसे ही एक कार स्टेशन में आई।

"कायन!" एक स्त्री की आवाज थी। मैं उस आवाज को पहचान गया और मुस्कराया।

"हैलो, लायस, मुझे उम्मीद थी कि तुम फोन करोगी।"

"क्या कुछ समय चाहते हो?"

"मैं नहीं, तुम....।" और मैं हंस दिया। हालांकि मैं हंसना नहीं चाहता था।" बैट कैसा हैं? "मैंने पूछा।

"ठीक है। पर कायन हमारा आना तुम्हें अच्छा नहीं लगेगा।"

"तुम समझदार क्यों नहीं होतीं तुम समझती हो मैं तुम लोगों की परवाह करता हूं। मैं तुम्हें और बैट को देख सकता हूं। उससे कहना कि पुलिस को हत्या के मामले में उसकी जरूरत है और यह भी कि यदि तुमने जरा-सी भूल की तो खूबसूरत जेल में तुम्हारा स्वागत होगा। तुम्हारा उसके साथ होना तुम्हारे पर भी मुसीबत खड़ा कर सकता है।"

"सुनो जनाब, काफी देर हो गई हिसाब पूरा नहीं हुआ, अब मैं बैट के साथ तुम्हारा इन्तजार कर रही हूं।"

"अपने को सम्भालो, उत्तेजित मत होओ। अपनी योजना बताओगी या गुप्त रखोगी।"

"हम तुम्हारी लड़की को उठाकर लायेंगे और फिर तुम्हें अपने पास बुलायेंगे।"

"एक खाली बन्दूक लेकर।"

"नहीं, अबकी बार वह खाली नहीं होगी और न उसका खोल ढीला होगा, हम तुम्हारे पास सूरज निकलने से पहले ही होगे।"

मैंने क्लेयर को कहा कि मैं बीस मिनट बाद आऊंगा और वेन से कहा कि हाइ-वे पर ले चलो। फिर मैं पुलिस स्टेशन आया। मैंने लेफ्टिनेंट मैलोरी को पूछा।

मैलोरी और मैं एक-दूसरे को जानते थे। वह अक्सर पम्प पर आया था। हमारे यहां उसे हमेशा ठण्डी बीयर मिलती थी।

"तुम्हारी क्या योजना है?" उसने पूछा।

"मुझे संरक्षण चाहिए।"

उसने मेरी तरफ देखा और हंसा-"यह खूबी, तुम्हें सुरक्षा चाहिए। मुझे विश्वास नहीं होता, तुम्हारे जैसा आदमी....।"

"हां, मैं भी समझता हूं, पर पुराने दिन खत्म हो चुके। थोड़ा वक्त दो, मैं तुम्हें एक कहानी बताना चाहता हूं।"

मैंने उन्हें सारी कहानी सुना दी और बैट तथा लायस के इरादों से भी परिचित करा दिया।

"लेकिन तुम थामसन जैसे क्रूर व्यक्ति से नहीं डरे, अब किस बात का डर?" वह हैरानी से बोला।

"नहीं, मैं किसी से डरना नहीं, पर अब ज्यादा जिम्मेदार हो गया हूं। मेरे मस्ती के दिन खत्म हो चुके हैं। अब मेरे पास एक पत्नी है, सर्विस स्टेशन है। अब तुम लोगों को कुछ करना चाहिए।"

"ठीक है, हम तुम्हारे स्थान पर खोज-खबर रखेंगे।"

"हो सकता है बैट उस वक्त आए जब तुम वहां न हो।"

"तब तुम उससे निपट लेना, यह तुम्हारा अधिकार होगा।"

मैंने अपना सिर हिलाया-"क्या मुझे उपशासनाधिकारी बनाया जा सकता है। मेरे पास इस सड़क का परमिट भी नहीं है।"

"मैं तुम्हें कुछ नहीं बना सकता। हो सकता है, डी. ए. कुछ कर सके।"

"मुझे एक विचार आया है कि फैडरल ऑफिस में बैट की खोज है। है न।"

"उनसे बात करो। इस बीच में मैं तुम्हारे घर के चारों तरफ पैट्रोलिंग तेज करवा देता हूं।"

मैंने उसे धन्यवाद दिया और फैडरल ऑफिस की तरफ चला। एक घंटे बाद मैं वहां पहुंचा। पर मैं एक पिस्तौल का परमिट लेकर ही बाहर निकला, साथ में एक पत्र भी, जिसके अनुसार मैं फैडरल ऑफिस के साथ अस्थाई तौर पर संयुक्त मान लिया गया, हौस्किस को यह सब कुछ कराने में काफी परेशानी पड़ी।

मुझे घर पर खाने में देर हो गई थी। क्लेयर चिन्तित थी, पर जैसे ही उसने देखा, उसकी चिन्ता जाती रही।

"तुम कहां गए थे?" उसने पूछा।

मैंने उसे लायस के विषय में बताया और पिस्तौल का परमिट और अधिकार पत्र भी दिखाया।

"अब मैं सरकार का आदमी हो गया हूं। कैसा लगा?" मैंने मुस्कराकर पूछा।

वह थोड़ी डरी पर उसने अपना डर छिपा लिया। वह बोली-"मुझे यह अच्छा लगा, एक सिपाही किचन में सेब खा रहा है, वह तुम्हारे आने तक मेरी देखभाल के लिए आया था।"

मैं हंसा और कहा-"अब मैं बैट के लिए तैयार हूं। मुझे नहीं मालूम कि वे तुम्हारा पीछा करेंगे! लायस यह बात मुझसे नहीं कहती अगर उनका ऐसा विचार होता।"

तीन दिन बीत गए कुछ नहीं हुआ। एक सिपाही हर तीन घंटे बाद आता और हाल-चाल पूछकर चला जाता।

मैं अभी निश्चिन्त नहीं था, मुझे मालूम था कि लम्बे वक्त से पहले ही कुछ होने वाला है और दूसरी रात वह कुछ हुआ।

हम ग्यारह बजे सोने के लिए चले गए। मैंने बैडरूम का दरवाजा बन्द करके ताला लगा दिया। खुली हुई खिड़की पर जाली लगा दी। अब कोई भी व्यक्ति बिना हमें जगाए अन्दर नहीं आ सकता था।

यह एक चांदनी रात थी। वेन साढ़े दस बजे तक व्यस्त रहा और अब व्यापार बन्द करने का समय हो गया था। क्लेयर और मैं एक बड़े डबल बैड पर साथ-साथ लेटे हुए थे। मैं आधी नींद में था कि मैंने एक कार उधर आती हुई देखी, पहले तो मैंने कोई चिन्ता नहीं की। पर अचानक कुछ आवाज आई और हम जागकर बैठ गए।

क्लेयर ने मुझसे पूछा-"यह क्या है?"

"मुझे नहीं मालूम, क्या तुमने कुछ सुना?"

"लगता है कि कुछ सुना, पर साफ-साफ नहीं।"

हमने सुनने की कोशिश की, पर वहां चुप्पी थी।

एक कार एक-दो मिनट पहले ही आई थी। मैंने देखा कि वह अभी गई नहीं। मैं फर्श पर खड़ा हो गया, मैंने वेन की आवाज भी नहीं सुनी। मैं खिड़की के पास आया तो देखा कि एक बड़ा प्लाइमोव रास्ते के बीच खड़ा था। वहां न वेन था, न ड्राइवर।

मैं चुपचाप सुनने लगा। नीचे कंक्रीट पर कुछ कदमों की आहट आई, फिर कोई रुका। एक स्त्री की छाया मेरी नजरों के सामने आई। मैं तब तक उसे देख नहीं सकता था जब तक कि मैं खिड़की से बाहर झांक कर न देखूं! मैंने ऐसा नहीं किया पर परछाई को देखने लगा।

अचानक मुझे बिजली का झटका लगा। मैंने उस छाया को पहचान लिया। मैं जल्दी से घूमा और पिस्तौल हाथ में ले ली।

"क्या वे आ गए हैं?" क्लेयर ने पूछा।

"हो सकता है।" मैंने कहा-"नीचे एक स्त्री है, शायद लायस, ठहरो मैं देखता हूं।"

वह बिस्तर से उठी और मुझे पकड़ लिया-"मत जाओ, प्लीज, हम

पुलिस को बुला लेते हैं। बैट तुम्हें बाहर करना चाहता है, वे तुम्हारा इन्तजार कर रहे हैं।"

"ठीक है, हम पुलिस को बुलायेंगे, तुम कपड़े पहन लो।"

मैं कमरे के बाहर आ गया। सीढ़ियां उतरीं, अन्धेरा था, अतः मैं सतर्क होकर चलने लगा। मुझे चलने का ढंग क्लार बोल्ड ने बताया था। अब मैंने उसका प्रयोग किया।

मैं गलियारे में पहुंच गया, सामने वाला दरवाजा पार किया, वहां फोन रखा था। मैं अन्धेरे में ही वहां पहुंचा, फोन उठाया पर वह काम नहीं कर रहा था, उन्होंने तार काट दिये थे।

मैं खिड़की पर पहुंचा, बाहर झांका, प्लाइमोथ अभी भी वहीं खड़ा था, मैं उस स्त्री को नहीं देख पाया। पर मैंने दफ्तर के पास एक छाया सरकती देखी, पर यह वेन भी हो सकता था, या कोई कुत्ता भी–मैं फिर गलियारे में आ गया।

क्लेयर फ्लैश लाइट लेकर सीढ़ियों के सिरे तक आ गई थी। मैंने धीरे से उसे लाइट न जलाने को कहा।

"क्या पुलिस आ रही है?" उसने पूछा।

"लाइन कटी हुई है। यहीं ठहरो–मैं उन्हें देखने जाता हूं।"

"बाहर मत जाओ, मैं जानती हूं कि वे यही चाहते हैं। वे दरवाजे की तरफ देख रहे हैं।"

"मैंने सोचा, वह ठीक थी।"

"नहीं जा रहा।" मैं किचन की तरफ आ गया। यहां तक आने में मुझे हाथों और घुटनों के बल चलना पड़ा। मैंने किचन की खिड़की से बाहर झांका।

बाहर नीचे, लायस स्पैंस खड़ी थी। मैंने उसे ठीक तरह से देख लिया था। वह काले रंग की स्लेप्स और कोट पहने थी। वह ऊपर की खिड़की पर देख रही थी, मैं उसे शूट कर सकता था, पर एक औरत को मारना मुझे अच्छा नहीं लगा।

क्लेयर भी मेरे पास आ गई। हम लायस को देखते रहे, वह ऊपर की खिड़की को।

"मैं उसे डरा सकता हूं!" मैंने कहा–"पर जब तक बैट नहीं दिखता मैं कुछ नहीं करूंगा।"

"वह कहां है?" उसने पूछा।

"मैंने उसे अभी नहीं देखा, जब देखूंगा तो उसके सिर में एक बड़ा छेद बना दूंगा।"

लायस अचानक मुड़ी और घर के मुख्य दरवाजे की तरफ गई, तभी अचानक कोई ठोस चीज कंक्रीट पर गिरी। क्लेयर ने पूछा–यह क्या है?"

"मुझे नहीं मालूम।" मुझे वेन की चिन्ता लगी हुई थी। यदि उन्होंने उसे मारा तो वह बेकसूर मारा जाएगा।

क्लेयर ने मुझे पकड़ कर कहा–"कुछ करना नहीं।"

"नहीं, पर मैं सामने वाले कमरे में जाता हूं, शायद वहां से कुछ पता चले कि क्या हो रहा है?"

वह भी मेरे साथ आई। जैसे ही हम गलियारे में पहुंचे, एक भयानक चीख सुनाई दी। यह चीख सामने वाले कमरे के दरवाजे से आई थी।

मैं आगे बढ़ा, पर क्लेयर ने मुझे पकड़ लिया।

"यह एक जाल है, ठहरो और सुनो।"

मैं रुका तो सुना कि कार का इंजन स्टार्ट हुआ, गीयर लगे और कार रास्ते पर खिसकी। मैंने पर्दे हटाकर झांका। तो देखा कि प्लाइमोथ रास्ते पर जोर से घिसट रहा था। वह घूमा और बड़े रास्ते पर पहुंचा। लायस स्पैंस कंक्रीट पर हवा के खम्भे के साथ लेटी हुई थी।

मैं सामने वाले दरवाजे पर कूदा।

"ठहरो!" मैंने क्लेयर के हाथ को दूर करते हुए कहा और दरवाजा खोला।

"नहीं।" वह चिल्लाई–"नहीं।"

मैं एकदम बाहर आ गया और लायस के पास पहुंचा। वह उठने की कोशिश कर रही थी, उसका चेहरा भय से कांच रहा था।

उस पर एक लाल नीला निशान बन गया था। उसे गहरी चोट लगी थी।

"उसने गैस पम्प के फ्लूज को जला दिया।" लायस ने मुझे देखा, कहा–"मुझे यहां से निकालो। माई गॉड, हम नरक में पड़ जाएंगे। उस बदमाश चूहे ने दोहरी चाल चली है।"

उसने मेरा पायजामा पकड़ लिया, मैंने छुड़ा लिया, किन्तु उसके हाथ में कपड़े का एक टुकड़ा रह गया था।

"क्लेयर! जल्दी जाओ।" मैंने कहा।

मैं घर के दरवाजे की तरफ भागा और फिर क्लेयर को बुलाया।

अचानक गैस पम्प का मुंह खुला, एक लाल-नीली-पीली लौ बाहर निकली। अंधेरे को चीरती वह तेज हो गई और एक भयानक आवाज तक मैं होश में रहा।

मैंने क्लेयर को देखा, उसके हाथ चेहरे पर थे। आंखों में डर था। मैं और ज्यादा नहीं भाग सकता था, तभी एक धमाका हुआ और मैं नीचे गिर गया। फिर भी मैंने संघर्ष किया। घुटनों के बल उठा, मैंने देखा कि घर कांप रहा है। मैंने फिर आवाज देने की कोशिश की, पर जमीन कांपी, ध माके ने मुझे घेर लिया और मैं दूर जा गिरा, पर मेरा घर ताश के पत्तों की तरह ढह गया था।

❖❖❖

"तुम अब अन्दर जा सकते हो।" नर्स ने कहा-"पर उसे उत्तेजित मत करना। वह अभी भी डर से घबराई हुई है।"

मैं कुछ कहना चाहता था, पर नहीं कह सका और दरवाजा खोलकर अन्दर आ गया।

क्लेयर सामने ही छोटे-से बिस्तर पर लेटी थी। उसके सिर पर पट्टियां बंधी थीं, उसके दाएं हाथ पर भी पट्टियां थीं।

हम दोनों ने एक-दूसरे को देखा, उसकी आंखें मुस्कराई, मैं उसके पास आकर खड़ा हो गया।

"हैलो।" उसने कहा-"हम बच गए डार्लिंग।"

"हां, हम बच गए।" मैंने कहा और एक कुर्सी खींच कर बैठ गया, बोला-"वह शायद अन्तिम सांस का दिन था, बिल्कुल आखिरी, मैंने सोचा हम फिर नहीं मिल सकेंगे।"

मैंने उसका हाथ अपने हाथ में ले लिया।

"मैं भी तो बड़ी सख्तजान हूं।" वह बोली।

"सब ठीक हो जाएगा, तुम ज्यादा नहीं जली हो। तुम फिर से उतनी ही प्यारी लगोगी, जैसे पहले थीं।"

"मुझे अपनी चिन्ता नहीं थी, पर मैं नहीं चाहती थी कि तुम्हारी पत्नी बदसूरत हो।"

"कौन कहता है कि मेरी बीवी सुन्दर नहीं है।" मैंने उसके हाथ को चूमते हुए मजाक में कहा।

उसने मेरा हाथ कसा और मुझे देखने लगी–"हमारे घर का कुछ भी नहीं बचा, ठीक है न।"

"हां, सब नष्ट हो गया।" फिर मुस्कराते हुए मैंने कहा–"यह एक अच्छा घर था, नष्ट हो गया।"

"अब क्या करोगे?"

"चिन्ता मत करो, मैं और बना लूंगा। जैसे ही तुम ठीक होगी, मैं फिर से बनाना शुरू कर दूंगा। हम तुम्हारा वह रेस्टोरेंट बनाएंगे। हमारा स्टेशन इन्श्योर्ड था, पैसे की कोई चिन्ता नहीं होगी। कुछ समय लगेगा पर शायद आगे के लिए ठीक हो जाए। अब मैं अपना स्टेशन सड़क के किनारे बनाऊंगा।"

"उन लोगों का क्या हुआ?"

"लायस यहीं है।" मैंने कहा–"वह बहुत जल गई है। डाक्टर को उसके ठीक होने में सन्देह है।"

"इसका मतलब, वह मर जाएगी।"

"शायद।" मैंने सिर हिलाया।

"और बैट का क्या हुआ?"

"बैट को उन्होंने पकड़ लिया है। वह एक पुलिस गाड़ी में भाग था। उसके बारे में सोचने की कोई बात नहीं।"

मैं नीचे झुककर अपने जूते ठीक करने लगा, मैं अब उससे आंखें नहीं मिलाना चाहता था, शायद उसे पता चल जाए कि मैं झूठ बोल रहा हूं।

"इसका मतलब है कि तुम्हारी मुसीबत वाकई में खत्म हो गई।"

"हां, निश्चित रूप से। जैसे ही तुम यहां से मुक्त होओगी, हम फिर से जिन्दगी शुरू करेंगे। सब कुछ ठीक हो जाएगा।"

उसने आंखें बन्द कीं और तनाव से मुक्त हो गई। मैंने उसका हाथ चूमा और थपथपाया, फिर कमरे से बाहर हो गया। एक नर्स बरामदे में मेरा इन्तजार कर रही थी।

"मिस स्पैंस ने आपको याद किया है।" वह बोली।

"ओ. के., पर अब वह कैसी है?"

नर्स ने सिर हिलाया–"वह बुरी तरह जल गई है, ज्यादा देर तक वह जिन्दा नहीं रह सकती शायद।"

मैं उसके साथ लायस के कमरे में गया। एक सिपाही बाहर था, उसने मुझे नमस्कार किया। मैंने लायस को देखा, वह लेटी हुई थी, उसके चेहरे पर तो विशेष निशान नहीं थे पर उसकी छाती बुरी तरह जल गई थी। मैं उसके पास खड़ा हो गया।

उसने ऊपर देखने की कोशिश की और मेरे चेहरे की तरफ मुंह घुमाया। उसे बहुत तकलीफ हो रही थी।

"हैलो जुआरी, तुम बड़े भाग्यवान हो।"

मैंने जवाब में कुछ नहीं कहा।

उसके चेहरे पर गुस्सा उभर आया, उसने अपने होंठ काटे और कहा–"मैं तुमसे बात करना चाहती हूं।"

मैंने कुर्सी खींची और बैठ गया।

"तुम शान्त हो जाओ! तुम बुरी तरह से जल गई हो, तुम्हें अन्दर की ताकत चाहिए।"

"मैं जानती हूं, अब मैं नहीं बचूंगी, पर मैं तुमसे मिलना चाहती थी।"

"ओ. के., कहो क्या कहना है?"

"आदमियों के साथ मेरा दुर्भाग्य ज्यादा रहा, जॉन गोमेज के अलावा सबने मेरा शोषण करना चाहा। जॉन को मैं बहुत चाहती थी, कायन! जब वह मर गया तो मैं पागल हो गई। पर मुझे तुम्हें छोड़ देना चाहिए था। रात की बात में मेरी इच्छा नहीं थी...फिर भी तुम.. भाग्यवान हो।"

"तुमने कुछ बुरा नहीं किया? तुमने मेरा घर नष्ट कर दिया, मेरा बिजनेस चौपट कर दिया और तुम क्या कर सकती थीं?"

"पर तुम अभी भी जीवित हो, तुम्हारी पत्नी भी....पर जॉन नहीं है, मैं भी नहीं रहूंगी।"

"इन बातों को छोड़ो! इनसे कुछ नहीं होगा।"

"बैट ने दोहरी चाल चली है।" उसने नफरत से कहा।

"और तुम क्या सोचती थीं, सांप अपनी मां को भी नहीं छोड़ता।"

"यह मेरा अपराध है! मैं उसको साथ लेकर तुमसे समझौता करना चाहती थी। पर उसको लगता था कि मैं उसके साथ ही हो गई हूं और तब

तक चुप नहीं रहूंगी जब तक यह सब कुछ खत्म न हो जाए। पर मैं उसे पसन्द कैसे कर सकती थी। मैंने उसकी उपेक्षा की। यह मैंने उससे कह भी दिया था; अत: उसने मुझसे बदला ले लिया!"

मैं कुछ नहीं बोला।

"यह मैंने उसे बताया था कि गैस पम्प का विस्फोट कैसे किया जाए। एक सप्ताह तक उसे सिखाती रही। वह मेरे बिना यह काम नहीं कर सकता था। वह तुम्हें शूट करना चाहता था पर मैं ज्यादा चालाकी बरतना चाहती थी और मेरी इच्छा थी कि मैं तुम्हें तुम्हारी पत्नी के साथ घर में बन्द आग की लपटों में जलते देखूं।"

उसके प्रति इन बातों से मुझे नफरत नहीं हुई, वह मर रही थी। उसने जो कुछ किया, उसका फल मिल रहा था।

"तुम बैट को नहीं छोड़ोगे?" उसने अचानक कहा।

"ठीक है, पर वह है कहां?"

"तुम क्या करोगे?"

"उसे शूट करूंगा या गिरफ्तार करा दूंगा। मुझे अब किसी की भी चिन्ता नहीं हैं।"

"मेरी इच्छा है कि उसके साथ वैसा ही हो, जैसा मेरे साथ हुआ।"

"वह है कहां?"

"वह अब तक मेरे घर से निकल चुका होगा। वह छोटे लायस के पास जायेगा। तुम उसे वहां खोज सकते हो। वहां और कोई छिपने की जगह नहीं जानता। और उसने मुझे छोटे लायस का सॉन फ्रांसिस्को वाला पता दे दिया।"

"यह कौन है?"

"सिर्फ एक लड़का, जरा ध्यान रखना, वह चलते हुए आदमी के सिर पर भी छेद कर सकता है। तुम जाओ और किसी भी तरह बैट को पकड़ लो।"

"मैं उसे नहीं छोडूंगा।" मैंने खड़े होते हुए कहा।

बाहर आकर मैंने देखा कि टिम डुआल मेरी प्रतीक्षा कर रहा था, एक बार तो मुझे विश्वास ही नहीं हुआ।

"क्या तुम्हें उम्मीद थी?" उसने हाथ मिलाते हुए कहा–"जैसे ही हमने अखबारों में पढ़ा, मैं यहां जहाज से आया। सबने मिलकर किराये का प्रबन्ध किया। वे भी आना चाहते थे, पर नहीं आ सके।"

"मुझे बहुत खुशी हुई।" मैंने उसकी पीठ थपथपाते हुए कहा।

"होनी चाहिए। हैरी भी जल्दी आयेगी, वह गाड़ी से आ रही है। लड़की कैसी है?"

"ज्यादा बुरी नहीं। वह एक आध महीने में ठीक हो जाएगी, वाकई में यह सब कुछ काफी भयानक था, तुम्हारे लिए एक काम है टिम।"

"मैं जानता हूं। इसीलिए मैं आया हूं! बैट?"

"हां बैट! क्लेयर की देखभाल सिर्फ तुम कर सकते हो। जब तक वह सुरक्षित है, मैं काम कर सकता हूं। बहस मत करना! मैंने आगे कहा–बैट खतरनाक है। वहां फिर सब कुछ खत्म करने आ सकता है। तुम यहीं रहो, जब तक तुम यहां हो वह सुरक्षित है।"

"ठीक है।"

मैंने उसके गाल पर चुटकी काटे और कहा–"एक बात और कि मैंने क्लेयर को कहा है कि बैट जेल में है। तुम यहीं ठहरो। मैं यह काम खत्म करके आता हूं। और इससे पहले कि वह कुछ कहे मैं वहां से चल दिया।"

❖❖❖

टैक्सी ड्राइवर ने मकान दिखाया और रोक दिया। वह बोला–"बस, मैं यहीं तक तुम्हें ला सकता था। वह व्यक्ति नीचे गलियारे में हैं। यदि वह वही है, जिसकी तुम्हें तलाश है।"

मैं बाहर आ गया, नीचे झांका, गलियारा देखा, उसके सिरे पर दो व्यक्ति खड़े थे।

"क्या मैं ठहरूं।" उसने कहा–"यह तुम्हारा घर तो नहीं है।"

वहां अन्धेरा था, समुद्र के पानी में बिल्डिंग की छाया पड़ रही थी, गली का सिग्नल लैम्प पीली रोशनी का था। दूर समुद्र में जहाज का सायरन बज रहा था और समुद्र किनारे की दीवार से टकराकर पानी की परिचित आवाज आ रही थी।

मैंने सिगरेट सुलगाई, आगे बढ़ा, छोटे लायस ने रहने के लिए एक एकान्त जगह चुनी थी। आस-पास के मकान पुराने हो चुके थे। उन्हें गिराया जाना था, टैक्सी ड्राइवर ने बताया था कि इन्हें खतरनाक घोषित किया जा चुका है।

एकाध भूखा कुत्ता किनारे की छाया से आया और मेरे पैरों पर लिपट गया। मैंने उसके सिर पर हाथ फेरा और आगे बढ़ गया। कुत्ता मेरे पीछे-पीछे आया। लायस की जगह इस लाइन में अन्तिम थी। मैंने अपनी सिगरेट फेंक दी।

यह बिल्डिंग तीन मंजिला थी। कोई प्रकाश नहीं था। यह बहुत बियावान और ऊबड़-खाबड़ जगह लग रही थी। मैंने बिल्डिंग के पिछले वाले हिस्से को देखना चाहा, पर वहां ताला लगा हुआ था। ताला मजबूत था।

मैं फिर बिल्डिंग के सामने आ गया। पहले एक दरवाजा खोलने की कोशिश की, वह नहीं खुला, फिर दूसरी एक खिड़की पर जोर मारा, वह भी नहीं हिली, फिर एक तीसरी खिड़की का सिरा जरा-सा ऊपर उठा कर देखा, उसको पकड़ कर मैंने खींचा तो एक जोर से तड़ाक की आवाज हुई। मैंने उसे फिर अन्दर धकेला, आवाज फिर हुई, पर अब की बार कम थी। मैं अन्दर आ गया और मैंने अपने हाथ में पिस्तौल ले ली। फिर मैंने दूसरी अन्दर वाली खिड़की पर कोशिश की, वह आसानी से खुल गई। मैंने कमरे में झांक कर देखा तो सिर्फ अंधेरा था। एक टॉर्च निकाली, कमरा देखा, वह गंदा था।

पर मुझे आश्चर्य हुआ जब मैंने कमरे के फर्श पर पैरों के निशान और दरवाजे पर हाथों के निशान देखे। लग रहा था कि यहां दासियों वर्षों से कोई नहीं रह रहा था।

मैं दरवाजे पर पहुंचा, हैंडल घुमाया और दरवाजा अपनी तरफ खोला। सुना, वहां कोई आवाज नहीं थी। पर एक लैम्प जल रही थी।

मैंने टॉर्च अपनी जेब में रखी। मैं कमरे से गलियारे में आ गया। सामने एक दरवाजा था। दायीं तरफ बड़ा-सा एक और दरवाजा था। बाईं तरफ सीढ़ियां थीं। वे टूटी-फूटी हुई थीं।

मैं कमरे के सामने वाले दरवाजे पर गया, मैं सतर्क था, कुछ क्षणों के बाद मैंने लकड़ी के फर्श पर कदमों की आहट सुनी। मुझे आश्चर्य नहीं होता यदि यह पता चलता कि बैट कमरे के पीछे है। मुझमें कोई उत्तेजना नहीं थी। मैं उसे मारने आया था और मैंने सोचा कि मैं उसे मार डालूंगा।

अचानक मेरा हाथ दरवाजे के ऊपर एक पीतल के कुन्दे पर पड़ा।

मैंने उसे हल्के से घुमाया। उसमें से कोई आवाज नहीं आई। फिर मैंने उसे धकेला।

वह एक छोटा-सा कमरा था, उसमें मद्धिम रोशनी थी और लकड़ी के पैकिंग केस दीवार से सटे रखे थे। बीच में एक कुर्सी और मेज थी। पास में ही एक बिस्तर था जिस पर एक चादर बिछी हुई थी।

लायस मेज पर बैठा था, उसके हाथ में ताश के पत्ते थे। वह कोई उलझन भरा खेल खेल रहा था। जैसे ही मैं कमरे में आया, उसने अपना सिर ऊपर किया।

छोटे लायस की पीठ पर एक छोटा-सा कूबड़ था। उसका चेहरा ऐसा था जैसे किसी विस्फोट के बाद हुआ हो। उसकी भौंहों के नीचे छोटी सख्त आंखें थीं। उसका बेडौल मुंह मुझे देखते ही खुला रह गया।

जैसे ही उसने मेरी तरफ देखा, मैंने कहा-"वैसे रहो। और अपनी पिस्तौल उसकी तरफ तान दी।"

उसका चेहरा सख्त हो गया। पर उसने फिर से अपने हाथ मेज पर छुआने शुरू किये। मैं कमरे के अन्दर आ गया। अपनी एड़ी से दरवाजा बन्द कर दिया। वह मुझे हक्का-बक्का होकर देखने लगा।

"तुम क्या चाहते हो?" लड़खड़ाती आवाज में उसने पूछा।

"मेज से उतर जाओ।" और मैं कुछ कदम और आगे बढ़ गया।

उसे हिचकिचाहट हुई। उसने लकड़ी का बक्सा, जिस पर वह बैठा था पीछे खिसकाया और खड़ा हो गया। खड़े होते ही कोई चीज नीचे फर्श पर गिरी, मैंने देखा तो वह एक तेज चाकू था।

"पीछे दीवार से लग जाओ।" मैंने उसकी तरफ बढ़ते हुए कहा।

वह पीछे हटा, उसने कंधे तक अपने हाथ उठा लिए। पर उसकी आंखों में डर नहीं था। आगे बढ़कर मैंने चाकू उठाकर जेब में डाल दिया।

"बैट कहां है?" मैंने पूछा।

उसकी आंखें भिंचीं-"उसे कौन बुलाता है?"

"तुम सिर्फ कहो, वह कहां है, मैं जल्दी में हूं।"

"तुम गलती पर हो, मैं किसी बैट को नहीं जानता।"

"तुम जल्दी बताओ?"

"तुम कौन हो, शायद इस रैकेट में नये हो, मुझे नहीं जानते, मैं सबका मित्र हूं।"

"मेरे नहीं।" मैंने कहा और अपनी पिस्तौल के कुन्दे से उसके मुंह पर वार किया।

उसने अपना सिर पीछे हटा लिया, पर उसके चेहरे पर एक लाल रेखा उभर आई।

"बैट कहां है?" मैंने पूछा और जैसे ही उसने मुझे घूरकर देखा, मैंने फिर उसके मुंह पर चोट की–"मैं इसी तरह सारी रात पूछता रहूंगा, बैट कहां है?"

उसने छत की तरफ इशारा किया–"ऊपर के कमरे में। दरवाजा सीढ़ियों के सामने हैं। उसने मुझे धीमे शब्दों में गाली दी।"

"अकेला है?" मैंने पूछा।

"हां।" उसने कहा।

मैंने उसकी तरफ ध्यान से देखा, वह खतरनाक लग रहा था; अतः उसे ऐसे छोड़ना ठीक नहीं था। मैंने उसे लड़ाई के लिए उत्तेजित करना चाहा पर यह विचार ठीक नहीं रहा।

मैंने अपनी पिस्तौल नीचे की। कहा–"तुमने पहले क्यों नहीं बताया, इससे तुम्हें यह तकलीफ नहीं होती।"

इतने में दो लम्बे बाजू मेरी तरफ बढ़े। ऐसा लगता था जैसे वे प्लास्टिक के बने हों। मैंने सोचा, मैं उनकी पहुंच के बाहर हूं पर वे अचानक मेरे ऊपर आ गए। दो हाथों ने मेरी कलाई पकड़ ली और अपनी तरफ धक्का दिया।

उसने मुझे दो बार झटका दिया। मेरी गर्दन पर चोट की। मैं उसके विरोध में कुछ नहीं कर पाया और उसका दबाव अपनी गर्दन पर महसूस किया। मेरी चेन गिर गई थी, वह भी उसने उठा ली। मैंने उसकी कलाई पर चोट की, फिर पेट में। वह दोहरा हो गया। पर जैसे ही मैं उस पर कूदा, उसने अपने हाथ से मेरे सिर को पकड़ लिया। यह ऐसा ही लगा जैसे सिर पर चोट की हो। मैं साइड में लेट गया, मेरे कानों में घंटियां-सी बजने लगीं। मैंने देखा कि दो लम्बे पांव दरवाजे की तरफ बढ़ रहे हैं। मैंने उन्हें पकड़ा, उन पर झूल गया और नीचे गिरा दिया। वह मेरे पास ही गिर गया। उसने फिर सिर पर चोट करने की कोशिश की, मैं हट गया। मेरे हाथ में अभी भी पिस्तौल थी मैंने उसके चेहरे पर वार किया।

वह दर्द से कराहा। उसने अपने मजबूत पंजों से मेरे शरीर को पकड़ा, मैंने उसके चेहरे पर वार करना जारी रखा। वह मेरे ऊपर था इसलिए चोट गहरी तो नहीं पड़ी, पर उसका चेहरा छिद गया था। वह पीछे हटा और चिल्लाने के लिए मुंह खोलना चाहता था कि मैंने कहा–"जरा भी बोले तो मैं तुम्हारे सिर पर चोट करूंगा।"

मेरी पिस्तौल की नली उसके मुंह के पास थी, वह डर गया था। उसने दूर होने की कोशिश की, पर मैंने उसकी गर्दन् पर पिस्तौल तान दी। उसने मेरी कलाई पकड़ ली, खींचने लगा। मैंने फिर वार किया और पिस्तौल उसके दांत पर लगी। पर उसने खुद को ऊपर उठा लिया था। लेकिन मैंने फिर उसके पेट में चोट की।

वह गिर गया, उसकी उंगलियों से खून निकलने लगा। मैंने उसकी आंखें देखीं–वह बेहोश हो गया था।

खड़े होकर मैंने अपने को सम्भाला। मेरे पैर कमजोरी महसूस कर रहे थे। हम कुछ मिनट ही लड़े थे पर यह एक अनुभव था। वह काफी ताकतवर था।

मैंने उसे वहीं छोड़ दिया और सीढ़ियों की तरफ बढ़ा। सीढ़ियां अच्छी नहीं थीं। मैं ऊपर चढ़ गया और सुनने की कोशिश की।

एक कमरे से एक स्त्री की आवाज आई। एक आदमी उसे चुप करा रहा था। मैं रास्ते में ही आगे बढ़ा और दूसरी सीढ़ियां चढ़ने लगा।

मेरे पीछे एक दरवाजा खुला। मैंने देखा कि एक गंदी–सी औरत आधी रास्ते में और आधी कमरे में होकर गिर पड़ी है। उसके बाल खुले हुए थे।

"मुझे बचाओ।" उसने दीवार की तरफ देखकर कहा। फिर एक आदमी रास्ते में आया और औरत को बालों से पकड़कर कमरे में कर लिया। दरवाजा बन्द होते ही स्त्री चिल्लाने लगी।

उसे छोड़कर मैं आगे बढ़ा। यह एक साक्षात् नरक था, मैंने सोचा और बढ़ गया। एक लैम्प सीढ़ियों में जल रहा था। मैं रुका और कुछ सुनने की कोशिश की। अगर लायस ने झूठ नहीं बोला तो मैं बैट के कमरे के दरवाजे के बाहर आ गया था।

मैं बाहर खड़ा रहा, रुक कर कुछ सुनने लगा। एक औरत कह रही थी–"हे भगवान, मैं इस सबसे तंग आ चुकी हूं।"

बैट ने कहा–"तुम जहन्नुम में जाओ, मैं भी तंग आ चुका हूं।"

मैंने दरवाजा खोला और अन्दर आ गया।

❖❖❖

एक काले अण्डरवीयर में एक लड़की खड़ी थी। उसकी टांगें और पैर नंगे थे। वह एक मेज के पास खड़ी थी, जहां पर खाना रखा था और शराब की बोतलें भी।

उसने जैसे ही दरवाजा खुलने की आवाज सुनी, वह घूमी और मेरी तरफ देखा। मैं सिर्फ यही देख पाया कि बैट सामने खड़ा है। लड़की सीधी उसके सामने खड़ी थी।

"बाहर जाओ, तुम गलत कमरे में आ गए हो।" उसने कहा।

"मैं बैट से मिलना चाहता हूं।" मैंने कहा, उसने पिस्तौल देखी और चीखी।

"मुझे बैट चाहिए, रास्ते से हट जाओ।" मैंने भी चीखकर कहा।

बैट ने मेरी आवाज से मुझे पहचान लिया। उसने लड़की को अपनी छाती से लगा लिया और उसके कंधे से झांककर मुझे देखने लगा।

"हैलो।" उसने कहा।

"इस लड़की को अलग हटाओ।" मैंने कहा।

उस लड़की ने हटने की कोशिश की, पर बैट ने उसे आसानी से पकड़े रखा।

"तुम चुप रहो।" उसने उसके कान में कहा।

उस लड़की ने घूरने की कोशिश छोड़ दी, उसकी आंखों में डर उतर आया था। वह बच्चे की तरह से पिस्तौल की तरफ देख रही थी।

मुझे इस बात से हैरानी हुई कि बैट ने अपनी पिस्तौल क्यों नहीं निकाली। फिर मैंने देखा कि उसकी पिस्तौल मैंटल पीस पर पड़ी थी और वह उसकी पहुंच के बाहर थी।

मैं हंसा–"तुम बड़े लापरवाह हो। मैं कमरे के उस तरफ कूदा।"

बैट भी घूमा, उसने अभी तक लड़की को पकड़ रखा था। मैंने दरवाजा खुला छोड़ दिया था, बैट लड़की को लेकर उधर से हटता गया और गलियारे में आ गया। दरवाजा बन्द हो गया था, मैंने पहली पिस्तौल जेब में रखी,

अपनी पिस्तौल को हाथ में लिए मैं दरवाजे की तरफ बढ़ा, खोला, बाहर गलियारे में अन्धेरा था।

कुछ लोग बाहर आ गए थे। अगर बैट अकेला होता तो मैं उसे अब तक मार देता, पर मैं लड़की को नहीं मारना चाहता था, मैं धीरे से चलने लगा तो बैट चिल्लाया–"माइक, मेरी पिस्तौल मुझे दो।"

मैं आवाज की तरफ बढ़ा, वह अभी भी लड़की को पकड़े हुए था।

"बाहर आओ, तुम चूहे!" मैंने लड़की का हाथ पकड़ लिया था। उससे मुझे धक्का दिया।

बैट अभी भी उसके पीछे था।

मैंने लड़की को छोड़ दिया, किसी ने मेरे पेट पर चोट मारी, एक क्षण को मैं घबरा गया।

मैंने सीढ़ियों पर चढ़ते हुए कदमों की आवाज सुनी।

एक आदमी तेजी से आया, उसने मुझ पर फायर किया, पर वह गोली मेरे सिर के ऊपर से दीवार में जा लगी। मैंने उसकी आंखों के बीच शूट किया, वह नीचे गिर गया।

मैंने बैट की आवाज सुनी। वह अभी भी लड़की को पकड़ने में सफल हो रहा था। जैसे ही मैंने उस पर कूदने की कोशिश की, उसने लड़की को मेरे ऊपर फेंक दिया। वह चिल्लाई और शैल की तरह हवा में उछलकर गिर पड़ी।

बैट नीचे सीढ़ियों पर भागा, मैंने फायर किया और गहरे अन्धेरे में कुछ देखने की कोशिश की। तभी किसी ने मेरा हाथ पकड़ लिया, उसने मुझे खींचा। पर उसके हाथ में थोड़ा-सा कपड़ा आया और मैं आगे बढ़ गया। जैसे ही बैट ने फायर किया मैं झुक गया, उसने तीन फायर किए।

मैं सीढ़ियों की तरफ रेंगने लगा।

"अच्छा तुम वहां हो, अबकी बार तुम नहीं बचोगे।" बैट चिल्लाया।

वह लड़की फिर से चिल्लाने लगी।

मैंने अपना रेंगना जारी रखा। आधे रास्ते पर एक लाश महसूस हुई। मैंने उसे देखा, वह मर गया था।

उधर बैट ने लड़की से कहा–"मैं तुम्हें मार डालूंगा, अगर तुम चुप नहीं हुई।"

"यह तुम क्या कर रहे हो पिस्तौल हटाओ!" पर तभी एक फायर हुआ और शांति छा गई।

मैंने बैट के घूमते ही एक छवि देख ली थी। मैंने फायर किया, शायद उसने भी देख लिया था, इसलिए उसी वक्त फायर किया, उसकी गोली मेरे गाल के पास से गुजर गई। मैंने देखा कि वह खड़ा हुआ था, मैंने फिर फायर किया। वह गिर गया।

मैंने अपनी टॉर्च जलाई। वह लड़की अपनी पीठ के बल लेटी थी। उसका आधा चेहरा बैट की पिस्तौल से छलनी हो गया था। बैट भी उसके पास ही खड़ा था।

मैंने उसे हिलाया, वह हिला, उसने खाली आंखों से मुझे देखा।

"अब बस हुआ बैट।" मैंने उसने कान पर पिस्तौल रखते हुए कहा, इससे पहले कि मैं पिस्तौल चलाता, उसकी आंखें घूम गई, मैं खड़ा हो गया।

मेरे हाथ से खून निकल रहा था। मेरे चेहरे से भी खून टपक कर मेरे कालर में आ रहा था। पर मैंने चिन्ता नहीं की। सब कुछ खत्म हो चुका था। मैंने सोचा, अब मैं वापस जाकर नई जिन्दगी शुरू कर सकता हूं।

मेरे हाथ में अब भी पिस्तौल थी। मैंने उसे देखा और सोचा क्या इससे छुटकारा पाया जा सकता है? अब शायद मुझे इसकी जरूरत न पड़े। या शायद पड़े। पर अब मैं ठीक तरह से सैटल होने की कोशिश करूंगा।

मैं उस अंधेरे से, अपने प्रकाशमय भविष्य के लिए क्लेयर के पास जाने के लिए बाहर आ गया।

■ ■ ■

www.ingramcontent.com/pod-product-compliance
Lightning Source LLC
LaVergne TN
LVHW010929051026
849532LV00003B/902
* 9 7 8 9 3 5 2 7 8 0 4 6 4 *